Du même auteur
dans la même collection

CONTES FANTASTIQUES TOME I :
Sur Hoffmann et les compositions fantastiques par Walter Scott. Le Majorat. Le Sanctus. Salvator Rosa. La Vie d'artiste. Le Violon de Crémone. Marino Falieri. Le Bonheur au jeu.

CONTES FANTASTIQUES TOME II :
Mademoiselle de Scudéry. Zacharias Werner. Maître Martin, le tonnelier et ses apprentis. L'Église des Jésuites. L'Homme au Sable. La Cour d'Artus. Don Juan. Gluck. Agafia. La Leçon de violon. Le Spectre fiancé.

CONTES FANTASTIQUES TOME III :
Les Contemplations du Chat Murr. Kreisleriana.

PRINCESSE BRAMBILLA.

PRINCESSE BRAMBILLA

E.T.A. HOFFMANN

PRINCESSE BRAMBILLA

CAPRICE

TRADUIT PAR
Alzir Hella et Olivier Bournac

Préface de Stefan Zweig

Édition établie
par
Erika Tunner

GF
FLAMMARION

ISBN 2-08-070565-2

INTRODUCTION

Le mystère de la princesse

Princesse Brambilla est destinée aux esprits à la fois lucides et ludiques. Selon les propres paroles de l'auteur, elle est un divertissement, une rêverie, mais aussi l'expression d'une conception philosophique de l'existence.

Dans la production littéraire d'Hoffmann, *Princesse Brambilla* occupe une place à part. C'est une œuvre déroutante, apparemment chaotique, où le sens se manifeste souvent par le détour du non-sens. En résumer l'histoire, tentative difficile en soi, risquerait de détruire son caractère irrationnel, la cohérence narrative étant délibérément abandonnée, encore que l'agencement de l'ensemble ne soit pas arbitraire et que l'intrigue se révèle savamment ourdie. Hoffmann joue de toutes les fusions et confusions possibles entre le rêve et le réel, entre le merveilleux et le quotidien, mais la mouvance constante de chaque vision n'est jamais dépourvue d'une logique secrète. A l'écoute des chimères de son esprit, Hoffmann reste pourtant un talent réfléchi qui entend demeurer maître de son sujet. Mais il aime aussi brouiller les pistes et se plaît à mystifier son lecteur. C'est un « capriccio », dit-il de *Princesse Brambilla*, par conséquent une composition écrite au gré de l'inspiration, un morceau de forme libre, qui implique des « sauts » et également des sautes d'humeur. Quand est-il sérieux, quand est-il ironique, raillant les autres sans s'épargner lui-même ? Bien qu'il fasse allusion à des amis personnels, aux auteurs de son époque ou aux ouvrages dont il s'inspire, il nous rappelle sans cesse que tout est fiction, tout est mensonge (« *ein erlogenes Capriccio* »). L'action n'est pas historiquement située, on peut l'imaginer à la fin du XVIIIe siècle, mais au fond elle se déroule hors du temps. Le narrateur se dit par moments simple éditeur d'un texte « curieux et remarquable » qui présente des lacunes et dont la fin fait défaut. Le « capriccio » se termine par une pirouette. On peut seulement conjecturer que la suite de l'histoire comportera encore bien des miracles. « *Princesse Brambilla* est une délicieuse beauté, et si, par ses bizarreries, elle ne vous fait pas perdre la tête, c'est que vous n'avez pas de tête à perdre », écrit Henri Heine : c'est à peine une boutade[1].

L'ambiguïté entre le familier et l'étrange : Hoffmann et Callot

D'après le premier biographe d'Hoffmann, Julius Eduard Hitzig, très lié avec l'auteur et tout le groupe des romantiques berlinois, l'idée de composer *Princesse Brambilla* est venue à Hoffmann par le cadeau d'un ami, le docteur Koreff, adepte du mesmérisme, médecin particulier du chancelier Hardenberg et, après son installation à Paris en 1822, magnétiseur pour femmes du monde. Hoffmann lui doit une grande part de sa gloire en France. Le 24 janvier 1820, le poète fête ses quarante-quatre ans. Koreff lui offre alors plusieurs gravures de Jacques Callot, les « balli di sfessiana », datées de 1622, qui mettent en scène divers personnages de la commedia dell'arte, exécutant des mouvements au rythme de la « sfessiana »,

1. Henri Heine, *Lettres de Berlin (Briefe aus Berlin)*, 3e lettre, 7 juin 1822.

danse populaire napolitaine très en vogue pendant le carnaval[1]. Depuis longtemps, Callot exerce un attrait profond sur Hoffmann : au début de ses publications, nous trouvons les *Fantasiestücke in Callots Manier*, les *Fantaisies dans la manière de Callot*. « J'ai mûrement pesé le sous-titre " dans la manière de Callot " en me donnant ainsi du large », écrit Hoffmann à l'éditeur Kunz, dès le 8 septembre 1813. Dans le bref texte consacré à Jacques Callot, qui parut la même année dans les *Fantasiestücke*, il fait l'éloge de l'artiste lorrain et définit en même temps son propre programme esthétique. Implicitement, il reconnaît en Callot un génie fraternel. Ses compositions sont puisées, selon Hoffmann, dans les éléments les plus hétérogènes. Elles ramassent dans un petit espace une foule de personnages et d'objets, se mettant en valeur les uns les autres, « en sorte que chacun garde son existence à part tout en s'associant à l'ensemble ». Pour le poète allemand, les dessins de Callot représentent « toutes les extraordinaires apparitions fantastiques » qu'évoque la magie de la « débordante fantaisie ». En outre, Hoffmann admire vivement l'art de « cacher des significations secrètes sous le masque de la bouffonnerie » et de tourner en dérision « les actes et la misérable situation des humains » grâce à cette ironie qui, née de l'observation désabusée du monde, n'est pas corrosive mais signe de discernement : elle ne peut habiter « qu'en un esprit profond », nous la trouvons chez les personnages d'Hoffmann qui savent jeter un regard clairvoyant sur la vie, tel le peintre Salvator Rosa dans *Signor Formica*, sorte d'ébauche de *Princesse Brambilla*. Enfin, Hoffmann conclut en parlant nettement de lui-même : « Le poète, l'écrivain, qui transporte en imagination les scènes de la vie quotidienne dans le monde romantique de ses visions

1. Victor Mannheim, dans son étude *Die Balli von Jacques Callot*, Potsdam, 1921, associe le terme de « sfessiana » aux « fescenninae », fêtes lascives pendant le carnaval dans la Rome antique dont parle Horace.

intérieures, toutes peuplées d'esprits, et qui les reproduit ensuite dans tout l'éclat qui en rejaillit sur elles, comme sous une merveilleuse toilette étrangère, n'est-il pas en droit de se réclamer de ce maître, et d'affirmer qu'il a voulu travailler " dans la manière de Callot [1] " ? » Jusque dans ses derniers écrits Hoffmann est resté fidèle à ce principe artistique qui détermine aussi la conception de *Princesse Brambilla* : « L'aimable lecteur ne pourra pas se plaindre que, dans cette histoire, l'auteur le fatigue par de longs détours », écrit-il au début du VIIe chapitre. En effet, tout se passe dans un espace restreint : le Corso, le palais Pistoia, le café Greco, et « abstraction faite de la petite digression relative au pays des Jardins d'Urdar, nous ne sortons jamais de cet étroit théâtre qu'il est facile de traverser en tous sens ».

Les scènes significatives évoquées dans *Princesse Brambilla* représentent un commentaire ingénieux de huit gravures de Callot correspondant aux huit chapitres du récit et reproduites dans l'édition originale. Elles constituent en effet un élément important pour la compréhension de l'œuvre d'Hoffmann qui s'inspire d'un procédé littéraire dont l'exemple lui a été fourni par une de ses lectures préférées, *L'Explication détaillée des gravures de Hogarth*, publiée par Georg Christoph Lichtenberg à la fin du XVIIIe siècle. Il est intéressant de noter que les huit gravures de Callot sont en fait des adaptations exécutées par le graveur berlinois Carl Friedrich Thiele et très révélatrices des intentions d'Hoffmann. Chacune des planches de Thiele montre les personnages de Callot comme vus dans un miroir. Une trace concrète et précise de cette « perspective à l'envers » qui caractérise l'œuvre entière, se trouve au chapitre VI, lors de l'étrange combat entre Giglio Fava et le capitaine Pantalon, c'est-à-dire entre le moi de Giglio, acteur tragique, et le moi potentiel de Giglio, comédien bouffon : Giglio

1. Toutes les citations extraites de *Jacques Callot* reproduisent la traduction de Henri de Curzon (1891).

et Pantalon prennent leurs armes, épée et sabre, de la main *gauche* et y trouvent leur avantage dans la mesure où les coups n'en sont que « plus sûrs ». D'autre part, Thiele ne reproduit pas les décors rassurants devant lesquels Callot campe ses personnages. Les figures de la commedia dell'arte sont placées dans un espace vide sur un disque d'une épaisseur très mince. Perdues au milieu du néant, elles se débattent et dansent au bord d'un abîme... abîme dans l'espace du dehors mais aussi dans l'espace du dedans : les personnages d'Hoffmann sont tour à tour exaltés par l'imagination et une sorte de gaieté débridée, puis abattus par la mélancolie, hantés par des doutes, guettés par la folie. « Qui es-tu donc, être mystérieux, qui, né de l'air et du feu, appartiens à la terre et regardes, séducteur, du fond des eaux ? », demande Giglio au cours d'une danse éperdue à une belle inconnue qui n'est autre que la princesse Brambilla... (chapitre VI). Comment la saisir ? Disparaîtra-t-elle dans le néant au moment où il la touchera ? Pris de vertige, Giglio sent sa tête tourner et son âme défaillir. Mais le poète, lui aussi, ne se trouve-t-il pas toujours au bord d'un précipice « où il n'abaisse ses regards qu'en frissonnant[1] » ? Est-ce que le fil tendu de l'écriture ne surplombe pas un vide qui nous remplit d'épouvante ? Dans *L'Eglise des Jésuites*, le peintre Berthold décrit les risques d'un art qui « s'exalte vers l'infini » : « L'on marche », dit-il, « sur une ligne étroite au-dessous de laquelle s'ouvre un abîme... ».

Pour la plupart des écrivains et critiques, les noms d'Hoffmann et de Callot restent intimement associés. Leconte de Lisle qualifie Hoffmann de « Callot litté-

1. Ces mots d'Hoffmann sont cités par Paul Sucher, *Les Sources du Merveilleux chez E.T.A. Hoffmann*, Paris, F. Alcan, 1912, p. 40. Pour les gravures de Thiele, voir Paul Sucher, Introduction à sa traduction de *Princesse Brambilla*, Paris, Aubier, 1951, p. 9, et l'étude de Winfried Sdun, *E.T.A. Hoffmanns' Prinzessin Brambilla. Analyse und Interpretation einer erzählten Komödie*, Freiburg/Breisgau, 1961, p. 38 ss.

raire[1] ». Champfleury qui, en 1856, traduit *Les Contes posthumes d'Hoffmann*, croit que le graveur lorrain n'a pas été à la hauteur du romancier : Hoffmann fut « un grand génie préoccupé d'un art intérieur et admirant à tort des réputations consacrées[2]. » Baudelaire ne partage pas l'avis de son ami. Il voit en Callot le meilleur interprète du « comique innocent » dont le modèle serait « l'emportement carnavalesque de la gaieté italienne[3] » que nous trouvons dans *Princesse Brambilla*. Gautier, dans ses récits comme dans ses articles, renvoie volontiers aux *Fantaisies dans la manière de Callot* : comme Baudelaire, il décèle en Hoffmann de « singulières affinités avec Callot[4] ». Seul Victor Hugo, qui a dû lire quelques œuvres d'Hoffmann, puisque, dans sa bibliothèque de Guernesey, il avait les *Contes* dans la traduction de Loève-Veimars, les sépare nettement, les oppose même. A propos de *Mademoiselle de Maupin* de Gautier, il note le 15 décembre 1833 : « Il [Gautier] incline au fantastique rabelaisien, au fantastique de l'ancienne comédie italienne, et non au fantastique allemand, plutôt vers Callot que vers Hoffmann[5]. » Analyse sérieuse, saillie ou simple plaisir d'un jeu de contrastes ?

La poésie déroutante du fantastique

Le fantastique lumineux, le fantastique rabelaisien, le fantastique de l'ancienne comédie italienne, le fantastique allemand... Le trouble est jeté dans notre esprit. Trouble d'ailleurs salutaire. Car en dépit de

1. Cité par Rosemary Lloyd, *Baudelaire et Hoffmann. Affinités et influences*, Cambridge, 1979, p. 24.
2. Cité *ibid.*, p. 32.
3. Cité *ibid.*, p. 182.
4. Cité *ibid.*, p. 319.
5. Compte rendu de *Mademoiselle de Maupin* que Victor Hugo publie dans le *Vert-Vert*, 15 décembre 1835. Cf. Elizabeth Teichmann, *La Fortune d'Hoffmann en France*, Genève/Paris, Droz/Minard, 1961, p. 145.

nombreuses études fort originales sur ce sujet, le fantastique, par nature, se dérobe à une définition exacte, unique et parfaitement satisfaisante[1]. « Je ne vois aucune définition capable de rendre compte de son infinie complexité et de la multitude de ses aspects : à chaque homme son fantastique, qui est une part de sa personne », dit Marcel Brion dans un entretien de 1972[2]. Rappelons seulement que le terme de « *Fantaisie* » employé par Hoffmann, désigne cette imagination poétique considérée par les romantiques allemands comme l'élément indispensable à toute création artistique. C'est Jean-Jacques Ampère qui, dans un article publié le 2 août 1828 dans *Le Globe*, accole aux contes d'Hoffmann l'épithète « fantastique ». Pour gagner des lecteurs à l'un « des hommes les plus extraordinaires que l'Allemagne ait produits dans ces derniers temps », il analyse les œuvres qu'il a lues dans le texte avec une clairvoyance remarquable et définit avec bonheur le génie d'Hoffmann : « Concevez une imagination vigoureuse et un esprit parfaitement clair », écrit-il, « une amère mélancolie et une verve intarissable de bouffonnerie et d'extravagance » ; puis il cite, à titre d'exemple, les *Contes fantastiques dans la manière de Callot* : une infidélité littérale de traduction, rendue nécessaire par les exigences de la langue française, un contresens même, certes, mais un contresens génial qui fit fortune et devait donner en France naissance à un genre narratif

1. Parmi les études les plus intéressantes figurent celles de Louis Vax : *La Séduction de l'étrange*, Paris, PUF, 1965 (2e éd. 1985) ; *L'Art et la littérature fantastiques*, 1960 (4e éd., 1974) ; *Les Chefs-d'œuvre de la littérature fantastique*, 1979.

Voir également : Roger Caillois, *Au cœur du fantastique*, Paris, Gallimard, 1965 ; Pierre-Georges Castex, *Le Conte fantastique en France de Nodier à Maupassant*, Paris, Corti, 1951 ; Marcel Schneider, *La Littérature fantastique en France*, Paris, Fayard, 1964 ; Tzvetan Todorov, *Introduction à la littérature fantastique*, Paris, Seuil, 1970.

2. Propos recueillis par Francis Lacassin, publiés dans le *Magazine littéraire*, n° 66, juillet-août 1972, puis dans *Les Cahiers de l'Imaginaire*, n° 3-4, 1981.

nouveau dont Hoffmann passe pour l'initiateur et le maître incontesté. Encore qu'il convienne de ne pas oublier que l'un des écrivains dont la lecture a agi dynamiquement sur la création littéraire d'Hoffmann fut Jacques Cazotte dont *Le Diable amoureux* (1772) a introduit en France le conte fantastique avant la lettre[1]. Encore que les contes d'Hoffmann soient plutôt « capricieux et fantasques » que « fantastiques », comme l'a déjà dit Théophile Gautier qui n'a cessé de se référer à Hoffmann, et le lecteur de *Princesse Brambilla* retrouvera des réminiscences du roi d'Ophioch et de la reine Liris avec les noms du peintre Onuphrius et de son amie Jacintha dans le récit de Gautier intitulé *Onuphrius ou les vexations fantastiques d'un admirateur d'Hoffmann*[2]. Mais c'est Hoffmann qui reste, indubitablement, l'auteur fétiche pour tous ceux qui ont le goût du fantastique.

Que peut-on entendre par « fantastique » dans la *Princesse Brambilla*? Le narrateur nous prie avec insistance de ne pas nous étonner de trouver dans un écrit qui se nomme « capriccio », des fantasmagories étranges, semblables par moments à celles des rêves que nous nourrissons, et de ne pas nous étonner davantage de ce que le lieu de la scène soit parfois transporté à l'intérieur même des personnages qui entrent en jeu : n'est-ce pas là, demande-t-il, la vraie scène? Le « fantastique », chez Hoffmann, peut se manifester comme une « intrusion brutale du mystère dans le cadre de la vie réelle[3] », mais il est davantage psychologique, il a sa source dans l'homme et dans les

1. Voir P.-G. Castex, *op. cit.*, p. 25 sq., ainsi que l'avant-propos d'Henri Parisot à l'édition du *Diable amoureux* dans la collection « L'Age d'Or » (Flammarion, 1972).

2. Gautier a inséré ce récit, primitivement intitulé *Onuphrius Wphly* (publié dans *La France littéraire*, août 1832), dans *Les Jeunes-France, romans goguenards*, Paris, 1833. Les propos sur les contes plutôt « capricieux et fantasques » que « fantastiques » se trouvent dans son étude « Les contes d'Hoffmann » qui a paru dans *Souvenirs de théâtre, d'art et de critique.*

3. P.-G. Castex, *op. cit.*, p. 8.

illusions qu'il se crée, les personnages le portent parfois en eux sans en avoir clairement conscience. C'est là la véritable originalité d'Hoffmann que Sainte-Beuve avait déjà mentionnée, dans les *Premiers Lundis* de 1830. Le fantastique d'Hoffmann a partie liée avec l'imagination, l'angoisse de vivre et l'espoir du salut. *Princesse Brambilla* en est un exemple éclatant [1].

L'obsession de l'écriture

Sur la genèse de *Princesse Brambilla,* Hoffmann lui-même est extrêmement discret. L'histoire a dû prendre forme en quelques mois, du printemps à l'automne de 1820 ; les premiers exemplaires, avec la date de 1821, se trouvent dans le commerce dès la fin de l'année 1820. Si l'on songe qu'Hoffmann, pris toute la journée par ses occupations professionnelles à la cour d'assises et à la commission extraordinaire d'enquête sur les menées démagogiques contre la sûreté de l'Etat, travaille en même temps au deuxième volume du *Chat Murr* et à plusieurs récits, on doit bien parler d'une véritable fièvre de création qui s'est emparée de lui et qui monte du reste au fur et à mesure que les années passent — passent à cette allure vertigineuse qui est l'allure habituelle du temps. Il est vrai qu'Hoffmann semble vouloir brûler sa vie : il se ménage peu d'heures de sommeil, il va au théâtre, sa passion de toujours, il fréquente les concerts, les expositions, les salons, les tavernes. Son hospitalité est proverbiale. Souvent il est à court d'argent, dépense en quelques jours la somme qui devait durer un mois, jamais il ne sera capable de faire des économies de bouts de chandelle. Comme sa renommée littéraire grandit, les éditeurs berlinois se disputent ses manuscrits, le pressent même d'écrire de plus en plus vite, et

1. Voir aussi Marcel Schneider, *La Littérature fantastique en France* (sur Hoffmann, p. 149-162) et, du même auteur, *Ernest Théodore Amadeus Hoffmann. Biographie,* Paris, Julliard, 1979.

Hoffmann n'élude pas leurs propositions, il travaille avec une rapidité déconcertante. Mais comment en serait-il autrement ? Les idées lui viennent à foison. Pendant de longues années, il a dû écrire en tirant le diable par la queue. Combien de fois ne s'est-il pas trouvé sur le pavé, ballotté, rejeté. Maintenant il a besoin de respirer à pleins poumons — et il est obsédé par l'écriture. A quoi bon le repos ? Aux jours d'agitation fébrile succéderont peut-être des jours de torpeur, la fin même, qui sait. En 1820, il lui reste à peine deux ans à vivre. « Il est mort au moment où une vie plus large permettait à son génie un essor plus radieux », note Baudelaire dans les *Conseils aux jeunes littérateurs*. On comprend qu'il se laisse entraîner par le tourbillon des pensées et des plaisirs.

Le carnaval romain

Le décor de *Princesse Brambilla* est Rome au moment du carnaval.

« Où est le pays dont le bleu ciel ensoleillé
Allume la joie de la terre en riche floraison ?
Où est la ville dont la gaie animation
Délivre, à la plus belle époque, le sérieux du sérieux ?
Où s'agitent joyeusement les créations de la fantaisie,
Dans un monde bariolé... ? » (chapitre V)

Et voici la réponse, à la fin du récit :

« Italie, pays du gai ciel ensoleillé
Qui allume la joie de la terre en riche floraison,
O belle Rome, où un joyeux tumulte,
Au temps des masques, distrait de leur gravité les gens
[sérieux[1] ! »

1. En allemand, ce texte rappelle la célèbre ballade de Mignon dans les *Années d'apprentissage de Wilhelm Meister* de Goethe : « Connais-tu le pays où fleurissent les citronniers ? »

Dès sa jeunesse, Hoffmann caresse le projet jamais réalisé d'aller en Italie, de faire ce qu'il appelait « le grand voyage ». N'aime-t-on pas toujours le pays où on ne sera pas, la femme ou l'homme qu'on ne connaîtra pas ? Les vœux inexaucés sont, pour l'artiste, les vœux les plus féconds. Tout ce qui n'est que désir, désir inassouvi, nourrit d'une façon prodigieuse la création littéraire d'Hoffmann : sublimation par l'art de la douloureuse déception qu'est la réalité. L'Italie est souvent présente dans ses œuvres, notamment dans les deux récits qui précèdent de peu la rédaction de *Princesse Brambilla* : l'histoire de *Doge et Dogaressa* est située à Venise ; l'action de *Signor Formica* se déroule à Rome. Si l'Italie d'Hoffmann est une Italie de nostalgie, d'imagination et de rêve, c'est pourtant aussi une Italie réelle. Hoffmann a consulté une vaste documentation sur la topographie des villes et du pays. Parmi les auteurs qui ont laissé leur empreinte décisive, un nom s'impose, celui de Goethe. Son *Carnaval romain* (réuni plus tard au *Voyage en Italie*) paraît dès 1789. Certaines scènes de *Princesse Brambilla* et, qui plus est, toute l'atmosphère du carnaval sont amplement tributaires de cet ouvrage. Carnaval : période des turbulences, des danses, des frénésies, des violences, qui a hanté l'imaginaire des compositeurs romantiques de Berlioz à Schumann ; proche du « capriccio » d'Hoffmann est aussi le *Capriccio* de Richard Strauss ; directement inspiré de *Princesse Brambilla* sont le quatuor à cordes op. 67 de Johannes Brahms et l'opéra de Walter Braunfels qui porte le titre de l'œuvre d'Hoffmann. Carnaval : période des rencontres insolites, des propos extravagants, des déguisements qui suggèrent que la substance du moi est multiple, des masques qui révèlent autant qu'ils dissimulent et permettent d'exprimer ce que l'on cache au plus profond et au plus secret de soi-même. Masques de la commedia dell'arte : Pantalon, Brighella, Dottore, Truffaldin. Masques de l'art qui se manifeste sous forme de récit, de conte, de comédie, de rêve, de discours, de dialogue, d'avertissement au lecteur... Carnaval : période où les différences et les conventions sociales s'effacent, où les pauvres peuvent se donner l'apparence des riches, où le fou est roi, où le paria peut prendre un bain de foule. Carnaval : symbole du côté bariolé et parfois grandement bouffon de notre existence. Dans une lettre du 13 juin 1818, Hoffmann se souvient des années passées à Bamberg qui lui apparaissent alors comme « une scène carnavalesque tirée du roman burlesque de la vie »...

Sur l'arrière-plan du carnaval, trois sphères s'entrelacent habilement dans cet ouvrage « qui, à vrai dire, s'appelle " caprice ", mais qui ressemble à un conte, tout comme si c'en était un », selon les propos du narrateur au début du IVe chapitre. Il y a d'abord l'histoire d'amour entre le comédien Giglio Fava et la couturière Giacinta Soardi. Par le jeu des masques, ils se prennent chacun pour une autre personne et tombent à nouveau amoureux l'un de l'autre sous cette fausse identité qui correspond en fait à leur vraie nature. Parallèlement il y a ensuite les efforts pour réformer le théâtre romain, entrepris par le prince Bastianello di Pistoia qui mène le jeu et tire toutes les ficelles : vendeur d'illusions sous le nom de Celionati pendant le carnaval, prince fortuné, ami éclairé des arts « en réalité », c'est un homme qui ne manque pas de sagesse, qui ne se trompe pas sur les faiblesses humaines, mais qui ne cesse de narguer tout le monde. Celionati, homme ambigu, roublard et secret : *celione*, *celiare*, blaguer, faire une plaisanterie ; *celare*, cacher... Le prototype en est le charlatan Cigolotti dans *Le Roi Cerf (Il Re Cervo)* de Gozzi, dont la fonction est d'introduire l'irrationnel dans la vie des badauds qui l'écoutent. Il y a enfin le monde mythique de l'*Urdargarten*, « un épisode », dit Celionati, « qui nous égare en apparence » mais dont il se pourrait bien qu'il « nous ramenât au centre de notre histoire principale ». *Princesse Brambilla* est composée par une « mise en abîme », un « effet de miroir ». Sous des noms différents, les mêmes personnages semblent passer avec aisance d'une sphère à l'autre, n'ayant parfois d'existence que dans la mesure où l'un est rêvé par un autre[1].

L'itinéraire de Giglio et de Giacinta est celui d'une initiation aux autres et à soi-même, à la vie et à l'art. En chemin, ils découvriront tous deux leurs dons véritables et la voie qu'il faut emprunter pour les réaliser. Pour cela, il faut qu'ils soient animés l'un et l'autre d'un désir noble qui donne à leur personnalité plus de nuances et plus de richesses. Giglio cherchera l'image idéale de Giacinta et Giacinta éprouve la nostalgie d'un Giglio qui s'élève au-dessus de l'ordinaire. Car pour faire renaître sur les scènes de Rome la tradition populaire de la commedia dell'arte où le jeu des acteurs doit beaucoup à l'intuition et à l'inspiration personnelle, il fallait à Bastianello-Celionati « trouver un couple qui fût non seulement animé dans son être intime de fantaisie véritable, de véritable humour, mais qui encore fût capable de reconnaître objectivement, comme dans un miroir, cette disposition de l'esprit et de la matérialiser de telle façon qu'elle agît, comme un charme puissant, sur le grand univers dans lequel est renfermé ce petit univers (le théâtre) » (chapitre VIII).

Modernité et tradition : Hoffmann et Gozzi

L'auteur qui, par son théâtre « fiabesque », a fait triompher la commedia dell'arte en Italie, fut Carlo Gozzi. Hoffmann, comme la plupart des écrivains romantiques allemands, éprouve pour lui une très vive sympathie, lui prêtant une profondeur dont Gozzi lui-même n'était peut-être pas toujours fort occupé. Dès

1. Voir aussi Marcel Schneider, *Ernest Théodore Hoffmann*, p. 236, et Elizabeth Teichmann, *op. cit.*, p. 63, ainsi que les deux études fort importantes de Jean Starobinski, « Ironie et Mélancolie [I] : Le théâtre de Carlo Gozzi » (in : *Critique*, avril 1966) et « Ironie et Mélancolie [II] : La « Princesse Brambilla » de E.T.A. Hoffmann » (in : *Critique*, mai 1966).

1805, Hoffmann, dans sa correspondance avec son ami Hippel, parle de Gozzi sur un ton admiratif. Il le mentionne souvent dans son œuvre. En 1818, lorsque le poète vénitien était déjà presque oublié dans sa patrie, Hoffmann lui consacre des pages enthousiastes dans un de ses écrits théoriques, les *Etranges souffrances d'un directeur de théâtre*, texte qui éclaire les idées exposées dans *Princesse Brambilla* sur la psychologie de l'acteur et sur les vertus de la comédie improvisée à laquelle Gozzi donne une sorte de consécration littéraire. C'est au « conte sublime » *L'Amour des trois oranges (L'Amore delle tre melarance)* qu'Hoffmann emprunte non seulement de nombreux détails pour la composition de *Princesse Brambilla*, mais l'idée même de la restauration de la commedia dell'arte, inlassablement répétée par Gozzi. A ce thème fondamental, traité chez Hoffmann comme une histoire de métamorphose, s'ajoute celui du combat contre les écrivains redondants qui ménagent aux comédiens des tirades à effet mais étouffent toute spontanéité par un style ampoulé. Gozzi tourne en ridicule l'œuvre de son adversaire l'abbé Pietro Chiari (1711-1785) dont un « ancêtre » sorti de l'imagination d'Hoffmann s'oppose à Celionati comme le véritable Chiari à Gozzi. Il n'est pas impossible qu'Hoffmann, en parlant de Chiari, songe aussi à la scène allemande et raille la diction pathétique, « académique », en honneur à Weimar, au temps de Goethe, ou bien qu'il tourne en dérision les « produits insignifiants de cervelles vides, ces sottes pièces à tiroir... » qu'il a vus à Berlin et dont il est abondamment question dans les *Etranges souffrances d'un directeur de théâtre*.

Enfin, Hoffmann partage avec Gozzi une hostilité manifeste à l'égard de la philosophie des Lumières : tout rationalisme mécaniste est le principe antagoniste du romantisme désireux de réhabiliter les facultés irrationnelles de l'âme.

Sur les ailes de l'érudition

Dans une étude de 1837, Philarète Chasles associe le nom d'Hoffmann à ceux de Gozzi, de Callot et d'Aristophane, « hommes rares, qui naissent ordinairement au sein d'époques confuses[1] ». Si Callot et Gozzi ont incontestablement joué un rôle de premier plan dans la conception et la rédaction de *Princesse Brambilla*, ils ne sont pas les seuls à avoir inspiré cette œuvre. Hoffmann est un poète érudit et non pas ce qu'on voudrait qu'il fût d'après les stéréotypes répandus, grâce en grande partie aux déclarations de son premier traducteur en France, Loève-Veimars qui à son tour s'appuie sur les jugements d'Eduard Hitzig : à les croire, Hoffmann serait un génie qui travaille sous l'effet d'hallucinations obtenues par des moyens factices, encore qu'il aimât les boissons fortes qui donnaient parfois, lorsqu'il était dans une disposition heureuse, un mouvement plus vif à ses idées ; Walter Scott dont on connaît la jalousie et l'hostilité à l'égard d'Hoffmann a même parlé de l'usage excessif de l'opium[2]. Les médisances se changent quelquefois en idées reçues qui ont la vie tenace. Hoffmann n'a pas non plus toujours écrit sous la dictée d'un « Dieu de rêve » dont il affirme pourtant lui-même qu'il est l'inspirateur des *Elixirs du Diable*. Utilisant habilement ses lectures, Hoffmann combine les détails qu'il retient, fait des emprunts substantiels en reprenant des idées et des formules entières dont le lecteur non averti ne devine pas la source mais, même en imitant, Hoffmann reste admirablement original.

A l'époque romantique un intérêt considérable s'éveille pour le « côté nocturne » des manifestations

1. Philarète Chasles, « Les poètes dalmates et les femmes dalmates au XVIIIe siècle », *Revue de Paris*, 2e série, 26 mars 1837.

2. Loève-Veimars, « Les Dernières Années et la mort d'Hoffmann », *Revue de Paris*, octobre 1829 (cf. P.-G. Castex, *op. cit.*, p. 47). Walter Scott, préface aux *Contes fantastiques d'Hoffmann*, tome I, Paris, 1829.

psychiques, pour les phénomènes parapsychologiques échappant à la conscience claire et, avant tout, pour le rêve qui, avec les poètes et les philosophes de la nature, les *Naturphilosophen,* entre définitivement dans la littérature. « Le monde devient rêve, le rêve devient monde », dit Novalis dans le poème liminaire de la seconde partie de *Henri d'Ofterdingen.* Le rêve, selon Gotthilf Heinrich von Schubert, est l'un des états où l'âme humaine, retrouvant une unité perdue, entre en communication avec la nature entière. Animé par la conviction que les états d'inconscience nous renseignent mieux que toute logique rationaliste sur la signification cachée des choses, c'est par la plongée dans l'irrationnel, dans le rêve, que Schubert cherche à comprendre la profondeur de l'âme humaine, à déchiffrer les mystères de la nature et ses rapports avec le cosmos. Il ressuscite par là un courant de pensée théosophique présent déjà chez Paracelse, Jakob Böhme, Friedrich Christoph Oetinger, qui bénéficient d'une faveur nouvelle. Comme pour Schubert, le rêve représente pour Hoffmann une porte donnant accès à une voie qui mène à la connaissance poétique. C'est à un « poète caché », dit Schubert dans sa *Symbolique du rêve,* qui compte parmi les ouvrages les plus originaux du romantisme allemand, que nous devons les images de nos songes. Ce sont surtout les rêves diurnes, espèce de scénarios montés par l'imagination à l'état de veille, qui déterminent une très large part de la production littéraire d'Hoffmann, dont *Princesse Brambilla* atteint, à cet égard, un point culminant. C'est l'histoire du pouvoir magique d'un grand rêve : « Je ne parle pas du rêve qui surgit en nous lorsque nous sommes couchés sous la moelleuse couverture du sommeil. Non, je parle de ce rêve que nous rêvons pendant toute la vie, ce rêve qui souvent prend sur ses ailes le fardeau douloureux des choses terrestres et devant lequel s'éteignent toute souffrance, toute amertume, toute lamentation et toute plainte d'un espoir déçu, car ce rêve lui-même, comme un rayon du ciel allumé dans notre poitrine, nous promet la réalisation de l'infini de nos désirs... » (chapitre IV). Ce rêve conduit à une modification importante de la conscience et à un accomplissement de la personnalité.

Giglio Fava ou la crise de l'identité

Au début de *Princesse Brambilla,* nous rencontrons l'acteur Giglio Fava qui, se jugeant doué de mille talents aimables, n'avait jamais douté de lui. Son moi est « intact ». Il remporte des succès dans les rôles de jeunes premiers amoureux et dans son esprit aucune femme ne peut résister à ses charmes. Sur la scène, il cherche les poses avantageuses et affecte des intonations pompeuses dont il croit qu'elles le mettent en valeur. Non seulement au théâtre, mais également dans la vie quotidienne, Giglio Fava étale à chaque instant sa fatuité. Hoffmann connaît bien d'expérience ce genre d'acteur. Pendant plusieurs années, il a été directeur musical, décorateur, metteur en scène. Dans les *Etranges Souffrances d'un directeur de théâtre,* un homme en brun *(der Braune)* et un homme en gris *(der Graue)* discutent longuement sur l'art de représenter une pièce dramatique, de jouer un rôle sans sacrifier à « cette vanité particulière et si puérile » qui « ne se rencontre que chez les acteurs ». A côté de ces cabotins, il y a fort heureusement le bon acteur : par la vérité de son jeu, il sait toucher le spectateur. Mais parfois, il se laisse galvauder, parce qu'il accepte de jouer dans des pièces à la mode destinées à produire une brève sensation de plaisir et non pas une émotion profonde. C'est ce qui est arrivé à Ludwig Devrient, acteur génial dont Hoffmann fait la connaissance à Berlin et qui figure sous le nom de Garrick dans les *Etranges Souffrances d'un directeur de théâtre.* C'est ce qui arrive à Giglio Fava. Son talent est corrompu par la trop forte dose de « vers martellianiques » qu'il a dû absorber en interprétant les héros tragiques des pièces de l'abbé Chiari.

Ces vers de douze pieds aux rimes monotones ont été mis à la mode, sans grand succès d'ailleurs, par Pier Jacopo Martello (1665-1727), auteur dramatique originaire de Bologne. Dans *L'Amour des trois oranges* de Gozzi, le prince Tartaglia se consume de mélancolie puisqu'on lui a fait avaler une quantité immodérée de vers martellianiques ; ils sont employés cependant à l'occasion par Gozzi lui-même qui, comme Hoffmann, avait le goût du paradoxe. Et, après tout, c'est précisément dans une pièce de Gozzi que Giglio Fava se fait admirer de la foule : il se flatte d'exceller comme personne d'autre dans le rôle du prince Taër, héros du *Monstre bleu (Il Mostro turchino)*.

Le nom de Giglio Fava est déjà à lui seul l'indication d'une double nature et d'une évolution possible : « fava », la fève, un légume très populaire en Italie mais de peu de valeur, fait penser à la médiocrité initiale de l'acteur. En revanche, « Giglio », le lis, est prometteur d'un talent noble qui demande à s'épanouir. Dans ses mythes, Hoffmann réserve une place de choix à la fleur de lis, métaphore d'une « suprême félicité », à laquelle parviendra aussi Giglio Fava : après une série d'épreuves de caractère symbolique, il accédera progressivement à la conscience d'une vérité esthétique et goûtera « les joies les plus pures et les plus douces jouissances de la vie ».

Au début de la métamorphose de Giglio, il y a le rêve qu'il fait de la princesse Brambilla. Tout au long du récit, il est exhorté à ne pas oublier son image de rêve *(Traumbild)* auquel il faut même accorder plus de crédit qu'au monde de la réalité. Mais Giglio, comme beaucoup d'autres héros d'Hoffmann, a besoin d'un médiateur qui lui révèle les possibilités qui sommeillent en lui et éveille le désir d'activer ses richesses intérieures. Celionati jouera ce rôle d'initiateur, de pédagogue et même de thérapeute, car l'histoire de Giglio peut se lire comme la transposition poétique d'une psychanalyse. Du reste, Hoffmann a toujours manifesté le plus vif intérêt pour le magnétisme animal qui représente l'état naissant de la théorie psychanalytique.

Selon les desseins de Celionati, Giglio doit reconnaître Brambilla, le rêve, en Giacinta, la personne réelle. Parmi les complices que Celionati a su s'allier, se trouvent le tailleur Bescapi et la vieille Béatrice, gouvernante de Giacinta. Bescapi n'a-t-il pas reçu l'ordre secret de commander chez Giacinta une robe somptueuse, destinée à quelque princesse ? Ne possède-t-il pas une aiguille créatrice avec laquelle il sait coudre le costume qui correspond à la vraie nature de la personne qui le porte ? Béatrice n'a-t-elle pas pour tâche de faire croire à Giacinta qu'en mettant la robe de princesse, elle paraît être elle-même une princesse, elle *est* la princesse de la vision de Giglio ? Mais pour que cette vision devienne « la vraie vie » de Giglio, pour que « tout le reste soit néant » à côté de ce rêve, Celionati monte adroitement plusieurs scènes de théâtre dans le vaste théâtre qu'est Rome entière.

Accoutré en prince, pénétré par la pensée d'être prince Taër, « demi-prince au-dehors » mais doté d'une véritable nature princière, « au-dedans prince complet », Giglio déambule à travers le Corso, rêvant tout éveillé et le plus naturellement du monde de son idole. Celionati annonce alors l'arrivée d'une princesse mondialement célèbre — bien qu'elle ne soit connue que de lui seul. Elle a du reste des ancêtres quelque peu curieux comme le sage roi Cophétua qui n'est qu'un personnage de fiction, un roi de légende, sorti tout droit des pièces de Shakespeare. Elle a été tenue sur les fonts baptismaux par Tartagliona, la reine des Tarots, que l'on doit chercher du côté de chez Gozzi. Elle a un fiancé des plus bizarres, Cornelio Chiapperi, prince d'Assyrie, qui a quitté l'Ethiopie pour se faire arracher une molaire à Rome et qui, allez savoir pourquoi et comment, en vint à perdre sa propre personne. Un prince qu'on n'a jamais vu, un prince qui n'a plus de moi, un prince qui existe sans exister : création pure et simple de l'imagination de Celionati, il est un personnage-fantôme dont Giacinta se croit aimée (le croit-elle vraiment ou fait-elle semblant ?), dont Giglio veut s'emparer (le veut-il vraiment ou est-ce un jeu ?).

Avec l'apparition du mirifique cortège carnavalesque qui descend le Corso pour disparaître ensuite dans le palais du prince Bastianello di Pistoia, Brambilla fait son entrée triomphale à Rome et nous montons sur un bateau ivre qui semble privé de boussole : où allons-nous ? Avec qui ? Où est le possible ? Où l'impossible ? « Bramb — bure — bil — bal » : ce chant obscur retentit de la bouche de douze Maures qui, richement vêtus, font partie de l'extravagant défilé. Brambilla : nom de famille italien assez répandu ; nom de fantaisie où les mots et les images se forment et se déforment, s'attirent et se repoussent, se renvoient réciproquement : « *brama* », soif, convoitise, « *brama di vivere* », la rage de vivre ; « bil » — « *bilico* », équilibre instable, « *essere in bilico tra la vita e un sogno* », être entre la vie et le rêve ; « bal » — « *ballare* », danser. Brambilla, si mystérieuse et si vraie, Brambilla, l'insaisissable qui se dérobe toujours, se tient-elle dans le beau carrosse sur le haut duquel est assis... un personnage de la commedia dell'arte ? Et qu'en est-il de ce carrosse, sinon de tout le cortège ? Le peuple approche pour regarder dans l'intérieur mais n'y voit rien d'autre que le Corso et lui-même... Les fenêtres du carrosse sont des miroirs : tout n'est que reflet dans ce monde.

Dans une prochaine étape, Giglio est amené à ressentir les premiers signes d'une crise d'identité. Au théâtre où il a l'habitude de trouver les héros tragiques et grandiloquents, il se voit subitement entouré des masques de la commedia dell'arte. A ce premier choc succède aussitôt un second : Giglio surprend deux personnes en train de discuter du plus lamentable acteur qui ait jamais existé et qui s'appelle... Giglio Fava, une marionnette sans vie dirigée par un fil, un sot qui, au lieu de jouer son rôle se jouait constamment lui-même, comme le mauvais acteur de Diderot dans *Le Paradoxe sur le comédien*. Qu'est-il devenu ?

L'un des interlocuteurs prétend qu'il sombre dans la folie causée par les fatigues du métier, par le « stress » comme on dirait aujourd'hui, tandis que l'autre suppose que c'est plutôt l'amour pour une princesse qui lui a fait perdre la tête. L'entretien semble avoir été arrangé par Celionati, mais Hoffmann se garde bien de nous en donner la moindre assurance. Toujours est-il que Giglio a perdu sa place au théâtre traditionnel mais que Celionati veille à son existence matérielle : par des inconnus il lui fait comprendre que la princesse Brambilla lui a glissé dans sa poche une petite bourse pleine de ducats... Bien que sa raison lui dise que Celionati pourrait être l'auteur de toute cette intrigue dont le sens lui échappe, Giglio est saisi d'un sentiment d'épouvante et se croit en proie à une puissance maléfique. Il faut dire que l'attitude de Celionati est pour le moins singulièrement ambiguë. D'un côté, il prétend mettre Giglio sur la bonne voie pour le mener à son bonheur et faire accomplir à Giacinta une évolution spirituelle et sociale qui la conduira de la situation d'une petite couturière à celle d'une actrice sublime; de l'autre, il ne cesse d'être le puissant prince Bastianello di Pistoia qui utilise les citoyens de Rome comme des sujets dont il peut disposer librement pour parvenir à ses propres fins. Sur un autre niveau de lecture cependant, Celionati peut être interprété comme l'expression symbolique de cette puissance inconnue dont l'artiste inspiré — et surtout l'artiste romantique — se sent à la fois victime et complice.

Le dédoublement de la personnalité

Peu à peu, Giglio connaît une insécurité ontologique qui l'amène à se sentir étranger à lui-même. Il vit dans un état oniroïde où Brambilla s'infiltre dans sa pensée éveillée, prolifère dans sa conscience et trouble son comportement. Psychologue averti de toutes les anomalies psychiques, Hoffmann nous montre par quels chemins, par quelles rencontres, par quelles intériorisations et extériorisations le sentiment d'identité se perd et se reconstitue. Giglio se crée un autre moi. Le thème du double, mental ou physique, fréquent dans le folklore, les croyances populaires et les mythes, fleurit à l'époque romantique en Allemagne et fournit un des sujets favoris d'Hoffmann. C'est un thème protéiforme, le terme de « double » désigne les images les plus diverses, consolatrices, comiques, prémonitoires ou funestes, les tendances maladives à l'introversion, les phénomènes appartenant aussi bien au domaine de la parapsychologie et de l'occultisme qu'à l'analyse psychologique et à l'observation clinique. Le problème a suscité d'innombrables travaux[1]. Chez Hoffmann, retenons-en avant tout deux exploitations. Il crée des doubles « corporels », séparés du moi dont ils sont des véritables sosies : le moine Médard et le comte Victorin dans *Les Elixirs du Diable* se ressemblent à s'y méprendre au point que Victorin, devenu fou, croit être Médard dont il fait siennes la pensée et la personnalité. Le récit au titre symptomatique *Les Sosies* montre également une ressemblance troublante entre deux jeunes gens. Johannes Kreisler, dans *Le Chat Murr*, est confronté à un peintre fou en qui il croit reconnaître trait pour trait son propre moi. Dans tous ces états paranoïaques, il y a une confusion constante entre deux êtres, mais deux êtres distincts. Par ailleurs, Hoffmann évoque les doubles qui naissent de la scission du moi et qui sont en fait des dédoublements du moi. Le trouble psychique localisé à l'intérieur de l'être, se traduit alors par la question angoissante : suis-je moi ou ne suis-je pas moi ? Ne suis-je pas à la fois moi et un autre qui est paradoxalement quand même moi ? Ce problème posé à l'époque romantique tout d'abord par Fichte qui, en 1794, dans *La Doctrine de la science*,

1. Je voudrais exprimer ma reconnaissance à M. Louis Vax, éminent spécialiste en la matière.

Bien des renseignements à ce sujet se trouvent aussi dans le grand ouvrage d'Eckart Kleßmann sur *E.T.A. Hoffmann* (Stuttgart, DVA, 1989).

avait composé une sorte de monologue dramatique du moi à la recherche de lui-même, fut développé dans la littérature par Jean Paul, et domine son œuvre entière. La doctrine du dualisme, du moi et de l'univers, devint une des conceptions les plus générales de toute la « philosophie de la nature ». Chez Hoffmann, il s'agit non seulement d'une préoccupation philosophique ou littéraire, mais de l'expression d'une grave inquiétude personnelle : d'un tempérament nerveux, prédisposé à la « fissure » du moi et peut-être même à la maladie mentale, Hoffmann a connu tout au long de sa vie la peur de devenir fou, souffrant de ce qu'en psychiatrie on appelle héautoscopie, la vision de soi-même par soi-même, sous des formes diverses. « J'imagine mon moi comme dans un prisme », écrit-il dès 1809 ; « tous les personnages qui tournent autour de moi sont des moi qui m'agacent par leurs agissements[1] ». Pour expliquer les motifs qui ont conduit à commettre des délits les hommes que son métier l'oblige à juger, mais aussi pour analyser ses propres obsessions, il lit et relit la littérature « psychanalytique » de l'époque, notamment les ouvrages de Mauchardt dont il est question dans *Princesse Brambilla*, de Reil et de Pinel dont le livre alors classique, le *Traité médico-philosophique sur l'aliénation mentale ou la manie* (1801), constitue une de ses sources principales[2]. Ce qui a sauvé Hoffmann, c'est sa foi en sa vocation artistique. L'artiste n'a-t-il pas autant de vies

1. C'est ce qu'Hoffmann note dans son journal le 6 novembre 1809 à Bamberg.

2. Johann Christoph Reil, *Rhapsodie über die Anwendung der psychologischen Curmethode auf Geisteszerrüttungen* (1803), ouvrage fréquemment cité par G. H. von Schubert. Mauchardt, *Allgemeines Repertorium für empirische Psychologie* (1798-1801). Hoffmann connaît également les travaux de Carl Philipp Moritz (*Magazin zur Erfahrungsseelenkunde* qui parut de 1783 à 1793 et que l'on considère comme la première revue psychiatrique allemande). Moritz, ami de Goethe est l'auteur d'un des romans les plus importants de la fin du XVIIIe siècle, *Anton Reiser*, récit de la déchirure du moi (traduit en français par Bernard Lortholary, préface de Michel Tournier, Paris, Fayard, 1986).

que d'existences qu'il porte en lui et auxquelles il donne forme dans ses œuvres ? « L'artiste n'est artiste qu'à la condition d'être double et de n'ignorer aucun phénomène de sa double nature », dira Baudelaire dans son essai *De l'Essence du rire*. Déjà dans *Les Elixirs du Diable* Hoffmann associe le thème du double physique à celui du dédoublement, encore que ce dernier soit dû à un breuvage démoniaque. Mais c'est dans *Princesse Brambilla*, comme dans aucune autre de ses œuvres précédentes, qu'Hoffmann mêle autant et d'une façon à la fois inquiétante et burlesque, le thème du double indépendant du moi et celui du dédoublement intérieur. Plus que cela : le carnaval aidant, les personnages sont multiples et n'aperçoivent pas un, mais plusieurs doubles d'eux-mêmes, ils en ont dans leur existence à Rome et dans une existence mythique qui représente « l'idée » du moi des héros.

Dans une nouvelle étape de son « éducation sentimentale », Giglio Fava s'identifie au prince Cornelio Chiapperi. N'étant pas encore capable, comme l'excellent acteur qu'il doit devenir, de se dédoubler consciemment, d'oublier son propre moi et de se rendre maître de la personnalité qui s'impose à lui, son moi se divise en Giglio et Cornelio. Au cours d'une danse frénétique d'un moi avec un moi, il faut que l'un des deux moi disparaisse, que le moi princier et idéal triomphe du « maudit moi » banal. Giglio n'y parvient pas tout de suite. Tout esprit doué de quelque fantaisie souffre d'une folie qui toujours monte et descend comme le flux et le reflux, nous dit le narrateur au début du Ve chapitre, en se référant à un livre plein de sagesse dont nous n'apprenons ni le titre ni le nom de l'auteur. Ainsi Giglio passe par des moments où il retrouve son moi de Giglio Fava au détriment de son moi de Cornelio Chiapperi et inversement, mais au fur et à mesure que l'action progresse, c'est le moi de Cornelio Chiapperi qui prendra le dessus. Lorqu'il découvre chez le tailleur Bescapi un vêtement destiné au prince Cornelio Chiapperi, il s'en saisit comprenant qu'il est fait pour lui, qu'il correspond à son être intime parvenu à un certain raffinement qu'il ne sait pas encore exprimer. Il n'est plus fait pour jouer les princes de pacotille. Mais quels sont les personnages qui lui sont réservés ?

Il faut qu'une nouvelle scission du moi se produise, qu'une nouvelle lutte d'un moi avec un moi s'engage, avant que le but visé par Celionati ne soit atteint. Au Corso, Giglio se voit confronté à un masque de la commedia dell'arte, le Capitaine Pantalon. Giglio le provoque en duel. Pantalon l'emporte sur son antagoniste. Giglio Fava est pourfendu, il ne reste plus rien de lui qu'un « joli mannequin de carton » — ce qu'il fut en somme au début de l'histoire : un comédien de carton, rembourré de rôles indigestes. Laissant comme cadavre sur le terrain la vanité et la sensiblerie emphatique de toute une littérature, il renaît à une nouvelle existence.

Qui est-ce qui se cachait au juste sous le masque de Pantalon ? Le cher lecteur l'a deviné depuis bien longtemps, affirme le narrateur : sous ce masque se cachait le prince Cornelio Chiapperi... Rien de surprenant donc dans le fait que c'est sous les atours du Capitaine Pantalon que Giglio rencontrera à deux reprises la princesse Brambilla — ou ne serait-ce que Giacinta déguisée en princesse Brambilla telle que Giglio l'avait aperçue dans sa chambre modeste ? La première rencontre se soldera par un échec puisque la princesse s'éloigne. L'inconsolable Giglio-Pantalon se mêlera alors à une bande de masques et, traduisant sa douleur par des grimaces comiques, amusera grandement la foule : pour la première fois il joue le rôle qu'il reprendra souvent dans sa carrière future. Aussi, lors de la seconde rencontre avec Brambilla, Giglio méritera de posséder la princesse qui l'enlèvera au merveilleux palais de Pistoia.

Avant d'arriver à ce moment de bonheur où son véritable moi sera délivré de toute contrainte, Giglio passe cependant par une expérience cruciale où la maladie atteint son paroxysme. Installé au café Greco à Rome, lieu de rendez-vous des artistes peintres allemands qui vivent dans la capitale italienne, Giglio Fava ressemble toujours fortement à Giglio Fava, mais prétend ne pas être Giglio Fava. Celionati et d'autres le traitent en prince et s'adressent à lui avec respect. Les peintres en sont troublés : eux qui ont pourtant l'habitude de bien observer la physionomie des hommes jugent qu'en dépit de toute ressemblance indéniable, on ne saurait confondre Fava dont la figure leur avait toujours paru assez insignifiante, avec l'étranger qui porte sur son visage une expression singulière, difficile à interpréter. C'est que Giglio a maintenant une autre vision du monde et de lui-même : les choses les plus sérieuses lui paraissent souvent infiniment bouffonnes et, inversement, les choses les plus bouffonnes infiniment sérieuses. Celionati confie aux peintres que le noble étranger est un homme illustre mais malade, affecté du mal le plus dangereux du monde, le « dualisme chronique » — signalé d'ailleurs dans *La Symbolique* de Schubert — cette « folie » où le moi se sépare de lui-même, où la personnalité se décompose [1]. En effet, Giglio affirme avoir donné la mort au comédien Giglio Fava, comme il affirme être le prince Cornelio Chiapperi qui cherche encore en vain ses domaines, sa cour, son royaume d'artiste.

La fable du prince double

Pour faire comprendre l'état dans lequel se trouve Giglio Fava, Celionati raconte la fable du prince double, du « biprince », qu'il a trouvée, dit-il, dans les écrits d'un écrivain très spirituel : il s'agit de G. C. Lichtenberg qui avait conçu le projet d'un roman, *Le Double Prince héritier*, qu'il n'a jamais pu mener à bonne fin, mais dont il a publié des passages dès 1800.

1. Baudelaire semble avoir assimilé l'expression « dualisme chronique » : en parlant de deux peintres genevois, Calame et Diday, il prétend les avoir crus un seul artiste atteint de « dualisme chronique ». (*Salon de 1845.*) Cf. R. Lloyd, *op. cit.*, p. 10.

Hoffmann les avait lus et s'inspire de près de la plupart des détails ainsi que du sens allégorique du texte[1]. Comme Hoffmann, Lichtenberg a été tourmenté durant toute sa vie par une dualité de sa personne. Hésitant constamment entre le rationalisme et le mysticisme, il distinguait en lui-même une chambre haute et une chambre basse, souvent en conflit. Pour traduire ce dualisme sur le plan littéraire, Lichtenberg choisit le symbole des frères siamois qui représentent une diversité permanente. Hoffmann étoffe ce canevas ébauché par Lichtenberg : non seulement les volontés des frères jumeaux, comme chez Lichtenberg, ne sont jamais d'accord, si bien que l'un pleure tandis que l'autre rit, mais « par l'effet d'un éternel changement la nature de l'un semblait passer dans celle de l'autre [...]. En effet, ils pensaient de travers, de sorte que jamais aucun d'eux ne savait exactement si c'était bien lui, ou bien son cojumeau, qui avait eu telle ou telle pensée ; et, si ce n'est pas là de la confusion, c'est qu'il n'y en a nulle part ». A vrai dire, le lecteur, lui, ne s'y connaît plus...

Le thème du double gémellaire, souvent traité sur un ton badin dans les comédies de confusion, prête moins à rire sous la forme particulière des frères siamois. Cependant, Celionati, parlant des deux petits princes charmants qui ne faisaient qu'un, puisqu'ils étaient joints par les parties postérieures, fait preuve d'humour : il présente une idée sérieuse sous un déguisement burlesque. Pour finir, il explique la vraie nature de la maladie de Giglio : « Supposez maintenant », dit-il, « que l'individu ait dans le corps, comme *materia peccans*, un double prince pensant de travers, vous avez la maladie dont je parle et dont l'action se manifeste essentiellement par le fait que le malade ne sait plus qui il est »... Si les romantiques allemands n'ont pas encore le discours des découvertes

1. Albert Schneider, « Le Double Prince : un important emprunt de E.T.A. Hoffmann à G. C. Lichtenberg », in : *Annales Universitatis Saraviensis*, Philosophie-Lettres 2 (1953), Cahier 1/2.

analytiques, ils en ont déjà la clairvoyance à un degré tout à fait étonnant.

L'Histoire du roi Ophioch et de la reine Liris ou l'éloge du rire

Brambilla, l'imagination poétique dont le véritable artiste romantique doit rester amoureux, guérira Giglio Fava. Mais une vive imagination présente aussi un grand danger. Nous n'avions rien nourri que l'imagination et celle-ci, à son tour, nous a en partie dévorés, s'écria Clemens Brentano à la fin de sa vie. Hoffmann en a également une conscience aiguë : la folie de Johannes Kreisler, dit-il, nous devons l'attribuer à son imagination débridée, incapable de trouver une forme. « Il faut dans la fantaisie la plus folle un appareil de raison, un prétexte quelconque, un plan, des caractères et une conduite », écrira à propos des *Fantasiestücke* l'admirateur inconditionnel d'Hoffmann qu'est Théophile Gautier [1]. Afin que l'imagination devienne créatrice et fasse naître une œuvre d'art, il faut qu'elle soit organisée par la raison. Comment l'artiste — poète, compositeur ou acteur — arrive-t-il à trouver un certain équilibre entre imagination et raison, intuition et intellect ? Hoffmann donne la réponse dans l'*Histoire du roi Ophioch et de la reine Liris* dont la première partie est narrée par Celionati. Le mage Ruffiamonte fait la lecture des épisodes suivants qui finissent par rejoindre les événements extraordinaires vécus par Giglio et Giacinta pendant le carnaval romain.

Nous sommes au pays d'Urdar, nom emprunté à la mythologie scandinave dans laquelle il désigne la source où, au commencement du temps, la vie a pris naissance. Le préfixe « ur » évoque un état très ancien, originel, un temps des plus reculés. Hoffmann

1. Dans *La Chronique de Paris,* en 1836. Cf. P.-G. Castex, *op. cit.,* p. 81.

affirme s'être inspiré de l'*Edda*, de la *Voluspa* (qui fait partie de l'*Edda*), des poèmes sanscrits. En réalité, il a beaucoup puisé dans les *Aspects nocturnes des sciences naturelles* de G. H. von Schubert. Le pays d'Urdar ressemble à un immense jardin merveilleux, vieux thème qui connaît au temps du romantisme allemand un renouveau de vie et de jeunesse. Chez Hoffmann, c'est un lieu où les contraires se rejoignent : si le nom d'Urdar est apparemment d'origine nordique, la végétation y est tout à fait méridionale. Comme dans le récit principal où Italiens et Allemands se rencontrent, le pays d'Urdar rappelle autant l'univers germanique que les contrées du Midi. D'autre part, il y demeure des traces de l'état édenique, d'un merveilleux monde primitif, qui, selon les romantiques, est l'une des trois grandes époques de l'évolution de l'humanité. Tous les philosophes de la nature ont eu l'idée d'une tripartition. Ils distinguent l'âge d'or de l'harmonie entre l'homme et la nature, sa mère ; l'homme a une intuition immédiate de la nature. Puis vient l'ère d'analyse où l'homme, par son esprit critique, se détache de la nature et souffre de cette rupture : il n'a plus qu'une connaissance indirecte de la nature. Enfin, une nouvelle période de synthèse arrivera, plus riche que la première, où l'intellect et l'instinct seront réconciliés.

Le jeune roi Ophioch, pourtant aimé de ses sujets, doué d'une intelligence lucide et du sens de la poésie, est en proie à une profonde mélancolie puisqu'il a perdu l' « intuition immédiate » de la nature maternelle. L'harmonie primitive, rompue après la Chute, a été détruite, dans le mythe d'Hoffmann, par un démon maléfique sur lequel nous n'apprenons que peu de choses. Est-ce l'esprit rationaliste de l'homme qui a demandé la connaissance à la raison abstraite, aux certitudes limitées apportées par la science positive ? Tous ceux qui, dans le pays d'Urdar, ne comprennent pas la tristesse de leur souverain, sont les membres « éclairés » et raisonneurs du Conseil d'Etat. Pour soulager le mal du monarque, ils lui trouvent une épouse rieuse, la princesse Liris. Malheureusement, la gaieté de cette jeune personne semble être l'envers d'une très grande sottise, d'un esprit superbement vide. Son unique plaisir est de faire du filet du matin au soir... Une lecture psychiatrique permettrait de déceler dans l'exaltation euphorique de Liris le syndrome d'un trouble mental, si bien que le couple royal représenterait l'expression des accès alternés de manie et de mélancolie, à laquelle, dès l'Antiquité, on a assigné la plupart des déviances de l'esprit.

Perdu dans ses pensées, le roi s'aventure dans les régions sauvages de son royaume où il rencontre le mage Hermod, le double de Celionati et comme celui-ci un médiateur. Ophioch apprend alors de quel remède il peut espérer la guérison. Comme « la pensée a détruit la contemplation [der Gedanke zerstört die Anschauung] », Hermod apportera au pays d'Urdar un prisme de cristal dans lequel s'opérera une synthèse apaisant les puissances antagonistes. Ce prisme miraculeux, Hermod le recevra en cadeau de la reine d'Atlantide, pays décrit par Schubert comme une contrée où règne un printemps éternel et que Tieck, dans le *Supplément à Ofterdingen*, évoque comme une nature où la foi, l'imagination, la poésie ouvrent le monde intérieur. Pour Hoffmann qui y place la propriété de l'étudiant Anselm dans *Le Vase d'or*, c'est le symbole de « la vie dans la poésie à laquelle se révèle l'harmonie sacrée de tous les êtres, le plus profond mystère de la Nature [1] ». De retour chez lui, Ophioch fait graver sur une plaque de marbre noir les « paroles mystiques » du mage : « la pensée a détruit la contemplation ». La pensée qui est un mouvement de l'intellect détruit la contemplation qui est un mouvement magique : ce n'est pas par la pensée, c'est par la contemplation que l'homme est emporté dans la joie, qu'il vit en communion avec la nature, l'harmonie spirituelle avec les êtres. Aussi la reine Liris, en lisant les paroles d'Hermod, connaît-

1. Fin du *Vase d'or*.

elle une métamorphose d'esprit extrêmement salutaire — son rire hystérique disparaît à jamais. Avec son époux, elle tombe dans un sommeil léthargique proche de la mort, mais qui, en fait, est un moment d'attente où le moi s'évanouit.

Par la formule quelque peu irrationnelle : « la pensée détruit la contemplation », Hoffmann exprime le dualisme qui est celui de l'homme après qu'il a cueilli le fruit à l'arbre du savoir, geste par lequel il a perdu la faculté de participer étroitement à la vie de la nature comme, avant la naissance, l'enfant à celle de sa mère[1]. L'espoir de retrouver l'unité primitive est fondé sur le pouvoir de l'art. L'homme doit goûter de nouveau au fruit de la connaissance, mais celui-ci ne sera plus un fruit défendu, tout au contraire : il permettra à l'homme de concilier la raison et l'imagination, la pensée et la contemplation, le sérieux et le rire. Les réflexions d'Hoffmann s'appuient en partie sur la philosophie de l'art du jeune Schelling, notamment sur ses idées concernant l'intuition esthétique et la pensée : « L'intuition doit embrasser ce qui existe séparément dans l'apparition de la liberté et dans l'intuition du produit de la nature, à savoir l'identité du moi conscient et du moi inconscient, et la conscience de cette identité. » L'ambition essentielle de Schelling qui rejoint celle d'Hoffmann est exposée par Hegel dans son *Cours d'Histoire et de la Philosophie* : « En soi, comme dit Schelling, les opposés sont identiques, et non seulement en soi, mais la vie éternelle consiste précisément à produire éternellement l'opposition et à la concilier éternellement. Connaître l'unité dans l'opposition et dans l'opposition l'unité, c'est le savoir absolu[2]. » Dans la mesure

1. Pierre Missac, « Hoffmann et le péché originel », in : *Le Romantisme allemand,* numéro spécial des *Cahiers du Sud,* 1949.

2. André Chastel, « Schelling ou la métaphysique de l'imaginaire », *Le Romantisme allemand* (voir note ci-dessus). Pour la philosophie de l'art du jeune Schelling, voir Schelling, *Textes esthétiques,* présentés par Xavier Tilliette, collection « L'Esprit et les Formes », Paris, Klincksieck, 1978.

où le poète se substitue au philosophe, l'essai de Kleist *Sur le théâtre de marionnettes* (1810) anticipe l'esthétique de *Princesse Brambilla*. Pour Kleist, toute beauté est spontanée. Parce qu'il a une conscience, l'homme ne possède plus la spontanéité et la grâce de ses mouvements. Mais ce défaut de spontanéité ne prouve rien contre la conscience en soi. Dans un dialogue entre le poète et le premier danseur d'Opéra, le danseur ne condamne que la conscience imparfaite de l'homme : la spontanéité et la grâce ne vont de pair qu'avec une absence totale de conscience, comme chez la marionnette, ou bien avec une conscience infinie, celle de Dieu. Le danseur suggère l'idée d'un « voyage autour du monde », au terme duquel l'homme retrouverait le paradis perdu et, partant, l'état d'innocence qu'il a connu initialement. Pour le poète, l'homme doit « goûter de nouveau à l'arbre de la connaissance » en acquérant « une conscience infinie », une naïveté non pas ignorante mais riche de connaissances. L'homme sera ainsi plus heureux que l'homme avant la Chute, béat et inconscient de son moi. « Certes », répond le danseur, « c'est là le dernier chapitre de l'histoire du monde[1]. »

Quand le mage Hermod apporte au pays d'Urdar le prisme de cristal, celui-ci se dissout aussitôt pour former une source étincelante. Ophioch et Liris se réveillent de leur long sommeil et regardent au fond de l'eau. Ils y découvrent le reflet de leur propre moi — mais c'est un reflet à l'envers et pourtant c'est précisément le véritable reflet car ils y reconnaissent leur vraie identité. Apercevant le tableau inversé de la nature entière et de leur propre moi, ils comprennent subitement le renversement des perspectives (ce qui est le propre de l'ironie consciente) et se mettent à rire, d'un rire libérateur, signe non pas d'une hilarité saugrenue mais de la maîtrise de la pensée sur la

1. Voir aussi Roger Ayrault, *Heinrich von Kleist*, Paris, Aubier-Montaigne, 1966, p. 337.

matière et sur les mirages qu'elle engendre elle-même[1]. Du haut des airs, la voix d'Hermod se fait entendre : « La pensée détruit la contemplation, et, arraché de la poitrine maternelle, l'homme erre sans patrie, dans un délire insensé et dans un profond aveuglement, jusqu'à ce que le propre reflet de la pensée procure à la pensée elle-même la conscience de son existence et lui fait comprendre qu'elle règne en souveraine sur les trésors inépuisables que lui a ouverts la reine sa mère, même si elle doit obéir comme son vassal. »

On sait que le miroir est le support d'un symbolisme très riche dans l'ordre de la connaissance. Dans l'œuvre entière d'Hoffmann, le miroir est un thème capital, il fait partie de son « cabinet d'optique » au même titre que les lorgnettes et les lunettes : dans *Princesse Brambilla*, c'est grâce aux lunettes magiques vendues par Celionati, que Giglio aperçoit Brambilla. Mais c'est par le regard dans le miroir que le moi conscient rejoint le moi inconscient, que la pensée et l'intuition forment une unité dans l'opposition et dans l'opposition une unité. Le regard dans le miroir de l'eau de la fontaine d'Urdar est défendu formellement par les philosophes rationalistes parce qu'il y a danger de vertige à voir ainsi le monde et soi-même à l'envers. Les gens de la classe la plus éclairée du pays, esprits ennuyeux et pédants, prétendent même que la fontaine n'existe pas. Ophioch et Liris en savent plus long : ils ont fait l'expérience d'une vision qui va plus loin que ce que le regard habituel arrive à percevoir et en éprouvent une joie ineffable, se tombant dans les bras l'un de l'autre. Avec leur rire franc et serein, *L'Histoire du roi Ophioch et de la reine Liris* pourrait s'arrêter. Elle se prolonge néanmoins par celle de la princesse Mystilis : mystère, mystique... Héritière du royaume d'Urdar qui traverse encore bien des malheurs après le bonheur suprême du couple royal,

1. Voir aussi Max Milner, *La Fantasmagorie*, Paris, P.U.F., 1982, p. 81.

Mystilis, victime elle-même de puissances démoniaques, finit par triompher de tous les maléfices. Le moment de son apothéose ne se produit plus dans le mythe même, mais au palais Pistoia, lieu où la réalité du carnaval et le mythe se rencontrent. Reine et déesse, elle s'élève alors du calice d'une fleur de lotus qui surgit au milieu de la fontaine d'Urdar. Au terme du récit, le prince Bastiennelo di Pistoia nous dit qu'elle est en fait la véritable princesse Brambilla. Mystilis grandit jusqu'à toucher le ciel de sa tête, tandis que ses pieds s'abaissent jusqu'au fond de l'eau. Elle atteint ainsi l'azur et la terre, l'idéal et la matière ferme, image symbolique du processus de l'écriture hoffmannienne qui part de l'observation (ou de l'invention) du détail réaliste et glisse à l'insertion des visions. Plus l'homme se développe par la tête, plus il rêve le pôle contraire, c'est-à-dire l'irrationnel...

Au bord du lac d'Urdar qui s'est reformé à l'intérieur du palais Pistoia, Cornelio-Giglio et Brambilla-Giacinta se réveillent, comme Ophioch et Liris, d'une longue léthargie, regardent dans l'eau, se reconnaissent et éclatent d'un rire « qu'on ne peut comparer qu'à celui du roi Ophioch et de la reine Liris ». Heureux celui qui peut se connaître... en riant, en riant de nos imperfections, du spectacle de notre finitude, de l'inconvénient d'être né et du mal de vivre... La possibilité du rire de soi-même, affirme un éminent psychologue d'aujourd'hui, signe la réussite d'une psychothérapie : « Rire de soi, c'est prendre à l'égard de soi la distance minimale qui nous fait apprécier ce que nous faisons, pensons et disons comme pourrait le faire un autre qui disposerait à la fois de la plus exacte sévérité et de la plus libérale indulgence[1]. » Cette distance apporte l'onguent et le baume qui délivrent du désespoir.

1. François Roustang, « Comment faire rire un paranoïaque ? », in : *Critique*, janvier-février 1988, p. 11.

L'humour allemand et le comique français : Hoffmann et Baudelaire

Dans l'œuvre entière d'Hoffmann, l'artiste, s'il veut triompher du réel quotidien, doit renoncer à posséder l'image de son rêve, incarnée dans une personne de chair. *Princesse Brambilla* est un de ces très rares écrits où un artiste, sans trahir sa vocation, forme avec la femme qu'il aime un couple heureux. Giglio et Giacinta, celle-ci à la fois muse *et* épouse, participent en artistes à un ensemble de vie qui comporte des chimères aussi bien que des vertus de stabilité et d'autonomie individuelle. Leur talent de comédien s'épanouit autant que leur personnalité humaine. Mais leur nouvelle identité, faite de plusieurs facettes, est-elle suffisamment solide pour ne plus risquer de disparaître ? La fin harmonieuse de *Princesse Brambilla*, est-ce l'ultime effort d'Hoffmann pour changer la douleur de l'existence en une joie sublime ? Est-ce au contraire une illusion, une ironie s'exerçant aux dépens de l'artiste et de l'amour, sinon de la vie entière, une scène seulement d'une pièce dont le dernier acte n'est pas encore écrit ? Est-ce un « catéchisme de haute esthétique », une mise en forme poétique des réflexions d'Hoffmann sur la valeur et le rôle du comique ?

Dans un long discours, le peintre allemand Franz Reinhold expose ses idées sur la plaisanterie, sur le comique italien et le comique allemand. Selon lui, le premier s'attache plutôt aux apparences, il ne reçoit ses motifs que du dehors, il dépeint les divers aspects extérieurs de la nature humaine, tandis que le second coule de source, vient du fond de l'âme, vise non pas les hommes mais l'Homme. Reinhold insiste néanmoins sur le fait que l'église invisible de l'art ne fait pas de différences entre les nations, qu'elle a partout des membres que leur propre nature éloigne prodigieusement les uns des autres, certes, mais que tous sont « issus d'un seul et même tronc ». Dans la fontaine d'Urdar il voit une image de ce que « nous autres Allemands, nous appelons *l'humour* », la faculté de reconnaître ses propres ridicules et ceux de l'univers. A la fin de l'œuvre, le prince de Pistoia nous fait comprendre que Giacinta-Brambilla (-Liris-Mystilis-Smeraldina) est la véritable imagination et que Giglio-Cornelio (-Pantalon-Ophioch) est le véritable humour. Sans l'humour, l'imagination planerait dans les airs et serait le jouet du vent. L'humour lui donne « un corps ». Mais l'humour, à son tour, a besoin de l'imagination : sans elle, il ne pourrait jamais avoir « des ailes ». En somme, l'imagination s'empare du réel mais comme matière première ; l'humour lui donne une forme chargée de sens. L'imagination a partie liée avec l'intuition, l'humour avec la pensée.

Ces réflexions d'Hoffmann sont en grande partie à la base de la dialectique entre le rire et le comique dans l'essai de Baudelaire *De l'Essence du rire*. C'est grâce à Baudelaire, et à lui seul, que *Princesse Brambilla*, ne serait-ce que par le titre de l'ouvrage, est entrée dans la pensée des Français. De toutes les œuvres du « divin » Hoffmann auquel Baudelaire rend un hommage sans équivoque à plusieurs reprises, c'est *Princesse Brambilla* qui le touche le plus dans sa sensibilité esthétique. Elle représente une part substantielle de ses « nourritures étrangères ». « Si l'on veut bien comprendre mon idée », écrit-il, « il faut lire [...] surtout, avant tout, *Princesse Brambilla*, qui est comme un catéchisme de haute esthétique. » Le mot a frappé et on ne s'est pas lassé de le répéter.

Pourquoi Baudelaire a-t-il préféré *Princesse Brambilla* à toutes les autres œuvres d'Hoffmann ? Dans *Princesse Brambilla* Hoffmann semble distinguer trois niveaux du comique : un comique de geste et de situation, parfois frivole, assez éphémère en tout cas, dont les masques du carnaval de Rome sont le symbole. Un autre comique, profond et plus durable, né de la mélancolie que nous inspire la condition humaine et qu'éprouve Ophioch au début du mythe, engendre l'humour où le comique converge avec le tragique. Les exemples parfaits de cette synthèse se trouvent, pour Hoffmann, dans l'œuvre de Shakespeare : « il a créé ses fous dans le seul but de proclamer le vrai humour, qui n'est autre chose que le tragique et le comique eux-mêmes ». Les héros de Shakespeare, pénétrés de cet humour, s'expriment souvent « par une improvisation pleine d'esprit » tels que Giglio et Giacinta à la fin de *Princesse Brambilla* [1]. C'est par l'humour que l'homme arrive à vaincre la désorientation dans le temps et dans l'espace. C'est dans l'humour que se concilie l'opposition entre ce que Kant, Fichte, Schelling appellent « le monde objectif » et « le monde subjectif », le premier relevant de la science, de la pensée abstraite, le second de l'imagination. C'est grâce à l'humour que l'homme unit les intuitions géniales et la liberté qui assure la raison, qu'il aboutit à une conscience plus profonde, plus riche et plus bouleversante de lui-même sans s'abandonner ni au monde ni à ses propres songes dont il gardera la maîtrise tout en sachant... en rire. L'humour doit être la force secrète de l'art, et l'art, dit Hoffmann dans les *Informations sur les récentes fortunes du chien Berganza* (1814), « n'a pas de plus noble but que de susciter chez l'homme un plaisir capable de le libérer tout entier des tourments d'ici-bas ».

L'étude du comique qu'on trouve chez Baudelaire est bien plus ample et plus fouillée. Distinguant le comique ordinaire, ou significatif, qui serait un art d'imitation, et le comique absolu, le grotesque, qui en appelle à l'intuition et qui est un art de création, Baudelaire établit dans ces divisions philosophiques plusieurs gradations artistiques. Pour Baudelaire, Hoffmann « unit à la raillerie significative française la gaieté folle, mousseuse et légère des pays du soleil, en même temps que le profond comique germanique », ce qui l'amène à dire qu'Hoffmann se distingue par « le mélange involontaire, et quelquefois très volon-

1. E.T.A. Hoffmann, *Fantasie- und Nachtstücke,* Munich, Winkler, 1967, p. 655.

taire, d'une certaine dose de comique significatif avec le comique le plus absolu ». Or, pour Baudelaire, le « comique significatif » est caractéristique de la littérature en France, « pays de pensée et de démonstrations claires où l'art vise naturellement et directement à l'utilité ». L'art français fuit « l'excessif, l'absolu et le profond », pourtant ce n'est que « l'essence très relevée du comique absolu » qui fait « l'apanage des artistes supérieurs, qui ont en eux la réceptibilité suffisante de toute idée absolue ». Baudelaire prend Hoffmann pour ainsi dire dans son orbite et comprend les virtualités de l'auteur allemand plus et mieux dans la mesure où elles correspondent à ses propres aspirations artistiques.

Les « Brambillesques »

Dans les années vingt de notre siècle naît à Paris le « Brambilla-Club », fondé par Edmond Jaloux et Jean Cassou auxquels se joignaient volontiers Albert Béguin, Francis de Miomandre, Jean de Boschère, Marcel Brion, parfois Jean Giraudoux, Sylvia Beach et bien d'autres. Les « Brambillesques », ayant cherché un endroit qui se prête au rêve (et aux agapes), s'étaient d'abord réunis dans le quartier des Halles, puis près du canal Saint-Martin, enfin rue de Vanves, dans un atelier de peintre. Leur hôte, aux dires d'Albert Béguin, était un véritable « personnage hoffmannesque » qui n'avait pas de profession mais plusieurs talents dont celui de causeur et de fin cuisinier. Ils prétendaient être guidés par une étoile capricieuse qui leur indiquait cependant toujours le chemin menant au « B(rambilla) Club, route de Nulle Part », maison dans une rue parisienne, domaine dans l'Atlantide ou le pays d'Urdar[1]...

1. Claude Pichois, *L'Image de Jean-Paul Richter dans les lettres françaises*, Paris, Corti, 1963, p. 403 ss.

Le mirage de la princesse

Princesse Brambilla : un récit dont Hoffmann espérait qu'il serait « le plus hardi de ses contes[1] », une commedia dell'arte où nous sommes nous-mêmes les figurants et les acteurs comme dit Celionati, s'adressant au lecteur en jetant un instant son masque de charlatan et de prince pour nous montrer le visage malicieux d'Hoffmann lui-même. Après tout : qui est-ce qu'il croit être ? Le monde entier n'est-il pas un théâtre où se joue une pièce intitulée *La Vie* dans laquelle nous tenons tous un rôle ? Ne sommes-nous pas tous portés au dédoublement, protégeant une part « intacte » du moi tout en nous faisant autres par le pouvoir réflexif de l'esprit ?

Princesse Brambilla : un conte d'initiation à la connaissance de soi et du monde. Où donc est la Vérité ? Question ô combien banale et vaine. L'envers est l'endroit des choses, tout n'est que incertitude ou certitude très provisoire — mais une certitude très provisoire, ce n'est pas rien... Et si la chute était identique à l'envol ? Ne faudrait-il pas imaginer Icare heureux ?

Princesse Brambilla : le rêve d'un poète. Ne cherchons pas à savoir où sont les faits explicables rationnellement. Rien ne serait plus ennuyeux que d'avoir réponse à toute question. Que la pensée ne détruise point la contemplation, que la pensée ne détruise point le rêve. Gardons-nous, à nous aussi, une part de rêve, une image, un mirage — une princesse Brambilla.

Erika TUNNER.

1. Hoffmann à Adolph Wagner, le 21 mai 1820.

PRÉFACE

Il faut beaucoup d'imagination pour se représenter tout le prosaïsme de l'existence extérieure à laquelle E. T. A. Hoffmann fut condamné durant sa vie.

Une jeunesse passée dans une petite ville prussienne, avec des heures strictement mesurées. A la seconde, il est obligé d'étudier le latin, puis les mathématiques, d'aller à la promenade ou de faire de la musique — cette chère musique. Ensuite, un bureau et, qui plus est, un bureau de fonctionnaire prussien, quelque part, sur la frontière polonaise. Puis, par désespoir, une femme, ennuyeuse, sotte, sans intelligence, qui lui rend la vie encore plus insipide. Et de nouveau des dossiers, des dossiers, noircir du papier administratif jusqu'à épuisement complet.

Une fois, un petit intermède : pendant deux ans, directeur de théâtre, avec la possibilité de vivre dans la musique, de côtoyer des femmes, et de sentir dans les sons et les paroles l'ivresse du supraterrestre. Mais cela ne dure que deux années, après quoi la guerre napoléonienne met en pièces le théâtre, et de nouveau l'administration, la ponctualité des heures, des paperasses, toujours des paperasses, et cet horrible prosaïsme !

Comment fuir ce monde où tout est tracé au compas ? Souvent le vin est une ressource. Il n'y a qu'à boire beaucoup, dans des caveaux bas et humides, pour qu'il vous enivre, et il faut qu'il y ait des amis, des hommes tout bouillonnants, comme l'acteur Devrient, dont la parole vous enthousiasme, ou d'autres, tout bonnement mornes et silencieux, qui se contentent d'écouter, lorsque soi-même on décharge son cœur.

Ou bien on fait de la musique, on s'assied dans la pièce obscure, et on laisse les mélodies se déchaîner comme l'orage. Ou bien on exprime toute sa colère en des caricatures incisives et mordantes sur la partie blanche des feuillets administratifs ; on invente des êtres qui ne sont pas de ce monde, ce monde méthodiquement ordonné, positif et gouverné par des paragraphes de loi, ce monde d'assesseurs et de lieutenants, de juges et de « conseillers intimes ». Ou bien l'on écrit, l'on écrit des livres, l'on rêve en écrivant, et, dans ce rêve, on métamorphose sa propre existence, étroite et perdue, en possibilités purement imaginaires : on voyage ainsi en Italie, on brûle pour de belles femmes et on vit des aventures extraordinaires.

Ou bien l'on décrit les rêves effrayants qui surviennent après une nuit d'ivresse et où des figures grotesques et des fantômes surgissent d'un cerveau noyé dans les ténèbres. L'on écrit pour fuir le monde et cette existence mesquine et banale ; on écrit pour gagner de l'argent, qui se mue en vin, et avec le vin on achète de la gaieté et des rêves clairs et colorés. C'est ainsi que l'on écrit et que l'on devient poète sans le savoir, sans ambition, sans aucune passion véritable, simplement pour pouvoir vivre enfin, une fois, de la vie de « l'autre homme » que l'on porte en soi, de cet homme du fantastique et de la magie que l'on était de naissance, en oubliant pour un instant le fonctionnaire auquel l'existence vous a réduit.

Un monde supraterrestre, fait de fumée et de rêve aux figures surnaturelles, tel est le monde de E. T. A. Hoffmann. Souvent il est doux et clément ; ses récits sont des rêves de pureté et de perfection ; mais souvent aussi, au milieu de ses rêves, il se rappelle la réalité et son propre sort, si peu conforme à ses désirs ; alors il devient mordant et méchant, il fait des hommes des caricatures et des horreurs ; il cloue railleusement au mur de sa haine l'image de ses supérieurs qui le font souffrir et le tourmentent, fantômes de la réalité, au milieu du tourbillon de fantômes.

La Princesse Brambilla *est, elle aussi, une demi-*

réalité de ce genre transposée dans le fantastique, gaie et mordante, à la fois vraie et fabuleuse et pleine de cet amour singulier de la fioriture qu'il y a chez Hoffmann. Comme à chacun de ses dessins, comme à sa signature même, il ajoute toujours à ses créatures quelque petite queue ou appendice, quelque parafe qui les rend étranges et extraordinaires pour un esprit non préparé.

Edgar Poe a plus tard emprunté à Hoffmann ses fantômes, et plus d'un Français son romantisme, mais une chose est restée pour toujours propre à E. T. A. Hoffmann et inimitable : c'est cet étrange amour de la dissonance, des tons intermédiaires nets et aigus ; et celui qui sent la littérature comme une musique n'oubliera jamais ce ton particulier qui lui est spécial.

Il y a là-dedans quelque chose de douloureux, la transposition de la voix en raillerie et en souffrance, et même dans les récits qui veulent n'être que sérénité ou bien qui décrivent orgueilleusement d'étranges inventions passe soudain ce ton tranchant et inoubliable d'instrument brisé. En effet, E. T. A. Hoffmann a été sans cesse un instrument brisé, un instrument merveilleux avec une petite fêlure.

Créé pour une joie débordante et dionysiaque, pour être un génie étincelant et enivrant, un artiste typique, son cœur avait été avant le temps écrasé sous la pression de la quotidienneté. Jamais, pas une seule fois, il n'a pu se répandre, pendant des années, dans une œuvre lumineuse, étincelante de joie. Seuls de courts rêves lui furent permis, mais des rêves singulièrement inoubliables, qui engendrent à leur tour d'autres rêves, parce qu'ils sont teints de la rougeur du sang, du jaune de la bile et de la noirceur de l'épouvante. Après un siècle, ils sont toujours vivants dans toutes les langues, et les figures qui, comme des fantômes difformes, se sont présentées à lui dans la vapeur de l'ivresse ou la rouge nuée de l'imagination, traversent encore aujourd'hui, grâce à son art, notre univers intellectuel.

Qui subit victorieusement l'épreuve d'un siècle de survie a triomphé à jamais, et ainsi E. T. A. Hoffmann appartient — ce dont il ne s'est douté à aucun moment, lui le pauvre diable crucifié par le prosaïsme terrestre, — à la guilde éternelle des poètes et des fantaisistes, qui prennent sur l'existence qui les tourmente la plus belle des revanches, en lui révélant typiquement des formes plus colorées et plus variées que n'en a la réalité.

Salzbourg, mai 1927. STEFAN ZWEIG.

PRINCESSE BRAMBILLA

CHAPITRE PREMIER

Magiques effets d'un riche vêtement sur une jeune modiste. — Définition du comédien qui joue les amoureux. — De la *smorfia* des jeunes filles italiennes. — Comment un petit homme vénérable s'occupe de sciences tout en étant assis dans une tulipe et comment d'honorables dames font du filet entre les oreilles de haquenées. — Le charlatant Celionati et la dent du prince assyrien. — Bleu de ciel et rose. — Le pantalon et la bouteille de vin au contenu merveilleux.

C'était le soir, le crépuscule tombait et dans les couvents sonnait l'angélus. Alors la jolie et charmante enfant appelée Giacinta Soardi mit de côté le riche costume de femme, en lourd satin rouge, à la garniture duquel elle avait travaillé avec application, et elle regarda d'un air mécontent, par la haute fenêtre, dans la rue étroite et triste où il n'y avait personne.

Cependant, la vieille Béatrice ramassait soigneusement les travestis bariolés, de toute espèce, qui étaient épars sur des tables et des chaises, dans la petite chambre, et elle les suspendait l'un après l'autre. Puis, les deux bras campés sur les hanches, elle se plaça devant l'armoire ouverte et dit joyeusement :

— Vraiment, Giacinta, cette fois-ci nous avons bien travaillé. Il me semble avoir ici devant les yeux la moitié de notre joyeux monde du Corso carnavalesque. Jamais encore, à vrai dire, messer Bescapi ne nous a fait d'aussi riches commandes. Il sait, sans doute, que notre belle ville de Rome, cette année, sera de nouveau toute éclatante de joie, de magnificence et de somptuosité. Tu verras, Giacinta, quel débordement d'allégresse il y aura demain, premier jour de notre Carnaval. Et demain, demain, messer Bescapi répandra sur nous toute une poignée de ducats, tu verras, Giacinta. Mais qu'as-tu, mon enfant ? Tu baisses la tête, tu es chagrine, boudeuse ! Et demain c'est le Carnaval !

Giacinta s'était remise sur sa chaise de travail et, la tête appuyée dans ses mains, elle regardait fixement vers le sol, sans faire attention aux paroles de la vieille femme. Mais, comme celle-ci ne cessait de papoter sur les plaisirs du Carnaval, à la veille duquel on était, Giacinta se mit à dire :

— Taisez-vous donc, la vieille ; ne parlez pas d'une époque qui a beau être belle pour d'autres, si elle ne m'apporte à moi que du chagrin et de l'ennui. A quoi me sert de travailler jour et nuit ? A quoi me servent les ducats de messer Bescapi ? Ne sommes-nous pas d'une pauvreté lamentable ? Ne devons-nous pas veiller à ce que le gain de ces jours-ci dure assez pour nous nourrir bien chichement pendant toute l'année ? Que nous reste-t-il pour notre amusement ?

— Notre pauvreté, — répliqua la vieille Béatrice, — qu'a-t-elle à voir avec le Carnaval ? L'année dernière, ne nous sommes-nous pas promenées depuis le matin jusque très tard dans la nuit, et n'avais-je pas bon air, un air très distingué, travestie en *Dottore* ? Et nous nous donnions le bras et tu étais ravissante en jardinière, — hi, hi ! et les plus beaux masques couraient après toi et te débitaient des paroles douces comme du sucre. Eh bien ! n'était-ce pas gai ? Qu'est-ce qui nous empêche de faire la même chose cette année ? Je n'ai qu'à brosser comme il faut mon *Dottore* et alors disparaîtront toutes les traces des méchants confetti dont il a été bombardé ; et ta jardinière est également suspendue là. Quelques rubans neufs, quelques fleurs fraîches, et il n'en faut pas plus pour que vous soyez jolie et pimpante ?

— Que dites-vous donc ? s'écria Giacinta. Je

devrais revêtir ces misérables hardes ? Non. Un beau costume espagnol, moulant étroitement le buste et descendant en riches plis lourds, de larges manches à crevés avec un bouillonnement de dentelles magnifiques, un petit chapeau aux plumes flottant hardiment, une ceinture, un collier de diamants étincelants, voilà ce que Giacinta voudrait avoir pour prendre part au Corso et se placer devant le palais Rusponi. Comme les cavaliers se presseraient autour d'elle, disant : « Quelle est cette dame ? A coup sûr, une comtesse, une princesse. » Et même Pulcinella serait saisi de respect et en oublierait ses folles taquineries.

— Je vous écoute, fit Béatrice avec un grand étonnement. Dites-moi, depuis quand le maudit démon de l'orgueil est-il entré en vous ? Eh bien ! puisque vous avez une si haute ambition que vous voulez jouer à la comtesse ou à la princesse, ayez la complaisance de prendre un amoureux, qui, pour vos beaux yeux, soit en mesure de puiser gaillardement dans le sac de la fortune, et chassez le signor Giglio, ce sans-le-sou, qui, lorsqu'il lui arrive de sentir dans sa poche un couple de ducats, dépense tout en pommades parfumées et en friandises et qui me doit encore deux *paoli* pour le col de dentelle que je lui ai lavé.

Pendant ce discours, la vieille femme avait préparé la lampe et elle l'avait allumée. Lorsque la lumière tomba sur le visage de Giacinta, la vieille s'aperçut que des larmes amères brillaient dans ses yeux.

— Giacinta, par tous les saints, qu'as-tu, que t'est-il arrivé ? s'écria-t-elle. Eh ! mon enfant, je n'ai pas voulu te fâcher. Repose-toi ; ne travaille pas si intrépidement ; la robe sera, de toute façon, finie pour l'époque fixée.

— Ah ! — dit Giacinta sans lever les yeux de son travail, qu'elle avait repris — c'est précisément cette robe, cette maudite robe, qui, je le crois, m'a remplie de toutes sortes de folles pensées. Dites, la vieille, avez-vous jamais vu dans toute votre vie une robe comparable à celle-ci en beauté et en magnificence ? Messer Bescapi s'est vraiment surpassé lui-même. Un esprit tout particulier l'inspirait lorsqu'il taillait ce superbe satin. Et puis ces splendides dentelles, ces tresses éclatantes, ces pierres précieuses qu'il nous a confiées pour la garnir ! Pour tout au monde, je voudrais savoir quelle est l'heureuse femme qui va se parer de cette robe digne des dieux.

— Bah ! — fit la vieille Béatrice en interrompant la jeune fille — que nous importe cela ! nous faisons le travail et nous recevons notre argent. Mais il est vrai que messer Bescapi avait une allure si mystérieuse, si bizarre... Il faut que ce soit au moins une princesse qui porte cette robe, et, bien que je ne sois pas curieuse d'habitude, j'aimerais que messer Bescapi me dît son nom, et demain je l'entreprendrais jusqu'à ce qu'il me le fît connaître.

— Non, non, — dit Giacinta, — je ne veux pas le savoir ; je préfère me figurer que jamais une mortelle ne mettra cette robe et que je travaille à quelque mystérieuse parure destinée à une fée. Il me semble déjà, véritablement, que ces pierres éblouissantes sont toutes sortes de petits esprits qui me regardent en souriant et qui me murmurent : « Couds, couds vaillamment pour notre belle reine, nous t'aiderons, nous t'aiderons. » Et quand j'entrelace ainsi dentelles et tresses, il me semble que de charmants petits êtres sautillent pêle-mêle avec des gnomes cuirassés d'or... Aïe ! Aïe !

C'était Giacinta qui poussait ces cris, car, en cousant le tour de gorge, elle s'était piquée fortement le doigt, si bien que le sang jaillissait comme d'une source vive.

— Ciel ! — s'écria la vieille, — que va devenir la belle robe ?

Elle prit la lampe, l'approcha du costume, pour mieux y voir, et d'abondantes gouttes d'huile s'y répandirent.

— Ciel ! Ciel ! Que va devenir la belle robe ? — s'écria Giacinta, à demi évanouie d'effroi.

Mais, bien que, à coup sûr, à la fois du sang et de l'huile fussent tombés sur la robe, ni la vieille femme ni Giacinta ne purent découvrir la moindre tache. Alors Giacinta continua de coudre vite, vite, jusqu'au moment où elle bondit de son siège en poussant un joyeux « fini ! fini ! » et en levant bien haut la robe.

— Ah ! comme c'est beau ! — s'exclama la vieille Béatrice. Comme c'est superbe ! Comme c'est magnifique. Non, Giacinta, jamais tes chères menottes n'ont fait quelque chose d'aussi bien. Et, sais-tu, Giacinta, il me semble que la robe a été faite exprès pour toi, comme si messer Bescapi n'avait pris des mesures sur personne autre que toi-même !

— Quelle idée ! — répliqua Giacinta, en devenant toute rouge. Tu rêves, la vieille, suis-je donc aussi grande et aussi svelte que la dame pour qui cette robe doit être destinée ? Prends-la, prends-la, et conserve-la soigneusement jusqu'à demain. Fasse le ciel qu'à la lumière du jour on ne découvre pas une méchante tache. Pauvres diablesses que nous sommes, que deviendrions-nous ? Prends-la.

La vieille Béatrice hésitait.

— Il est vrai — poursuivit Giacinta, en considérant la robe — que pendant que j'y travaillais, je me suis souvent figuré qu'elle devait m'aller. Pour la taille, je crois être assez svelte et en ce qui concerne la longueur...

— Giacinina — s'écria la vieille, les yeux brillants, — tu devines mes pensées et moi les tiennes. Portera la robe qui voudra, princesse, reine ou fée, peu importe ; c'est ma petite Giacinta qui doit d'abord l'essayer.

— Jamais ! — fit Giacinta.

Mais la vieille femme lui prit la robe des mains, la posa soigneusement sur le fauteuil et se mit à défaire les cheveux de la jeune fille, qu'ensuite elle natta entièrement. Puis elle alla chercher dans l'armoire le petit chapeau orné de fleurs et de plumes que Bescapi leur avait confié pour le garnir, comme la robe, et elle le fixa sur les boucles châtaines de Giacinta.

— Mon enfant, comme déjà le petit chapeau te va à

ravir ! Mais maintenant, mais maintenant enlève ta blouse.

Ainsi parla la vieille Béatrice, et elle se mit à déshabiller Giacinta, qui, dans une pudeur charmante, ne fut plus capable de résister.

— Hum ! — murmura la vieille femme, — cette nuque doucement arrondie, ce sein de lis, ces bras d'albâtre, la Médicéenne n'en a pas de plus beaux ; Jules Romain n'en a pas peint de plus superbes. Je voudrais bien savoir quelle princesse ne les envierait pas à ma chère enfant.

Mais, lorsqu'elle habilla la jeune fille de cette splendide robe, on eût dit qu'elle était aidée par des esprits invisibles.

Tout s'ordonnait et se déployait parfaitement bien ; chaque épingle se plaçait immédiatement au bon endroit ; chaque pli s'arrangeait comme de lui-même ; il n'était pas possible de croire que la robe eût été faite pour une autre que Giacinta elle-même.

— Oh ! par tous les saints ! — s'écria la vieille Béatrice, lorsqu'elle vit devant elle Giacinta si magnifiquement parée — tu n'es, à coup sûr, pas ma Giacinta... Oh ! Oh ! Comme vous êtes belle, ma très gracieuse Princesse ! Mais, attends, attends ! Il faut faire de la lumière, beaucoup de lumière dans la petite chambre.

Et, ce disant, la vieille femme alla chercher toutes les chandelles bénites qu'elle avait conservées depuis les fêtes de la Vierge et elle les alluma, si bien que Giacinta fut entourée d'un rayonnement de splendeur.

Tout à fait étonnée de la haute beauté de Giacinta et encore plus de la façon gracieuse, et en même temps distinguée, avec laquelle celle-ci allait et venait dans la chambre, la vieille joignit les mains, en s'écriant :

— Oh ! si quelqu'un, si tout le Corso pouvait vous voir ainsi !

Au même instant, la porte s'ouvrit vivement ; Giacinta s'enfuit vers la fenêtre en poussant un cri. A peine l'arrivant, un jeune homme, eut-il fait deux pas dans la chambre, qu'il resta cloué au sol, figé comme une colonne.

Tu peux, mon très cher lecteur, considérer à loisir ce jeune homme, tandis qu'il est là muet et immobile. Tu verras qu'il a à peine vingt-quatre à vingt-cinq ans et que c'est un très beau garçon. Son costume peut être qualifié d'étrange parce que, bien que la couleur et la coupe de chacune de ses parties soient irréprochables, l'ensemble ne s'harmonise pas du tout et offre un jeu de couleurs violemment disparates. En outre, bien que tout soit proprement entretenu, on remarque une certaine pauvreté ; on s'aperçoit, au col de dentelle, que celui qui le porte n'en a qu'un autre de rechange et que les plumes dont est fantaisistement orné le chapeau, enfoncé de travers sur la tête, ne tiennent que péniblement grâce à des fils métalliques et à des épingles. Tu t'en rends bien compte, aimable lecteur, le jeune homme ainsi habillé ne peut être qu'un comédien un peu vain, dont les gains ne sont guère élevés ; et il en est véritablement ainsi. En un mot, c'est ce Giglio Fava qui doit à la vieille Béatrice encore deux *paoli* pour le lavage d'un col de dentelle.

— Ah ! que vois-je ? — dit enfin Giglio Fava, avec autant d'emphase que s'il eût été sur les planches du Théâtre Argentina — est-ce un rêve qui m'illusionne encore ? Non, c'est elle-même, la divine, et il m'est permis d'oser lui adresser de hardies paroles d'amour ? Princesse, ô princesse !

— Ne fais pas l'âne, — s'écria Giacinta, en se retournant vivement, — et garde tes farces pour les jours qui vont venir.

— Ne sais-je donc pas, — répliqua Giglio après avoir repris haleine et avec un sourire forcé, — que c'est toi, ma charmante Giacinta ? Mais, dis-moi, que signifie cette robe magnifique ? Vraiment, jamais tu ne m'as parue si ravissante et je ne voudrais plus te voir autrement.

— Quoi ? — dit Giacinta avec irritation. C'est donc à mon costume de satin et à mon chapeau à plumes que va ton amour ?

Et en même temps elle se glissa promptement dans la petite chambre voisine et elle en sortit bientôt, dépourvue de toute parure et ayant repris ses vêtements ordinaires. Sur ces entrefaites, la vieille Béatrice avait éteint les chandelles et sérieusement rabroué ce malavisé de Giglio qui venait ainsi troubler le plaisir que faisait à Giacinta l'essayage de la robe destinée à quelque grande dame et qui, par-dessus le marché, avait été assez peu galant pour donner à entendre qu'une telle parure accroissait les charmes de Giacinta et la faisait paraître plus aimable encore que d'ordinaire. Giacinta ne manqua pas d'ajouter du sien à cette verte semonce, jusqu'à ce que le pauvre Giglio, devenu tout humilité et tout repentir, finît par obtenir assez de calme pour faire écouter les assurances qu'il donnait que sa surprise avait été provoquée par une étrange coïncidence de circonstances toutes particulières.

— Je vais te raconter la chose, — commença-t-il — je vais te raconter, ma charmante enfant, ma douce vie, quel rêve fabuleux j'ai fait hier au soir lorsque, tout épuisé et harassé du rôle du prince Taer que, tu le sais aussi bien que tout le monde, je joue à la perfection, je me jetai sur mon lit. Il me sembla que j'étais encore sur la scène et que je me disputais vivement avec ce sordide avare d'imprésario, qui me refusait opiniâtrement une avance de quelques misérables ducats. Il m'accablait de toute espèce de sots reproches. Alors, je voulus, pour mieux me défendre, faire un beau geste, mais ma main rencontra à l'improviste la joue droite de l'imprésario, de sorte qu'il en résulta le son et la mélodie d'un soufflet bien appliqué. Aussitôt, l'imprésario, saisissant un grand coutelas, s'élança sur moi ; je reculai et en même temps mon beau bonnet de prince, que toi-même, ma suave espérance, tu avais si gentiment paré des plus belles plumes qui aient jamais été arrachées à une autruche, tomba à terre. Furieux, le monstre, le barbare d'imprésario se jeta sur lui et perça de son coutelas le pauvre mignon, qui, dans les affres de la mort, se tordait à mes pieds en gémissant. Je voulus, comme c'était mon devoir, venger l'infortuné. Mon manteau enroulé sur mon bras gauche et brandissant mon glaive princier, je m'élançai sur l'infâme meurtrier. Mais le voilà qui se réfugie dans une maison et qui, du haut du balcon, décharge sur moi le fusil de Truffaldino. Chose bizarre, l'éclair du coup de feu s'immobilisa et rayonna autour de moi comme des diamants étincelants. Et, lorsque la fumée se fut peu à peu dissipée, je m'aperçus que ce que j'avais pris pour l'éclair du fusil de Truffaldino n'était autre que l'exquise parure du petit chapeau d'une dame. Oh ! par les dieux et par tout le ciel ! Voici qu'une douce voix se mit à parler, — non, à chanter, — non, à exhaler, dans un accent mélodieux, un parfum d'amour : « O Giglio, mon Giglio ! » dit-elle. Et je vis alors un être d'un charme si divin, d'une grâce si suprême que le brûlant sirocco d'une ardente passion envahit toutes mes veines et tous mes nerfs et que ce fleuve de feu devint une lave jaillissant du volcan enflammé de mon cœur : « Je suis », dit la déesse, en s'approchant de moi, « je suis la princesse ».

— Comment — fit Giacinta en interrompant coléreusement l'acteur, qui était aux anges, — tu as l'impudence de rêver d'une autre personne que moi ? Tu as l'impudence de devenir amoureux rien qu'à l'aspect d'une sotte et stupide vision qu'a fait naître le fusil de Truffaldino ?

Et ce fut alors comme un déluge de reproches et de plaintes, d'injures et de malédictions ; et toutes les affirmations et toutes les assurances du pauvre Giglio, déclarant que justement la princesse de son rêve avait porté la même robe que celle qu'il venait de voir à sa Giacinta, ne servirent absolument à rien. La vieille Béatrice elle-même, qui d'habitude n'était pas disposée à prendre le parti du signor Sans-le-sou, comme elle appelait Giglio, se sentit prise de pitié et ne lâcha pas cette entêtée de Giacinta, jusqu'à ce que celle-ci eût pardonné à son amoureux le rêve qu'il avait fait, à la condition qu'il n'en parlerait jamais plus. La vieille

Béatrice prépara un bon plat de macaroni, et Giglio, à qui, à l'opposé de son rêve, l'imprésario avait avancé quelques ducats, alla chercher un cornet de dragées et sortit de la poche de son manteau une fiole remplie d'un vin qui, ma foi, était assez buvable.

— Je vois que tu penses à moi, mon Giglio, — dit Giacinta, en mettant dans sa bouchette un fruit confit.

Elle permit même à Giglio de baiser le doigt qu'avait blessé la méchante aiguille et tout fut de nouveau, pour eux, délices et béatitude. Mais quand le Diable se met à entrer dans la danse, les pas les plus gentils ne servent à rien. Ce fut sans doute le Malin lui-même qui inspira à Giglio, lorsque celui-ci eut bu quelques verres de vin, les paroles suivantes :

— Je n'aurais pas cru, que toi, ma douce vie, tu pusses être si jalouse de moi. Mais tu as raison, j'ai un physique fort joli, je suis doué par nature de toutes sortes de talents agréables, et, mieux encore, je suis comédien. Le jeune comédien qui, comme moi, joue divinement les princes amoureux, avec des « oh ! » et des « ah ! » bien congruents, est un roman ambulant, une intrigue sur deux jambes, une chanson d'amour avec des lèvres pour baiser et des bras pour embrasser, une aventure sortie d'un volume pour s'incarner dans la vie et qui prend figure devant les yeux de la lectrice la plus belle, lorsqu'elle ferme le livre. De là vient que nous exerçons un enchantement irrésistible sur les pauvres femmes qui sont folles de tout ce que nous sommes et de tout ce qu'il y a en nous, ou sur nous, folles de notre esprit, de nos yeux, de nos fausses pierres précieuses, de nos plumes et de nos rubans, — peu importe leur rang et leur situation ; lavandières ou princesses, c'est la même chose. Eh bien ! Je te dis, ma charmante enfant, que, si certains pressentiments secrets ne m'abusent et si un lutin malicieux ne se joue pas de moi, vraiment, le cœur de la plus belle des princesses brûle d'amour pour moi. S'il en est ainsi ou lorsqu'il en sera ainsi, tu ne m'en voudras pas, mon adorable espoir, si je ne laisse pas inexploitée cette mine d'or qui s'ouvre devant moi et si je te néglige un peu, car enfin une pauvre diablesse de modiste...

Giacinta avait écouté ce que disait Giglio avec une attention toujours croissante, tandis qu'elle se rapprochait sans cesse du comédien, dans les yeux brillants de qui se reflétait la vision nocturne. Et voici qu'elle bondit sur lui et qu'elle donna à l'infortuné amoureux de la belle princesse un tel soufflet que toutes les étincelles qu'avait fait jaillir le fatal fusil de Truffaldino dansèrent devant ses yeux ; après quoi Giacinta se retira dans sa chambre. Toutes les prières et les supplications furent inutiles pour la ramener.

— Rentrez chez vous, elle a sa *smorfia* et il n'y a rien à faire, — dit la vieille Béatrice. Et elle accompagna Giglio tout affligé en l'éclairant jusqu'au bas de l'étroit escalier.

La *smorfia*, cet étrange caprice des natures un peu farouches que sont les jeunes filles italiennes, doit avoir quelque chose de très particulier ; car les connaisseurs assurent unanimement que précisément de cet état d'esprit se dégage un charme merveilleux, d'un attrait si irrésistible que le prisonnier, au lieu de rompre ses liens avec colère, se laisse étreindre par eux encore plus étroitement et que l'amant qui est repoussé ainsi d'une manière brutale, au lieu de prononcer un éternel *addio*, n'en soupire et n'en supplie sa belle que plus passionnément, comme il est dit dans la chanson populaire : *Vien quà, Dorina, bella, non far la smorfiosella !*

Celui qui te parle ainsi, cher lecteur, suppose bien que ce plaisir né du déplaisir ne peut fleurir que dans le joyeux Midi, et que cette belle floraison, fille de la mauvaise humeur, n'est pas capable de s'épanouir dans notre Septentrion. Tout au moins dans l'endroit où il vit, il ne peut nullement comparer l'état d'esprit qu'il a souvent remarqué chez des jeunes filles sortant de l'enfance à cette gentille « smorfiosité ». Ces jeunes filles, le ciel leur a-t-il donné un visage agréable : voici qu'aussitôt elles en crispent les traits de la manière la plus déplorable ; tout dans le monde est pour elles tantôt trop étroit, tantôt trop large ; il n'y a pas, ici-bas, de places qui conviennent pour leur petite personne ; elles supportent plutôt la torture d'une chaussure trop étroite qu'un mot aimable ou même spirituel et elles sont terriblement fâchées que tous les jeunes gens et tous les hommes de la banlieue et de la ville soient mortellement épris d'elles, — ce à quoi, pourtant, elles pensent en elles-mêmes sans déplaisir. Il n'existe aucune expression exacte pour désigner cet état d'âme du sexe faible. La notion d'insolence qui s'y trouve impliquée projette ses reflets, comme dans un miroir concave, chez les garçons à ce moment de leur existence que les grossiers maîtres d'école allemands appellent les années de gourme...

Et pourtant il ne fallait pas du tout en vouloir au pauvre Giglio si, dans l'étrange tension où se trouvait son esprit, il rêvait, même éveillé, à des princesses et à des aventures merveilleuses. En effet, ce jour-là, lorsqu'il allait à travers le Corso, portant déjà dans son extérieur pour une bonne moitié la personnalité du prince Taer, de même qu'il la portait tout entière dans son intérieur, il s'était produit beaucoup d'événements extraordinaires.

Près de l'église San Carlo, justement là où la rue Condotti croise le Corso, au milieu des boutiques des marchands de saucisses et des débitants de macaroni, le Ciarlatano connu de tout Rome, le Signor Celionati, avait établi ses tréteaux et débitait au peuple assemblé autour de lui un tas de propos follement fabuleux où il était question de chats ailés, de gnomes sauteurs, de racines de mandragore, etc., — en même temps qu'il vendait plus d'un moyen secret pour guérir l'amour inconsolable, les maux de dents et pour préserver des mauvais billets de loterie et de la goutte. Voici qu'au lointain se fit entendre une étrange musique de cimbales, de fifres et de tambours ; aussitôt, le peuple se dispersa et courut et se précipita à travers le Corso, vers la Porta del Popolo, en disant à grands cris : « Voyez, voyez, le Carnaval commence donc déjà ! Voyez, voyez ! »

Le peuple avait raison ; le cortège qui, par la Porta del Popolo, se dirigeait lentement vers le Corso, ne pouvait raisonnablement être considéré que comme la plus étrange mascarade que l'on eût jamais vue. Sur douze petites licornes blanches comme neige, portant aux pieds des fers dorés, étaient campés des êtres enveloppés de rouges simarres de satin, qui soufflaient gentiment dans des fifres d'argent et qui tapaient sur de petites cimbales et battaient du tambour. Presque à la manière des frères pénitents, leurs grandes robes ne laissaient visible que la place des yeux, et elles étaient garnies tout autour de galons d'or, ce qui avait un aspect singulier. Lorsque le vent soulevait un peu la simarre de l'un des petits cavaliers, apparaissait un pied d'oiseau dont les griffes portaient des anneaux de brillants. Derrière ces douze gracieux musiciens, deux puissantes autruches tiraient une tulipe brillante comme de l'or, fixée sur un train de roues, tulipe dans laquelle était assis un petit vieillard avec une longue barbe blanche, vêtu d'une simarre d'argent et portant, renversé sur sa tête vénérable, en guise de bonnet, un entonnoir d'argent. Le vieillard, qui avait sur son nez d'énormes lunettes, lisait très tranquillement dans un grand livre qu'il tenait ouvert devant lui. Il était suivi de douze nègres, richement habillés, armés de longues lances et de sabres courts, qui, chaque fois que le petit vieillard tournait une feuille du livre, en faisant entendre en même temps d'un ton fluet et très aigu les sons « Kurripire... hsi... lix... iii », chantaient avec des voix aux accents puissants, « Bram... bure... bil... bal... A la monsa Kikiburra... son... ton... »

Derrière les nègres chevauchaient, sur douze haquenées dont la couleur semblait de l'argent pur, douze figures enveloppées presque comme les musiciens, avec cette différence que leurs simarres étaient richement brodées de perles et de diamants sur un fond d'argent et que leurs bras étaient nus jusqu'aux épaules. L'admirable plénitude et la perfection de ces bras, ornés des bracelets les plus magnifiques, auraient suffi à faire comprendre que sous ces simarres devaient être cachées des dames de la plus grande beauté ; en outre, chacune d'elles, tout en chevauchant, faisait avec beaucoup d'application du filet, et à cet effet de grands coussins de velours étaient fixés entre les oreilles des haquenées. Ensuite venait un grand carrosse qui paraissait tout en or et qui était tiré par huit mulets des plus beaux, caparaçonnés d'or, que conduisaient, avec des rênes garnies de diamants, de petits pages très gentiment vêtus de pourpoints de plumes aux couleurs bariolées. Ces mulets secouaient leurs grandes oreilles avec une dignité indescriptible et puis ils faisaient entendre des sons semblables à ceux d'un harmonica, après quoi, eux-mêmes ainsi que les pages qui les conduisaient poussaient un cri spécial, qui s'harmonisait de la façon la plus gracieuse.

Le peuple se pressait autour du cortège et il voulait voir ce qu'il y avait dans le carrosse, mais il n'apercevait que le Corso et que lui-même, car les fenêtres du carrosse étaient faites de glaces. Plus d'une personne qui se vit de cette façon crut sur le moment être assise elle-même dans la magnifique voiture, et elle n'en revenait pas de joie, — comme ce fut le cas de la multitude entière lorsqu'elle fut saluée avec une extrême gentillesse et une bonne grâce infinie par un petit Pulcinella dressé sur le toit du carrosse et qui était vraiment agréable à voir. Dans l'explosion de cette joie générale, c'est à peine si l'on fit encore un peu attention au brillant cortège qui suivait et était constitué par des musiciens, des nègres et des pages habillés comme les premiers et au milieu desquels il y avait encore quelques singes portant des costumes aux couleurs les plus tendres et du meilleur goût et qui, avec une mimique parlante, dansaient sur les jambes de derrière et faisaient des cabrioles. Ainsi le pittoresque cortège descendit le Corso, en traversant les rues, jusqu'à la place Navona, et il s'arrêta devant le palais du Prince Bastianello di Pistoia.

Le grand portail du palais s'ouvrit, le vacarme populaire cessa soudain et dans un silence de mort, résultant de l'étonnement le plus profond, on considéra le spectacle merveilleux qui se produisit alors. Montant l'escalier de marbre et traversant l'étroite porte, tout cela : chevaux, mulets, carrosse, autruches, dames, nègres et pages, pénétra sans aucune difficulté à l'intérieur du palais, et un « Ah ! » multiplié par mille voix remplit l'air lorsque le portail se fut refermé avec un bruit de tonnerre, après que les derniers vingt-quatre nègres y furent entrés, en file éclatante.

Le peuple demeura là longtemps à badauder en vain, mais dans le palais tout restait calme et silencieux et le monde attroupé au-dehors n'était pas sans avoir envie de donner assaut à ce lieu où se trouvait maintenant dissimulé à ses yeux le cortège fabuleux ; ce n'est qu'avec peine que les sbires le dispersèrent. Alors tout remonta le Corso. Mais devant l'église San Carlo, le signor Celionati, qu'on avait délaissé, était encore sur son estrade et il s'écriait et tempêtait terriblement :

— Peuple naïf et stupide ! pourquoi courez-vous, pourquoi, pauvres gens, vous précipitez-vous aussi follement et aussi insensément, en abandonnant votre brave Celionati ? Vous auriez dû rester ici et écouter de la bouche du plus sage et du plus expérimenté des philosophes et des adeptes ce que signifie tout ce que vous avez regardé, les yeux grands ouverts et bouches bées, comme une multitude d'enfants niais. Cependant, je veux bien tout vous révéler ; écoutez, écoutez qui est entré dans le palais ; écoutez, écoutez qui actuellement secoue la poussière de ses manches dans le palais Pistoia.

Ces paroles arrêtèrent brusquement le courant tourbillonnant de la circulation populaire et chacun maintenant se pressait autour de l'estrade de Celionati, en le regardant avec une vive curiosité.

— Citoyens de Rome, — commença Celionati avec emphase, — réjouissez-vous, soyez pleins d'allégresse, jetez haut dans les airs vos bonnets, vos chapeaux ou quoi que vous puissiez porter sur la tête. Il vient de vous arriver un grand bonheur ; car est entrée dans vos murs la célèbre princesse Brambilla, de la lointaine Ethiopie, merveille de beauté et en même temps si riche en inépuisables trésors qu'elle pourrait sans difficulté faire paver le Corso avec les diamants et les brillants les plus magnifiques. Qui sait ce qu'elle fera pour votre joie ? Certes, parmi vous il y en a beaucoup qui ne sont pas des ânes et qui connaissent leur histoire. Ceux-là sauront que la sérénissime princesse Brambilla est une arrière-petite-fille du sage roi Cophetua, qui a bâti Troie, et que son grand-oncle est le grand Roi de Serendipo, un aimable seigneur qui ici, devant San Carlo, parmi vous, mes chers enfants, s'est régalé de macaroni jusqu'à ne plus pouvoir en faire entrer dans son gosier. Si j'ajoute encore que la très haute dame Brambilla a été tenue sur les fonts baptismaux par la reine des tarots en personne, qui a nom Tartagliona, et que c'est Pulcinella lui-même qui lui a appris à jouer du luth, vous en saurez assez pour être bouleversés de stupéfaction. Ne vous gênez pas du tout pour cela, braves gens. Grâce à mes sciences occultes, grâce à la magie blanche, noire, jaune et bleue, je sais qu'elle est venue parce qu'elle croit trouver parmi les masques du Corso l'ami de son cœur, son fiancé, le prince assyrien Cornelio Chiapperi, qui a quitté l'Ethiopie pour se faire arracher ici, à Rome, une molaire, opération que j'ai effectuée avec succès. Cette dent, vous la voyez ici devant vos yeux.

Celionati ouvrit une petite boîte dorée, en sortit une dent très blanche, très longue et très pointue qu'il exhiba le bras en l'air. Le peuple poussa alors bruyamment des cris de joie et de ravissement et il acheta avec empressement les reproductions de la dent princière que le Ciarlatano ne manqua pas de mettre en vente.

— Voyez, bonnes gens, — continua ensuite Celionati, — lorsque le prince assyrien Cornelio Chiapperi eut subi l'opération avec patience et fermeté, il lui sembla être devenu étranger à lui-même, sans savoir comment cela s'était fait. Cherchez, braves gens, le prince assyrien Cornelio Chiapperi, cherchez-le dans vos chambres, dans vos caves, dans vos cuisines et dans vos armoires. Celui qui le trouvera et qui le ramènera intact à la princesse Brambilla recevra une récompense de cinq fois cent mille ducats. C'est là le prix que la princesse Brambilla a mis pour sa tête, — non compris le contenu très agréable et qui n'est pas petit, l'intelligence et l'esprit ! Cherchez, braves gens, cherchez. Mais, pourrez-vous découvrir le prince assyrien Cornelio Chiapperi, même s'il est là devant votre nez ? Oui, pourrez-vous apercevoir la très sérénissime princesse, même si elle passe tout contre vous ? Non, vous ne le pourrez pas si vous ne vous servez pas des lunettes que le savant mage hindou Raffiamonte a taillées lui-même. Et ce sont ces lunettes que par pur amour du prochain et pure miséricorde je vais vous offrir, pourvu que vous ne plaigniez pas les *paoli*.

Et, cela dit, le Ciarlatano ouvrit une caisse et en tira une quantité de lunettes d'une grandeur démesurée.

Si déjà le peuple s'était fort disputé pour avoir les molaires princières, l'empressement fut encore plus vif autour des lunettes. Des paroles, on en vint à la bousculade et aux coups, si bien que, finalement, à la mode italienne, les couteaux se mirent à luire, que les sbires durent encore une fois intervenir, comme tout à l'heure devant le palais, pour disperser le populaire.

Tandis que tout cela se passait, Giglio Fava, plongé dans une profonde rêverie, était toujours immobile devant le palais et regardait fixement les murs qu'il avait vus engloutir le plus étrange de tous les cortèges masqués et cela d'une façon tout à fait inexplicable. Par un phénomène singulier, il ne pouvait pas maîtriser un certain sentiment, qui était à la fois désagréable et doux et qui s'était complètement emparé de son être. Chose plus singulière encore, il se sentait amené à mettre en corrélation avec ce cortège extraordinaire le rêve de la princesse qui, née de l'éclair du coup de feu, s'était jetée dans ses bras ; et même il avait comme une sorte de pressentiment que nulle autre personne n'avait été assise dans le carrosse tout orné de glaces que la princesse de son rêve. Voici qu'un coup léger frappé sur son épaule le réveilla de cette songerie ; le Ciarlatano était devant lui.

— Hé ! — commença à dire Celionati, — hé ! mon bon Giglio, vous avez eu tort de m'abandonner et de ne pas m'acheter une molaire princière et des lunettes magiques.

— Allez-vous-en donc — répliqua Giglio, — avec vos farces puériles et avec toutes les extravagances que vous débitez au peuple pour vous défaire de votre pacotille qui ne vaut rien du tout.

— Oh ! Oh ! — fit Celionati. Ne faites pas tant le fier, mon jeune monsieur. Je voudrais que vous ayez, de cette pacotille que vous vous plaisez à qualifier de sans valeur, plus d'un excellent arcanum, mais, avant tout, ce talisman qui vous donnerait la force d'être un parfait, très bon ou tout au moins passable comédien, puisque actuellement vous jouez de nouveau d'une manière si misérable.

— Quoi ! — s'écria Giglio irrité, — quoi ! Signor Celionati, vous avez l'impudence de me considérer comme un misérable comédien ? Moi qui suis l'idole de Rome ?

— Mon mignon, — répliqua Celionati très posément, — vous vous l'imaginez seulement ; mais il n'y a pas un mot de vrai là-dedans. Si parfois il y a eu en vous un esprit particulier qui vous a fait réussir plus d'un rôle, vous allez perdre aujourd'hui irrévocablement le peu d'applaudissements et de gloire que cela vous a valu. Car, vous le voyez, vous avez complètement oublié votre prince Taer et, si peut-être son image se glisse encore en vous, elle est muette, figée et vous ne pouvez plus la vivifier. Tout votre esprit est rempli d'une vision étrange, et vous pensez, maintenant, que l'objet de cette vision vient d'entrer là-bas, dans le carrosse de glaces, au sein du palais Pistoia. Remarquez-vous que je pénètre le fond de votre être ?

Giglio baissa la tête en rougissant.

— Signor Celionati, — murmura-t-il, — vous êtes vraiment un homme très singulier. Vous disposez sans doute de forces merveilleuses qui vous font deviner mes pensées les plus secrètes. Et, à côté de cela, votre conduite et votre attitude folles devant le peuple... Je ne peux pas accorder les deux choses; mais donnez-moi une de vos grandes lunettes.

Celionati rit bruyamment.

— Oui, — s'écria-t-il, — vous êtes tous pareils. Lorsque vous avez la tête claire et l'estomac en bon état, vous ne croyez à rien d'autre que ce que vous pouvez toucher avec vos mains; mais si vous êtes atteints d'indigestion, qu'elle soit morale ou physique, vous vous précipitez avidement vers tout ce que l'on vous offre. Oui, oui. Ce *Professore* qui brandissait les foudres de son excommunication sur moi et sur tous les moyens occultes du monde, ne se rendait-il pas furtivement, le lendemain, avec une gravité tristement pathétique, au bord du Tibre pour y jeter dans l'eau, comme une vieille mendiante le lui avait conseillé, la pantoufle de son pied gauche, parce qu'il croyait ainsi noyer la fièvre maligne qui le faisait tant souffrir! Et ce sage Signor, le plus sage de tous les signori, ne portait-il pas dans un pli de son manteau de la poudre de racine de crucifère, pour mieux jouer au ballon? Je le sais, Signor Fava, vous voulez, grâce à mes lunettes, apercevoir la princesse Brambilla, la vision de votre rêve; mais vous n'y réussirez pas immédiatement. Néanmoins, prenez les lunettes et essayez-les.

Plein de curiosité, Giglio saisit les belles lunettes toutes luisantes et d'une grandeur démesurée que lui tendait Celionati et il regarda vers le palais. Chose étrange, les murs lui semblaient devenir du cristal transparent; mais rien qu'une confusion vague et désordonnée de toute espèce de figures bizarres ne s'offrit à sa vue et ce n'est que par instants qu'un rayon magique traversait son être, annonciateur de la charmante image qui paraissait chercher en vain à se dégager de ce chaos grotesque.

— Que tous les diables de l'enfer vous rompent le cou — s'écria soudain une voix terrible, aux oreilles de Giglio, qui était plongé dans sa contemplation et qui en même temps se sentit empoigné par une épaule, — que tous les diables vous rompent le cou ! Vous allez causer ma ruine. Dans dix minutes le rideau va se lever ; vous jouez dans la première scène et vous êtes là à badauder, comme un stupide fou, devant les vieilles murailles de ce palais désert.

C'était l'impresario du théâtre où jouait Giglio, qui, dans la sueur d'une angoisse mortelle, avait parcouru tout Rome à la recherche de son *primo amoroso* disparu et qui, enfin, le trouvait à l'endroit où il s'y attendait le moins.

— Un instant ! — s'écria Celionati. Et en même temps il saisit par les épaules, avec une poigne bien assurée, le pauvre Giglio qui, comme un piquet qu'on enfonce avec le mouton, ne pouvait pas bouger. — Un instant ! — Et puis, plus bas, il ajouta :

— Signor Giglio, il est possible que demain, sur le Corso, vous voyiez l'image de vos rêves. Mais vous seriez un grand fou de vous attifer d'un beau travesti ; cela vous empêcherait d'apercevoir la divine personne. Plus vous serez grotesque, plus vous serez épouvantable, mieux ça ira. Par exemple, un nez formidable portant mes lunettes avec dignité et tranquillité d'âme ! Car mes lunettes, vous ne devez pas les oublier.

Celionati lâcha Giglio et aussitôt l'impresario s'en alla en courant avec son *amoroso,* — aussi impétueux que l'ouragan.

Dès le lendemain, Giglio ne manqua pas de se procurer un travesti qui, suivant le conseil de Celionati, lui parut assez grotesque et épouvantable ; une étrange coiffure ornée de deux grandes plumes de coq, un masque avec un nez rouge, en forme de crochet et dépassant par sa longueur et son aquilinité toutes les outrances des nez les plus exagérés, un pourpoint, avec de gros boutons, qui n'était pas sans ressembler à celui de Brighella, et une large épée de bois. L'abnégation dont faisait montre Giglio pour accepter de revêtir tout cela disparut lorsque, tout d'abord, il vit qu'un pantalon descendant jusqu'à ses pantoufles allait voiler le plus charmant « piédestal » sur lequel jamais se fût dressé et eût déambulé un *primo amoroso*.

— Non, — s'écria Giglio, — il n'est pas possible que la très gracieuse dame ne fasse pas attention à une taille bien proportionnée ; et il n'est pas possible non plus qu'elle ne soit pas effarouchée par ce méchant déguisement qu'on me propose. Je veux imiter cet acteur qui, lorsque, dans un affreux déguisement, il jouait le monstre bleu de la pièce de Gozzi, eut l'idée de montrer, sous la patte mouchetée du chat-tigre qu'il représentait, la main admirablement faite dont la nature l'avait gratifié, et qui ainsi conquit les cœurs des dames, même avant d'avoir repris sa forme personnelle. Ce que la main fut pour lui, le pied l'est pour moi.

Cela dit, Giglio enfila une jolie culotte de soie couleur bleu de ciel avec des raies d'un rouge sombre, puis il mit des bas roses et des souliers blancs avec de légers rubans rouge foncé, ce qui avait un air charmant, mais faisait un contraste assez singulier avec les autres parties de son costume.

Giglio croyait tout bonnement que la princesse Brambilla viendrait au-devant de lui dans tout son éclat et toute sa magnificence, entourée du cortège le plus brillant, mais, comme il ne vit rien de tout cela, il pensa que, puisque Celionati lui avait dit qu'il ne pourrait apercevoir la princesse qu'au moyen des lunettes magiques, cela signifiait que la divine lui apparaîtrait sous n'importe quel bizarre travesti.

Alors Giglio monta et descendit le Corso, en examinant simplement tous les masques féminins, sans se soucier des agaceries dont il était l'objet, jusqu'à ce qu'enfin il se trouvât dans un endroit assez écarté.

— Excellent Signor ! Mon cher et brave Signor ! — s'entendit-il apostropher par une voix grasseyante.

Il aperçut devant lui un gaillard dont le grotesque fou dépassait tout ce qu'il avait jamais vu dans ce genre. Le masque, avec la barbe pointue, les lunettes, les poils de chèvre, la position du corps penché en avant et le dos courbé, ainsi que le pied droit posé devant l'autre, tout cela semblait indiquer qu'il s'agissait d'un Pantalon ; mais la coiffure faisant une pointe sur le devant et ornée de deux plumes de coq ne s'accordait pas du tout avec le type de ce personnage. Le pourpoint, la culotte et la petite épée de bois placée au côté disaient manifestement que c'était là le brave Pulcinella.

— Excellent Signor, — dit à Giglio le Signor Pantalon (ainsi appellerons-nous le masque, malgré les modifications apportées à son costume traditionnel), — mon excellent Signor ! Quel jour heureux me vaut le plaisir et l'honneur de vous rencontrer ? Ne seriez-vous pas de ma famille ?

— Autant j'en serais ravi, mon cher Signor, — répondit Giglio en s'inclinant courtoisement, — car vous me plaisez extraordinairement, autant j'ignore de quelle façon une parenté quelconque...

— O ciel ! — fit Pantalon en interrompant Giglio — n'avez-vous jamais été en Assyrie, excellent Signor ?

— J'ai, répondit Giglio, comme un vague souvenir qu'un jour j'avais commencé d'en faire le voyage, mais je ne pus atteindre que Frascati, où le coquin de *vetturino* me jeta à terre devant la porte, de sorte que ce nez...

— Mon Dieu — s'écria Pantalon. Ainsi il est donc vrai ? Ce nez, ces plumes de coq... mon très cher Prince ? O mon Cornelio !... Mais je m'aperçois que la joie de m'avoir retrouvé vous fait pâlir ?... O mon prince, rien qu'une petite gorgée, une seule petite gorgée...

Ce disant, Pantalon leva la grande bouteille clissée qui était posée à terre devant lui et il la tendit à Giglio. Aussitôt, une fine vapeur rougeâtre sortit de la bouteille et se condensa sous l'apparence du charmant visage de la princesse Brambilla, et l'adorable petite image monta hors de la bouteille, mais seulement jusqu'à mi-corps, en tendant ses menus bras à Giglio. Celui-ci, tout éperdu de ravissement, s'écria :

— Oh ! sors donc tout entière, que je puisse te voir dans toute ta beauté !

Alors une forte voix retentit bruyamment à son oreille :

— Comment, fat et poltron, avec ton bleu de ciel et ton rose, comment peux-tu te faire passer pour le prince Cornelio ? Va te coucher et dors bien, maraud que tu es.

— Insolent ! — s'écria Giglio en sursautant.

Mais les masques, ondoyant comme une boule, se pressaient autour d'eux, et voilà que Pantalon, avec sa bouteille, était disparu sans laisser la moindre trace.

CHAPITRE II

De l'état singulier dans lequel, quand on s'y trouve, on se blesse aux pierres aiguës du chemin, on omet de saluer des personnages considérables et on donne de la tête contre les portes fermées. — Influence d'un plat de macaroni sur l'amour et l'enthousiasme de la passion. — Horrible tourment de l'enfer des comédiens et arlequinade. — Comment Giglio ne trouva pas sa bien-aimée, mais fut empoigné par des ouvriers tailleurs et soumis à une saignée. — Le prince qui aurait tenu dans la boîte à bonbons et l'amante perdue. — Comment Giglio voulut être le chevalier de la princesse Brambilla, parce qu'un étendard lui avait poussé dans le dos.

Tu ne te fâcheras pas, mon cher lecteur, si celui qui a entrepris de te raconter l'aventureuse histoire de la princesse Brambilla, telle qu'il l'a trouvée esquissée dans les fringants dessins à la plume de maître Callot, suppose que tout au moins tu daigneras « accepter » jusqu'à la dernière ligne de ce livre le merveilleux qu'il contient et que même tu croiras à quelques-unes des choses qui y sont rapportées. Cependant, il peut se faire que depuis le moment où le cortège fabuleux s'est logé dans le palais Pistoia ou bien depuis le moment où la princesse est sortie de la vapeur bleuâtre de la bouteille de vin, tu te sois déjà écrié : « Sottises et folies que tout cela ! » Il se peut que tu aies rejeté avec mauvaise humeur le livre, sans égard pour les jolies images dont il contient la description.

Dans ce cas, tout ce que je suis sur le point de te dire pour t'intéresser aux étranges enchantements de ce « Caprice à la manière de Callot » arriverait trop tard et, vraiment, ce serait fâcheux pour moi et pour la princesse Brambilla. Cependant, peut-être espérais-tu que l'auteur, effarouché seulement par quelque folle vision qui s'était présentée soudain sur son chemin, avait fait simplement un écart dans un fourré sauvage et que, revenu à la raison, il reprendrait la route de la plaine; et c'est cela qui va t'obliger à continuer la lecture, ce dont je te félicite.

Eh bien ! il m'est permis de te dire, aimable lecteur (et peut-être le sais-tu aussi par ta propre expérience), que plusieurs fois déjà j'ai réussi au moment où, précisément, des aventures fabuleuses menaçaient de s'évanouir dans le néant, — comme la vision d'un esprit agité, — à les étreindre et à les façonner de telle sorte que toute personne ayant la force visuelle voulue pour cela trouvait que réellement c'étaient des choses vivantes et par là même y croyait. C'est pourquoi je suis en droit de pouvoir continuer publiquement d'entretenir des rapports amicaux avec toutes sortes de figures imaginaires et avec un bon nombre de visions qu'on pourrait assez qualifier de folles, et d'inviter même les personnes les plus sérieuses à contempler cette étrange et pittoresque société; et, très cher lecteur, je te prie de ne point voir là de l'outrecuidance, mais simplement le désir très excusable de te faire sortir du cercle étroit de la plate vie quotidienne et de te divertir d'une manière tout à fait spéciale, en te faisant connaître un domaine nouveau, qui, malgré tout, est compris dans le royaume des choses que l'esprit humain régit à son gré, dans la vie et la réalité véritable.

Mais, en admettant même que tout cela ne soit pas exact, je puis, pour chasser tous scrupules, me prévaloir de livres très sérieux, dans lesquels se passent des événements semblables et sur la parfaite crédibilité desquels on ne saurait élever le moindre doute. En ce qui concerne, en effet, le cortège de la princesse Brambilla, qui, avec toutes ses licornes, ses chevaux et autre équipage, passe sans difficulté par l'étroite porte du palais Pistoia, il a été déjà question dans l'histoire merveilleuse de Pierre Schlemihl, dont nous devons la relation à l'intrépide navigateur Adalbert de Chamisso, d'un certain brave homme gris qui faisait un tour de magie en comparaison duquel l'autre n'était rien. En effet, comme l'on sait, il tirait de la même poche de son costume, très commodément et sans aucune difficulté, à volonté, taffetas d'Angleterre, longue-vue, tapis, tente et finalement voitures et chevaux. Mais en ce qui concerne la princesse... Cependant, assez sur ce sujet.

Il est vrai qu'il faudrait ajouter encore que souvent dans la vie nous nous trouvons soudain devant la porte ouverte d'un merveilleux royaume magique et qu'il nous est permis de jeter un regard à l'intérieur de la demeure du puissant esprit dont le souffle mystérieux nous enveloppe parmi les pressentiments les plus singuliers ; mais, tu voudrais peut-être, cher lecteur, soutenir à bon droit que tu n'as jamais vu sortir de cette porte un caprice aussi fou que celui que je déclare avoir observé. C'est pourquoi je préfère te demander si jamais dans ta vie tu n'as eu un rêve étrange, dont tu ne pouvais attribuer la venue ni à un mal d'estomac ni à l'esprit divin ? Tu croyais alors que la douce image magique qui d'ordinaire ne te parlait que sous forme de lointaines allusions s'était emparée de tout ton être, par un mystérieux mariage avec ton esprit, et dans une timide passion tu n'osais pas étreindre la douce fiancée qui, avec une si brillante parure, avait pénétré dans le triste et sombre atelier de tes pensées ; mais voilà que la porte de cet atelier s'ouvrait, toute éblouissante, devant l'éclat de cette vision magique, et tu sentais en toi tous les désirs, tous les espoirs, toutes les ardeurs de l'inexprimable, et ton être était embrasé d'éclairs brûlants ; tu voulais te donner tout entier à une souffrance indicible et tu aspirais uniquement à te confondre avec ta vision, cette image adorable et magique. Tu avais beau t'éveiller de ton rêve, ne te restait-il pas ce ravissement sans nom qui, dans la vie extérieure, tourmente l'âme comme une douleur aiguë ? Et tout, autour de toi, ne te paraissait-il pas désolé, triste et incolore ? Et ne t'imaginais-tu pas que ce rêve était ta véritable vie et que ce que tu avais jusqu'alors regardé comme ton être n'était qu'une erreur de ton esprit abusé ? Et toutes tes pensées n'aboutissaient-elles pas à ce brûlant foyer qui, comme le calice de feu de la suprême ardeur, tenait enfermé ton vieux et cher secret hors de l'atmosphère aveugle et bruyante du monde quotidien ? Hum ! lorsqu'on est dans cet état de rêverie, il arrive facilement qu'on se blesse le pied à des pierres aiguës, qu'on oublie d'ôter son chapeau devant des personnages considérables, qu'on dit à ses amis « bonjour » lorsqu'il faudrait dire « bonsoir » et qu'on donne de la tête contre la première porte venue, parce qu'on a oublié de l'ouvrir ; bref, dans ces cas-là, l'esprit porte le corps à la manière d'un vêtement incommode qui est partout trop large, trop long et trop rigide...

C'est dans cet état que tomba donc notre jeune comédien Giglio Fava, lorsqu'il eut en vain cherché pendant plusieurs jours de suite à apercevoir, ne fût-ce que la moindre trace de la princesse Brambilla. Tout ce qui lui était arrivé d'étrange sur le Corso lui parut simplement la suite du rêve qui lui avait fait voir l'adorée, — dont l'image émergeait maintenant de la mer sans fond du désir, dans laquelle il voulait s'engloutir et disparaître. Seul son rêve était à lui, tout le reste n'était qu'un néant vain et sans importance ; aussi on peut penser qu'il négligea complètement son métier d'acteur. Qui plus est, au lieu de débiter les paroles de son rôle, il parlait de l'image de son rêve, de la princesse Brambilla ; il jurait, dans la confusion de son esprit, de s'emparer du prince assyrien, de sorte qu'ensuite il deviendrait lui-même le prince, et ainsi il se perdit dans un labyrinthe de discours désordonnés et extravagants. Chacun était obligé de le tenir pour fou. Mais plus que tout autre l'impresario, qui, à la fin, le congédia sans cérémonie ; et son maigre revenu disparut dès lors entièrement. Les quelques ducats que l'impresario lui avait donnés par magnanimité, lors du congédiement, ne pouvaient suffire que peu de temps, et la détresse la plus amère allait, pour lui, se faire sentir. En temps ordinaire, le pauvre Giglio eût éprouvé de grands soucis et beaucoup d'inquiétude, mais maintenant il n'y pensait pas, car il planait dans un ciel où l'on n'a pas besoin des ducats de la terre.

Pour ce qui est des besoins ordinaires de l'existence, Giglio, qui précisément ne se piquait pas dc délicatesse de goût, apaisait sa faim, en passant, chez un de ces *fritteroli* qui, comme on le sait, ont installé leurs gargotes sur la voie publique. Il arriva ainsi qu'un jour il eut envie de manger un bon plat de macaroni, dont l'odeur sortant de la baraque alléchait ses narines. Il entra ; mais, quand, pour payer ce frugal déjeuner, il tira sa bourse de sa poche, il fut bouleversé en découvrant qu'il n'y avait même pas une seule baïoque. Au même instant, le principe corporel par lequel le spirituel, pour autant qu'il fasse le fier, est tenu ici sur cette terre en un vil esclavage, affirma énergiquement sa souveraineté. Giglio sentit, comme il ne l'avait jamais senti auparavant, lorsque, rempli des plus sublimes pensées, il avait avalé réellement un bon plat de macaroni, qu'une faim extraordinaire le tenaillait, et il affirma au gargotier que, si par hasard l'argent lui manquait pour payer le plat qu'il avait l'intention de manger, il le paierait à coup sûr un autre jour. Mais le gargotier lui rit au nez, en lui disant que, s'il ne disposait pas d'argent, il pouvait, malgré tout, satisfaire son appétit ; pour cela, il n'avait qu'à lui laisser la belle paire de gants qu'il portait, ou bien son chapeau, ou bien sa cape.

C'est alors pour la première fois que le pauvre Giglio eut pleinement conscience de sa triste situation. Il se vit bientôt, gueux en haillons, allant mendier sa soupe à la porte des couvents. Mais son cœur fut plus oppressé encore, lorsque, sortant de son rêve, il aperçut Celionati qui, à sa place habituelle, devant l'église San Carlo, entretenait le peuple avec ses sornettes et qui, lorsque leurs yeux se croisèrent, lui jeta un regard où il crut lire la plus déplaisante moquerie.

L'adorable vision de son rêve s'était dissipée dans le néant, tous ses chers espoirs étaient finis; il ne lui restait que la certitude que ce maudit Celionati l'avait abusé par toutes sortes d'artifices diaboliques et, profitant de sa folle vanité pour exercer à ses dépens son ironique malignité, l'avait indignement trompé avec cette histoire de la princesse Brambilla.

Il se mit à courir éperdument; il n'avait plus faim, il ne pensait qu'à la façon dont il pourrait se venger du vieux sorcier.

Il ne comprit pas lui-même quel étrange sentiment, au milieu de toute sa colère et toute sa fureur, vint pénétrer son être et l'obliger à s'arrêter, comme s'il eût été soudain cloué au sol par une fascination inconnue.

— Giacinta! — s'écria-t-il inconsciemment.

Il était devant la maison où habitait la jeune fille et dont il avait si souvent, à la faveur du crépuscule, gravi le roide escalier. Alors il pensa à la façon dont la vision trompeuse de son rêve avait d'abord excité le mécontentement de la charmante jeune fille, à la façon dont il l'avait ensuite abandonnée, sans plus la revoir, sans plus du tout songer à elle, et comment il avait perdu sa bien-aimée et s'était plongé dans la détresse et dans la misère, tout cela à cause des folles et déplorables manigances de Celionati.

Tout entier en proie à la mélancolie et à la douleur, il fut incapable de revenir à lui, jusqu'à ce qu'enfin il prît la résolution de monter aussitôt chez Giacinta et, coûte que coûte, de regagner ses bonnes grâces. Aussitôt pensé, aussitôt fait.

Mais lorsqu'il eut frappé à la porte de Giacinta, à l'intérieur tout resta complètement silencieux. Il mit son oreille contre la porte, il n'entendit pas le moindre souffle; alors il cria sur un ton lamentable et à plusieurs reprises le nom de Giacinta; et, comme aucune réponse ne venait, il se mit à faire de la manière la plus touchante l'aveu de sa folie; il affirma que le Diable lui-même, sous les apparences de ce satané charlatan de Celionati, l'avait abusé et il exprima ensuite les assurances les plus catégoriques de son profond repentir et de son ardent amour.

A ce moment, une voix venue d'en bas se fit entendre :

— Je voudrais bien savoir quel âne ici, dans ma maison, exhale ses lamentations et gémit avant le temps, car il y a encore loin d'ici au mercredi des Cendres !

C'était le Signor Pasquale, l'obèse propriétaire, qui montait péniblement l'escalier et qui, lorsqu'il aperçut Giglio, lui cria :

— Ah ! c'est vous, Signor Giglio ? Dites-moi donc quel malin esprit vous pousse à venir ici proférer devant une chambre vide les gémissements et les soupirs de je ne sais quel rôle d'une tragédie ridicule ?

— Une chambre vide ! — s'écria Giglio. Par tous les saints, Signor Pasquale, dites-moi où est Giacinta ? Où est-elle, celle qui est ma vie, mon univers ?

Le Signor Pasquale regarda Giglio fixement dans les yeux et lui dit bien posément :

— Signor Giglio, je connais votre état ; tout Rome a appris comment vous avez dû quitter la scène parce que vous avez la tête détraquée. Allez trouver le médecin, faites-vous soutirer quelques livres de sang et mettez-vous la tête dans l'eau froide.

— Si je ne suis pas encore fou, — s'écria Giglio avec véhémence, — je vais le devenir, à moins que vous ne me disiez tout de suite où se trouve Giacinta.

— Ne cherchez pas, — continua avec calme le Signor Pasquale, — à me faire accroire, Signor Giglio, que vous ne savez pas de quelle façon, il y a déjà huit jours, Giacinta a quitté ma maison, suivie après par la vieille Béatrice.

Mais, lorsque plein de fureur, Giglio s'écria : « Où est Giacinta ? », tout en secouant rudement l'obèse propriétaire, celui-ci hurla : « Au secours ! Au secours ! » si fort que toute la maison s'agita. Un solide gaillard de valet s'avança, saisit le pauvre Giglio, le descendit au bas de l'escalier et le jeta hors de la maison avec autant de facilité que s'il n'avait eu dans les mains qu'un enfant au maillot.

Sans se soucier de sa rude chute, Giglio se releva aussitôt et, véritablement frappé d'une quasi-folie, se mit à courir à travers les rues de Rome. Un certain instinct, engendré par l'habitude, l'amena précisément au théâtre, c'est-à-dire au vestibule des comédiens, à l'heure où il fallait d'ordinaire y accourir. C'est alors seulement qu'il se rendit compte de l'endroit où il était, mais ce fut aussitôt pour tomber dans la plus profonde surprise, lorsque, là où d'habitude des héros tragiques, tout attifés d'argent et d'or et marchant avec une gravité majestueuse, répétaient les vers pompeux par lesquels ils espéraient provoquer l'étonnement et la *furore* du public, il vit autour de lui, comme un essaim : Pantalon et Arlecchino, Truffaldino et Colombina, bref tous les masques de la comédie italienne et de la pantomime. Il était là, fixé au sol, dans un état d'immobilité complète et il regardait autour de lui avec de grands yeux, comme quelqu'un qui soudain se réveille et se voit entouré d'une folle société, d'une société étrangère, d'une société bizarre, qu'il ne connaît pas du tout.

L'air égaré et bouleversé par le chagrin de Giglio éveilla peut-être dans l'âme de l'impresario quelque remords de conscience, car soudain le voici devenu un homme plein de cordialité et de bonté.

— Vous vous étonnez sans doute, Signor Fava, — dit-il au jeune homme, — de trouver que tout ici a bien changé depuis que vous m'avez quitté ? Je dois vous avouer que toutes les actions pathétiques dont autrefois mon théâtre était si fier, commençaient à ennuyer fortement le public et que cet ennui se répercuta sur moi d'autant plus que ma bourse, pardessus le marché, en était réduite à un misérable état de consomption absolue. J'ai donc laissé tomber tout le bazar tragique et j'ai voué mon théâtre à la libre plaisanterie et aux gracieuses farces de nos masques et je m'en trouve fort bien.

— Ah ! — s'écria Giglio les joues toutes brûlantes,

— avouez donc, noble impresario, que c'est mon départ qui a tué votre tragédie. La chute du héros a été suivie de celle de la masse qu'animait son souffle, c'est bien cela, n'est-ce pas ?

— Nous n'examinerons pas à fond ce point-là, — répondit l'impresario en souriant. Mais vous paraissez de mauvaise humeur ; c'est pourquoi, je vous en prie, descendez dans la salle et regardez ma pantomime. Peut-être cela vous égaiera-t-il ou bien modifiera votre état d'esprit et vous reviendrez à moi, bien que sous une forme toute différente, car il serait possible, n'est-ce pas ? que... Mais allez, allez. Voici une carte d'entrée permanente ; venez à mon théâtre aussi souvent qu'il vous plaira.

Giglio fit comme il lui était dit, plus dans un sentiment de morose indifférence pour tout ce qui l'entourait que par désir de contempler véritablement la pantomime. Non loin de lui, deux masques étaient en train de converser vivement. Giglio les entendit prononcer assez souvent son nom ; cela le tira de son engourdissement ; il se rapprocha des personnages, en mettant son manteau sur son visage jusqu'aux yeux, pour pouvoir tout entendre, sans être reconnu.

— Vous avez raison, — dit l'un — Fava est la cause que nous ne voyons plus de tragédies sur ce théâtre. Mais, s'il en est ainsi, je ne crois pas, contrairement à vous, que ce soit parce qu'il a quitté la scène, mais plutôt parce qu'il a joué sur cette scène.

— Que voulez-vous dire ? — demanda l'autre.

— Eh bien ! — poursuivit le premier, pour ma part, j'ai toujours considéré ce Fava comme le plus misérable acteur qu'il y ait jamais eu, bien que trop souvent il ait réussi à provoquer la *furore* de l'enthousiasme. Est-ce donc que des yeux brillants, des jambes bien faites, un costume maniéré, des plumes bariolées au bonnet et de grands rubans aux chaussures constituent le jeune héros tragique ? En vérité, quand ce Fava émergeait du fond du théâtre, avec des pas cadencés de danseur, lorsque, sans faire attention à aucun de ses camarades qui jouaient avec lui, il louchait vers les loges et, restant là dans une posture bizarrement affectée, cherchait à se faire admirer des belles, par ma foi, je croyais voir un jeune coq de basse-cour, au plumage bigarré, qui stupidement se pavane au soleil et fait l'important. Et lorsque, ensuite, en roulant de grands yeux et en fendant l'air de ses mains, tantôt se soulevant sur la pointe des pieds, tantôt se pliant en deux comme un couteau de poche, il débitait des vers d'une voix creuse et d'un ton raboteux et exécrable, dites-moi, de quel homme raisonnable pouvait-il vraiment par là toucher le cœur ? Mais nous, Italiens, nous sommes ainsi. Nous aimons l'exagération, ce qui un moment nous secoue violemment et que nous méprisons ensuite dès que nous nous apercevons que ce que nous prenions pour un personnage de chair et d'os n'est qu'un pantin sans vie tiré extérieurement par des ficelles artificielles et qui nous a abusé par ses mouvements singuliers. Fava aurait eu, lui aussi, un sort semblable peu à peu ; il aurait fait comme acteur une fin misérable, si lui-même n'avait pas accéléré le moment de sa disparition.

— Il me semble, — répliqua l'autre, — que vous jugez le pauvre Fava beaucoup trop durement. Quand vous blâmez sa vanité et ses manières affectées, quand vous déclarez qu'il ne jouait jamais son rôle, mais simplement celui de son propre personnage et qu'il cherchait les applaudissements d'une façon qui n'avait rien de louable, à coup sûr, vous pouvez avoir raison ; cependant, c'était un assez joli talent et, si, finalement, il est tombé dans les griffes de la folie, il y a là de quoi exciter notre compassion, et cela d'autant plus que la fatigue du jeu a sans doute été la cause de son détraquement mental.

— Ne croyez pas du tout cela, — répondit en riant le premier. Imaginez-vous que Fava est devenu fou par pure vanité amoureuse. Il croit être aimé d'une princesse, après laquelle il court maintenant par voies et chemins. Et, en outre, comme il est incapable de rien faire, il est devenu si pauvre qu'aujourd'hui il a dû laisser aux *fritteroli* ses gants et son chapeau pour un plat de coriace macaroni.

— Que dites-vous là ? — s'écria l'autre. Est-il possible qu'il y ait de telles folies ? Mais on devrait faire tenir quelque argent, d'une manière ou d'une autre, à ce pauvre Giglio, qui, malgré tout, nous a divertis pendant un bon nombre de soirées. Ce chien d'impresario, dans la poche de qui son jeu a amené quantité de ducats, devrait s'occuper de lui et tout au moins ne pas le laisser mourir de faim.

— Ce n'est pas nécessaire, — dit le premier, — car la princesse Brambilla, qui connaît son égarement et sa détresse, — étant donné que les femmes trouvent toute folie d'amour non seulement pardonnable, mais encore admirable et ne sont portées que trop volontiers à la compassion, — vient précisément de lui faire remettre une petite bourse remplie de ducats.

Mécaniquement, inconsciemment, lorsque l'étranger prononça ces paroles, Giglio mit la main dans sa poche et sentit réellement la petite bourse remplie d'or tout tintant, que, à ce qu'on venait de lui dire, il avait reçue de la princesse Brambilla, de la princesse de ses rêves. Tous ses membres furent traversés comme par une force magique. Ce miracle si opportun, qui tout à coup le sauvait de sa position désespérée, ne put exciter en lui de la joie, car le souffle glacé de l'épouvante lui passait sur le visage. Il se voyait devenu le jouet de puissances inconnues et il allait se précipiter sur le masque étranger, mais il remarqua au même moment que les deux personnages qui avaient tenu cette conversation fatale étaient disparus sans laisser de trace.

Giglio n'osait pas sortir la bourse de sa poche pour se persuader de son existence d'une manière encore plus palpable ; car il craignait que ce ne fût là qu'une fantasmagorie qui, entre ses doigts, s'évanouirait dans le néant. Cependant, tandis qu'il s'abandonnait entièrement à ses pensées et devenait plus calme, il songea que tout ce qu'il avait été enclin à prendre pour le jeu chimérique de puissances magiquement malicieuses pouvait, au fond, n'être qu'une farce, une farce que l'extraordinaire et capricieux Celionati, caché dans l'obscurité des coulisses, dirigeait par des fils invisibles. Il songea que l'étranger lui-même avait pu fort bien, au milieu de la foule, lui glisser la bourse dans la poche et que tout ce qu'il avait dit de la princesse Brambilla ne devait être que la continuation du badinage que Celionati avait commencé.

Mais tandis que, dans son être, toute cette magie semblait très naturellement prendre la tournure d'une chose très explicable, toute la souffrance des blessures que l'acerbe critique lui avait implacablement portées renaissait en lui. L'enfer des comédiens n'a pas sans doute de tortures plus cruelles que les attaques que l'on dirige contre leur vanité et qui leur vont droit au cœur. Et même la conscience de ce défaut de la cuirasse, le sentiment de cette faiblesse augmente, par le mécontentement accru qui en résulte, la douleur des coups, — douleur qui fait sentir de la manière la plus concrète à la personne atteinte qu'elle a été réellement touchée, quand bien même elle chercherait à déguiser sa souffrance ou à l'apaiser par des moyens appropriés. Ainsi Giglio ne pouvait pas chasser l'image fatale du jeune coq de basse-cour au plumage bigarré qui stupidement et avec suffisance se pavane au soleil et il se tourmentait et il souffrait très vivement parce que justement, dans son for intérieur, il était obligé peut-être, même sans le vouloir, de reconnaître que la caricature qu'on avait faite de sa personne cadrait très bien avec l'original. Il était forcé que, dans l'état d'agitation où il se trouvait, Giglio pût à peine voir ce qui se passait sur le théâtre, sans prêter attention à la pantomime que l'on jouait, bien que la salle retentît souvent des rires, des applaudissements et des cris de joie des spectateurs.

La pantomime ne représentait pas autre chose que les aventures amoureuses, répétées suivant des centaines et des centaines de variations, de cet excellent Arlecchino avec la douce et taquinement charmante Colombina. Déjà la ravissante fille du vieux richard de

Pantalon avait refusé la main du chevalier au costume tout éclatant et celle du savant *Dottore*, et elle avait déclaré catégoriquement qu'elle n'aimerait et n'épouserait que le petit homme au noir visage, à la tournure si agile, qui portait un pourpoint fait de cent morceaux ; déjà Arlecchino avait pris la fuite avec sa fidèle amie et, protégé par un charme magique, il avait heureusement échappé aux poursuites de Pantalon, de Truffaldino, du *Dottore* et du chevalier. Néanmoins, il fallait qu'Arlecchino, tout aux caresses qu'il prodiguait à sa fiancée, finît par être attrapé par les sbires et, avec elle, fût traîné en prison. Effectivement, c'est ce qui arriva ; mais au moment où Pantalon avec sa séquelle s'apprêtait à railler fortement le pauvre couple, au moment où Colombina, qui était toute douleur, implorait à genoux, en versant mille larmes, la grâce de son amant, celui-ci leva sa batte : de tous les côtés, de la terre comme des airs, arrivèrent des gens très fringants et tout éclatants de parure, ayant la plus belle mine, qui s'inclinèrent profondément devant Arlecchino et qui l'emportèrent triomphalement avec sa Colombina. Pantalon, figé d'étonnement, se laisse tomber tout épuisé sur un banc de pierre qui se trouve dans la prison et qui invite le chevalier et le *Dottore* à y prendre également place ; tous les trois délibèrent sur ce qu'il leur est encore possible de faire. Truffaldino se met derrière eux, avance curieusement la tête entre leurs épaules et ne veut pas se reculer, bien que les gifles pleuvent en abondance sur lui de tous les côtés. Ils veulent se lever, mais ils sont comme rivés au banc, — auquel, instantanément, pousse une paire de puissantes ailes. Et toute la société est ainsi emportée à travers les airs, sur un énorme vautour, en poussant des cris de détresse.

Ensuite, la prison se transforme en une grande salle à colonnades, parée de couronnes de fleurs, au milieu de laquelle est érigé un trône élevé, richement orné. On entend une agréable musique de tambours, fifres et cimbales. Un brillant cortège s'approche, Arlecchino est porté sur un palanquin par des nègres et Colombina le suit sur un magnifique char de triomphe. Tous deux sont conduits vers le trône par des ministres aux riches habits ; Arlecchino élève sa batte, en guise de sceptre ; tout le monde s'agenouille pour lui rendre hommage ; on voit même Pantalon et ses acolytes, à genoux, parmi la foule des hommageants. Et c'est ainsi que, puissant empereur, Arlecchino règne, avec sa Colombina, sur un bel, éclatant et superbe empire.

Dès que le cortège parut sur la scène, Giglio dirigea son regard vers lui et, plein de surprise et d'étonnement, il ne put plus l'en détourner, lorsqu'il aperçut tous les personnages de la suite de la princesse Brambilla, les licornes, les nègres, les dames faisant du filet sur des haquenées, etc. Il y avait aussi le vénérable savant et homme d'Etat siégeant sur la tulipe dorée, qui, par moments, quittait son livre des yeux et semblait faire à Giglio des signes d'amitié. La seule différence était qu'au lieu du carrosse à glaces de la princesse, lequel était tout fermé, Colombina passait sur un char de triomphe découvert.

Dans l'âme de Giglio, il se formait comme un obscur pressentiment que cette pantomime pouvait avoir quelque rapport mystérieux avec tout le merveilleux qui lui était arrivé ; mais de même que dans un rêve on s'efforce en vain de retenir les images qui surgissent de son propre moi, de même Giglio était incapable de se faire une idée nette de la manière dont ce rapport était possible.

Dans le plus proche café, Giglio se rendit compte que les ducats de la princesse Brambilla n'étaient pas une fantasmagorie, mais au contraire qu'ils étaient bien sonnants et trébuchants.

Hum ! — pensa-t-il — c'est Celionati qui a glissé dans ma poche ce boursicot, par grande générosité et compassion ; et je lui réglerai cette dette dès que je brillerai sur la scène de l'Argentina, ce qui ne peut pas manquer d'arriver, car seule l'envie la plus détestable, la cabale la plus éhontée peut me faire passer pour un mauvais acteur.

L'hypothèse que l'argent pouvait venir de Celionati avait son légitime fondement, car, en réalité, le vieux charlatan lui avait déjà maintes fois rendu service quand il était dans une grande détresse. Néanmoins, il lui parut très étrange de trouver ces mots brodés sur la mignonne bourse : « Souviens-toi de ta vision. »

Il était en train d'examiner méditativement cette inscription, lorsque quelqu'un lui cria à l'oreille :

— Enfin, je te rencontre, traître, infidèle, monstre de fausseté et d'ingratitude.

C'était une espèce de *Dottore* informe, qui lui saisit le bras, prit place sans façon à côté de lui et qui continuait de lui jeter toutes sortes de malédictions.

— Que voulez-vous de moi ? Etes-vous fou ? — s'écria Giglio.

Alors le *Dottore* enleva du visage son horrible masque et Giglio reconnut la vieille Béatrice.

— Par tous les saints ! — s'écria Giglio complètement hors de lui. Est-ce vous, Béatrice ?... Où est Giacinta ? Où est la charmante, l'adorable enfant ?... Mon cœur éclate d'amour et de désirs. Où est Giacinta ?

— Oui, — grogna la vieille, — vous pouvez le demander, misérable et maudit que vous êtes ! La pauvre Giacinta est en prison, sa jeunesse se flétrit et tout cela à cause de vous. Car si elle n'avait pas eu sa petite tête pleine de vous, elle aurait pu attendre patiemment la fin de sa journée ; elle ne se serait pas piqué le doigt en cousant la garniture de la robe de la princesse Brambilla, et ainsi cette tache diabolique ne s'y serait pas produite. Dès lors le digne messer Bescapi (l'Enfer puisse-t-il l'engloutir !) n'aurait pas eu à réclamer d'elle la réparation du dommage et il n'eût pu la faire jeter en prison, comme il l'a fait, attendu que nous n'avons pas été en mesure de réunir tout l'argent qu'il nous demandait... Vous auriez pu venir à notre aide... Mais voilà que Monsieur le comédien de Rien-qui-vaille nous a tourné le dos...

— Halte ! — fit Giglio en interrompant la bavarde vieille — c'est ta faute, puisque tu n'es pas venue me trouver et me dire tout. Ma vie pour la mignonne ! S'il n'était pas minuit, je courrais sur-le-champ chez cet abominable Bescapi… Ces ducats… mon adorée serait libre dans une heure. Mais qu'importe qu'il soit minuit ! Allons la sauver.

Et, ce disant, Giglio partit en courant, tandis que la vieille femme riait ironiquement derrière lui.

Il arrive que parfois, dans l'empressement extrême que nous avons de faire quelque chose, nous oublions précisément le principal. C'est ainsi que Giglio s'aperçut seulement lorsqu'il fut à bout de souffle d'avoir couru à travers les rues de Rome qu'il aurait dû s'informer auprès de la vieille au sujet de la demeure de Bescapi, car celle-ci lui était complètement inconnue. Cependant, le destin ou le hasard voulut que, arrivé sur la place d'Espagne, il fût justement devant la maison de Bescapi, au moment même où il s'écriait à haute voix :

— Où donc ce diable de Bescapi peut-il bien habiter ?

Aussitôt un inconnu le prit par le bras et le conduisit dans la maison, en lui disant que messer Bescapi habitait là et que, s'il le voulait, il pourrait encore très bien obtenir le masque qu'il avait peut-être commandé. Lorsqu'ils furent entrés dans le salon de réception, le personnage — messer Bescapi n'étant pas là — le pria de désigner lui-même le costume qui lui était destiné ; peut-être était-ce un simple *tabarro* ou bien… Mais voilà que Giglio se mit à houspiller l'homme, qui n'était autre qu'un très digne ouvrier tailleur, et il parla, d'une façon si embrouillée et si volubile, de tache de sang et de prison, de paiement et de délivrance immédiate, que l'ouvrier le regardait dans les yeux, stupéfait et comme sidéré, sans pouvoir lui répondre une syllabe.

— Damné personnage ! Tu ne veux pas me comprendre ! Fais-moi venir tout de suite ton maître, ce chien du diable. — Ainsi, s'écria Giglio, tout en empoignant l'ouvrier. Mais il se passa précisément la même chose que ce qui s'était passé chez le Signor Pasquale : l'ouvrier hurla si fort que les gens accoururent de tous côtés. Bescapi lui-même arriva d'un pas précipité ; mais, dès qu'il aperçut Giglio, il s'écria :

— Par tous les saints ! C'est le comédien détraqué, le pauvre Signor Fava. Saisissez-le, bonnes gens, saisissez-le.

Alors tout le monde tomba sur Giglio ; on le maîtrisa facilement. On lui lia les mains et les pieds et on le plaça sur un lit. Bescapi s'approcha de lui ; mais Giglio déversa sur Bescapi mille amers reproches relatifs à son avarice, à sa cruauté, et il parla de la robe de la princesse Brambilla, de la goutte de sang, de paiement, etc.

— Calmez-vous donc, excellent Signor Giglio, — fit doucement Bescapi, — débarrassez-vous des fantômes qui vous tourmentent. Dans quelques instants vous verrez que vous aurez une tout autre opinion des choses.

Ce que Bescapi avait voulu dire par là se montra bientôt : un chirurgien entra et, malgré la résistance du pauvre Giglio, il lui ouvrit une veine. Epuisé par tous les événements de la journée et par la perte de sang, le pauvre Giglio tomba dans un lourd sommeil, semblable à un évanouissement.

Lorsqu'il se réveilla, une nuit noire régnait autour de lui ; ce n'est qu'avec peine qu'il put se rappeler ce qui lui était arrivé en dernier lieu ; il sentait qu'on l'avait attaché, mais sa fatigue était telle qu'il ne pouvait guère bouger ou se remuer. Par la fente d'une porte, vraisemblablement, un faible rayon lumineux tomba enfin dans la chambre et il sembla à Giglio qu'il percevait une profonde respiration et ensuite un léger murmure, qui enfin devint intelligible :

— Est-ce vous, vraiment, mon cher prince ? Et dans cet état ? Si petit, si petit, que vous tiendriez, semble-t-il, dans ma boîte à bonbons ! Mais ne croyez pas peut-être que je vous en estime et apprécie moins ; ne sais-je donc pas que vous êtes un très aimable et très beau Monsieur et que tout ce que je me figure maintenant n'est qu'un rêve ! Ayez donc la bonté de vous montrer à moi demain, ne serait-ce que sous forme de voix. Si vous avez jeté vos yeux sur moi, pauvre servante, c'est parce que cela devait arriver, car autrement...

Ici les paroles redevinrent un murmure indistinct. La voix avait quelque chose de très doux et de très agréable ; Giglio se sentit pénétré d'un frisson secret ; mais, tandis qu'il s'efforçait d'écouter de toute son attention, le murmure de la voix, qui ressemblait presque au bruit d'une source proche, le berçait si bien qu'il retomba dans le sommeil.

Le soleil brillait dans la chambre lorsqu'une légère secousse réveilla Giglio. Messer Bescapi était devant son lit et il lui saisissait les mains en lui disant avec un sourire bienveillant :

— N'est-ce pas que vous vous trouvez mieux, mon très cher Signor ? Oui, les saints en soient loués. Vous êtes un peu pâle, mais votre pouls bat avec calme. Le ciel vous a conduit dans ma maison, au moment où vous fûtes pris d'un méchant accès et il m'a permis de vous rendre un petit service, à vous que je considère comme le plus magnifique acteur de Rome, vous dont la perte nous a tous plongés dans le plus profond chagrin.

Les dernières paroles de Bescapi étaient, à vrai dire, un baume puissant pour les blessures de Giglio ; cependant, celui-ci commença d'un ton grave et sombre :

— Signor Bescapi, je n'étais ni malade ni fou, lorsque je pénétrai dans votre maison. Vous avez eu la cruauté de faire mettre en prison ma charmante fiancée, la pauvre Giacinta Soardi, parce qu'elle n'a pu vous indemniser pour une belle robe qu'elle avait tachée, — non, je veux dire sanctifiée, en y répandant la liqueur rose du doigt le plus délicat qu'il soit, par la blessure que lui avait faite une piqûre d'aiguille. Dites-moi tout de suite ce que vous demandiez pour cette robe ; je vous verse la somme et puis nous allons sur-le-champ délivrer l'adorable et suave enfant de la prison dans laquelle elle languit par la faute de votre avarice.

Ce disant, Giglio se leva aussi vite qu'il put et tira de sa poche la bourse aux ducats que, si c'était nécessaire, il était décidé à vider tout entière. Mais Bescapi, le regardant avec de grands yeux, lui dit :

— Comment pouvez-vous vous imaginer de telles folies, Signor Giglio ? Je ne sais pas ce que vous voulez dire lorsque vous me parlez d'une robe que Giacinta m'aurait abîmée ou bien de la tache de sang et de la prison.

Lorsque Giglio répéta toute l'histoire, telle qu'il l'avait apprise par Béatrice, et en particulier décrivit très exactement la robe qu'il avait vue lui-même chez Giacinta, messer Bescapi lui affirma qu'il n'était que trop certain que la vieille femme l'avait joué ; car de toute cette jolie affaire, pas un mot n'était vrai, comme il pouvait le certifier hautement, et il n'avait jamais donné à garnir à Giacinta une robe du genre de celle que Giglio se rappelait avoir vue.

Giglio n'avait aucun motif de se méfier des paroles de Bescapi, puisque, autrement, on n'eût pas compris pourquoi celui-ci n'aurait pas accepté l'argent qui lui avait été offert, et le comédien se convainquit qu'ici aussi il était le jouet de la bizarre folie qui s'était emparée de lui. Que lui restait-il à faire, sinon de quitter messer Bescapi et d'attendre le hasard favorable qui peut-être jetterait dans ses bras l'adorable Giacinta, pour qui de nouveau il était embrasé d'amour ?

Devant la porte de Bescapi, il rencontra une personne qu'il aurait désiré voir à mille lieues de là, le vieux Celionati.

— Eh ! Eh ! — s'écria celui-ci à Giglio, tout en riant — vous êtes vraiment une âme admirable d'avoir voulu donner les ducats dont vous a gratifié la faveur du destin, pour votre bien-aimée, quoiqu'elle ne soit plus votre bien-aimée.

— Vous êtes un homme terriblement cruel, —

répondit Giglio. Pourquoi pénétrez-vous dans ma vie ? Pourquoi voulez-vous vous emparer de mon être ; vous vous targuez d'une omniscience qui peut-être vous coûte peu de peine. Vous m'entourez d'espions qui surveillent chacun de mes pas. Vous excitez toute chose contre moi. C'est à vous, à vos mille artifices, que je dois la perte de Giacinta et celle de mon emploi.

— Ah ! oui, — s'écria Celionati en éclatant de rire. Il vaudrait bien la peine de persécuter de la sorte la très importante personne de Monsieur l'Ex-Comédien Giglio Fava ! Cependant, mon fils Giglio, tu as besoin, réellement, d'un tuteur qui te conduise sur la bonne voie menant au but.

— Je suis majeur, — dit Giglio, — et je vous prie, Monsieur le Ciarlatano, de ne plus vous occuper de moi.

— Oh ! Oh ! — répliqua Celionati, — pas tant d'arrogance. Que serait-ce si mes projets étaient pour ton bien et pour ton avantage, si je cherchais ton plus grand bonheur terrestre, si je servais d'intermédiaire entre toi et la princesse Brambilla ?

— O Giacinta, Giacinta ! Infortuné, je l'ai perdue ! Jamais un jour m'a-t-il apporté une plus sinistre infortune que la journée d'hier ?

Ainsi s'écria Giglio, tout hors de lui.

— Allons, allons, — fit Celionati en tâchant de le calmer — cette journée n'a pourtant pas eu pour vous que des malheurs. Déjà les bonnes leçons que vous avez reçues au théâtre pourraient vous être très salutaires, après que vous vous fûtes tranquillisé en constatant que réellement vous n'aviez pas encore laissé en gage vos gants, votre chapeau et votre manteau, pour avoir un plat de coriace macaroni ; puis vous avez assisté à la plus magnifique des représentations, laquelle mériterait d'être nommée la première du monde, ne fût-ce que parce qu'elle exprime les choses les plus profondes sans avoir besoin de recourir à la parole ; puis vous avez trouvé dans votre poche les ducats qui vous manquaient...

— Et qui viennent de vous, de vous, je le sais, — fit Giglio en l'interrompant.

— Quand même il en serait ainsi, — s'écria Celionati, — cela ne change rien à la chose ; bref, vous avez reçu cet or, vous vous êtes réconcilié avec votre estomac, vous êtes entré heureusement dans la maison de Bescapi, vous avez été gratifié d'une saignée qui vous était nécessaire et enfin vous avez dormi sous le même toit que votre bien-aimée.

— Que dites-vous là ? — s'écria Giglio. Ma bien-aimée ? Sous le même toit que ma bien-aimée ?

— C'est la stricte réalité, — répondit Celionati, — regardez donc là-haut.

Giglio leva les yeux et mille éclairs traversèrent sa poitrine lorsqu'il aperçut sur le balcon sa chère Giacinta, élégamment parée, plus jolie et plus ravissante qu'il ne l'avait jamais vue, avec derrière elle la vieille Béatrice.

— Giacinta, ma Giacinta, ma douce vie ! — s'écria-t-il vers elle.

Mais Giacinta jeta sur lui un regard de mépris et quitta le balcon, suivie aussitôt par Béatrice.

— Elle persiste dans sa maudite smorfiosité, — fit Giglio avec amertume ; mais cela s'arrangera.

— Difficilement, — ajouta Celionati ; car, mon bon Giglio, vous ne savez sans doute pas que, tandis que vous poursuiviez avec tant d'intrépidité la princesse Brambilla, un prince joli et magnifique faisait la cour à votre *Donna*, et, à ce qu'il semble...

— Par tous les diables de l'Enfer ! — s'écria Giglio. Ce vieux démon de Béatrice a vendu la pauvre fille ; mais avec de la mort-aux-rats j'empoisonnerai cette sinistre femme et je plongerai un poignard dans le cœur de ce maudit prince.

— Non, non, ne faites pas cela, mon bon Giglio, — dit Celionati en l'interrompant. Allez plutôt tranquillement chez vous et faites-vous tirer encore un peu de sang, lorsqu'il vous vient de mauvaises pensées. Que Dieu vous accompagne ! Au Corso nous nous reverrons sans doute.

Cela dit, Celionati s'empressa de traverser la rue.

Giglio restait là comme enraciné, jetant des regards furieux vers le balcon, serrant les dents et murmurant les plus affreuses malédictions ; mais, comme messer Bescapi mettait la tête à la fenêtre et le priait poliment d'entrer dans la maison pour y attendre le nouvel accès qui semblait s'approcher, Giglio, qui le croyait aussi conjuré contre lui et de complicité avec la vieille, lui cria : « Damné entremetteur ! » Et il s'en alla en courant.

Sur le Corso, il rencontra quelques anciens camarades, avec qui il se rendit dans un cabaret voisin, pour noyer toute son amertume, tout son chagrin d'amour, tout son désespoir, dans l'ardeur d'un syracuse de feu.

D'habitude une telle conduite n'est pas précisément ce qu'il y a de plus recommandable ; car la même ardeur qui engloutit le chagrin a coutume d'embraser irrésistiblement et de faire flamber tout ce qui, dans l'intérieur d'un homme, aurait, au contraire, besoin d'être préservé de la flamme ; mais Giglio s'en tira bien. Se laissant aller à un entretien agréable et joyeux avec les comédiens et rappelant toutes sortes de souvenirs et de gaies aventures de théâtre, il oublia tous les malheurs qui lui étaient arrivés. On convint, en se séparant, d'aller, le soir, sur le Corso, revêtus des masques les plus extravagants qu'on pût imaginer.

Le costume qu'il avait déjà mis une fois sembla à Giglio assez grotesque ; pourtant, cette fois encore, il ne manqua pas de revêtir son long et étrange pantalon et, en outre, il fixa sur son dos son manteau au bout d'un bâton, si bien qu'on aurait presque dit qu'un drapeau lui poussait par-derrière. Ainsi attifé, il parcourut gaiement les rues et s'abandonna à la joie exubérante qu'il éprouvait, en ne pensant plus à sa vision ni à l'adorée qu'il avait perdue.

Cependant il s'arrêta, comme cloué au sol, lorsque, près du palais Pistoia, il vit soudain devant lui une personne de haute et noble stature, revêtue de la robe magnifique dans laquelle naguère il avait surpris

Giacinta ; mieux, il lui sembla que c'était sa vision en chair et en os qui se dressait là devant lui. Il sentit comme un fluide magique parcourir tous ses membres ; mais lui-même ne savait pas comment il se faisait que l'oppression et l'angoisse de la passion amoureuse, qui d'habitude paralysent l'esprit lorsqu'on voit surgir brusquement devant soi la charmante image de la bien-aimée, disparaissaient dans la joyeuse ardeur d'un courage comme il n'en avait encore jamais éprouvé dans son être. Le pied droit en avant, la poitrine en dehors, les épaules effacées, il se campa aussitôt dans la plus élégante posture qu'il eût jamais prise en déclamant sur la scène les discours les plus extraordinaires ; il ôta de sa rigide perruque sa coiffure aux longues et sveltes plumes de coq et il commença, en conservant le ton grasseyant qui convenait à son déguisement, et en dévisageant fixement à travers ses grandes lunettes la princesse Brambilla (car il n'y avait aucun doute que ce fût elle) :

— O la plus charmante des fées, il est bien vrai que la plus auguste des déesses est descendue sur cette terre ; une cire jalouse cache la beauté victorieuse de son visage, mais de l'éclat dont elle est entourée émanent mille éclairs qui s'enfoncent dans la poitrine des vieux comme des jeunes, et chacun rend hommage à la divine, — enflammé qu'il est d'amour et de ravissement.

— Dans quelle pompeuse comédie, — répondit la princesse, — avez-vous pris cette belle élocution, Monsieur le Capitano Pantalon ou qui que vous puissiez être ? Dites-moi plutôt à quelles victoires se rapportent les trophées que vous portez si fièrement sur votre dos ?

— Ce ne sont pas des trophées, — s'écria Giglio, — car je combats encore pour la victoire. C'est le drapeau de l'espérance, de la passion la plus ardente, ce drapeau sur lequel j'ai prêté serment ; c'est l'emblème de ma détresse, qui montre que je me rends à merci.

Je l'ai arboré pour que, quand il flotte dans l'air, ses plis vous disent : « Ayez pitié de moi. » Prenez-moi pour votre chevalier, Princesse. Alors je combattrai, je vaincrai, et je porterai des trophées pour votre gloire et en hommage à votre beauté.

— Si vous voulez être mon chevalier, — dit la princesse, — armez-vous comme il convient. Recouvrez votre tête du casque menaçant, saisissez la large et bonne épée, alors je vous croirai.

— Si vous voulez être ma Dame, — répartit Giglio, — l'Armide de Renaud, soyez-le tout à fait. Otez cette parure fastueuse qui me gêne, qui me trouble, comme une dangereuse magie. Cette tache de sang luisante...

— Vous êtes fou, — s'écria vivement la princesse. Et elle laissa là Giglio en s'éloignant rapidement.

***

Il sembla à Giglio que ce n'était pas lui qui avait parlé avec la princesse; il lui sembla qu'il avait prononcé là tout inconsciemment des paroles auxquelles lui-même ne comprenait rien. Il était près de croire que signor Pasquale et messer Bescapi avaient raison de le tenir pour un peu détraqué. Mais, comme il vit s'approcher de lui une troupe de masques, qui, avec les plus folles grimaces représentaient les produits de l'imagination la plus extravagante et dans lesquels il reconnut aussitôt ses camarades, la gaieté lui revint tout entière. Il se mêla à la foule bondissante et dansante, en criant très fort : « A vous de rire et de vous démener ! O folles fantaisies, agitez-vous, puissants et malicieux esprits de la plus frénétique des moqueries ! Je suis maintenant tout à vous, et vous pouvez me considérer comme l'un de vos semblables ! »

Giglio crut remarquer aussi parmi ses camarades le vieux à la bouteille d'où avait surgi naguère la figure de Brambilla. Avant qu'il eût pu s'en apercevoir, il fut saisi par le bonhomme, qui le fit tourner en rond, tout en lui braillant aux oreilles : « Petit frère, je te tiens ; petit frère, je te tiens. »

CHAPITRE III

De quelques blonds individus qui ont l'audace de trouver Pulcinella ennuyeux et insipide. — Humour allemand et humour italien. — Comment Celionati, assis au Café Greco, affirma qu'il n'était pas assis au Café Greco, mais qu'il préparait sur les bords du Gange du tabac à priser à la mode de Paris. — Merveilleuse histoire du roi Ophioch, qui régnait au pays du Jardin d'Urdar, et de la reine Liris. — Comment le roi Cophétua épousa une fille de mendiant, comment une noble princesse courut après un mauvais comédien et comment Giglio s'arma d'un sabre de bois et ensuite s'élança sur le Corso, derrière mille masques, jusqu'à ce qu'il s'aperçût que son moi s'était mis à danser.

— Hommes au teint blond et aux yeux bleus, jeunes gens pleins de fierté, dont le « bonsoir, ma belle enfant », prononcé d'une voix de basse grondante, effraye la fille la plus intrépide, votre sang figé dans la glace de l'hiver éternel pourra-t-il se dégeler au souffle sauvage de la tramontane ou à la flamme d'un chant d'amour ? Que venez-vous vanter votre puissance de vie et de gaieté, votre fraîcheur et votre bonne humeur, vous qui ne comprenez rien à la plus folle et à la plus plaisante de toutes les plaisanteries, telle que notre fortuné Carnaval l'offre avec la plus extrême abondance ? Oui, vous osez même trouver parfois notre brave Pulcinella ennuyeux et insipide, et vous qualifiez de produits d'un esprit confus les plus séduisantes fantaisies engendrées par la riante ironie.

Ainsi parlait Celionati, au Café Greco, où, comme de coutume, il s'était rendu à la tombée de la nuit, et où il avait pris place parmi les artistes allemands qui, à la même heure, fréquentaient eux aussi cet établissement situé dans la Strada Condotti, et qui venaient précisément de faire entendre de vives critiques sur les bouffonneries du Carnaval.

— Comment pouvez-vous donc parler de la sorte, maître Celionati ? — fit le peintre allemand Franz Reinhold. Cela s'accorde mal avec ce que vous dites d'ordinaire en faveur de l'esprit et du caractère allemands. Il est vrai que vous nous avez toujours reproché, à nous Allemands, d'exiger d'une plaisanterie qu'elle signifiât autre chose que cette plaisanterie elle-même, et je veux vous donner raison, bien que ce soit d'une autre manière que vous pouvez le penser. Dieu vous assiste, si vous nous attribuez la sottise qui consisterait à ne comprendre l'ironie que sous forme d'allégorie ! Vous seriez alors en grande erreur. Nous voyons très bien que chez vous, Italiens, la plus pure plaisanterie comme telle est beaucoup plus répandue que chez nous ; mais permettez-moi de vous expliquer nettement la différence que je trouve entre votre plaisanterie et la nôtre, ou plus exactement votre ironie et la nôtre. Justement nous parlions des figures folles et grotesques qui déambulent sur le Corso carnavalesque ; ainsi je pourrai, du moins, faire une comparaison concrète. Lorsque je vois un de ces drôles faire rire le peuple par d'horribles grimaces, il me semble que c'est comme si parlait alors audit masque quelque modèle original devenu visible pour lui, mais dont il ne comprendrait pas les paroles, et que ce masque se bornerait, comme cela arrive dans l'existence quand on s'efforce de saisir le sens d'un discours dans une langue qui vous est inconnue, à contrefaire inconsciemment les gestes du modèle qui lui parle, mais qui les contreferait d'une manière outrancière à cause de l'effort que la chose demande. Eh bien ! notre plaisanterie à nous, Allemands, est la langue de ce prototype lui-même, langue qui émane de notre être propre et qui conditionne nécessairement nos gestes, par le principe même de l'ironie qu'il y a en nous — tout comme le rocher qui se trouve dans la profondeur de la terre oblige le ruisseau coulant au-dessus de lui à répandre à sa surface des flots onduleux.

« Ne croyez pas, maître Celionati, que je ne comprenne pas la bouffonnerie, — qui, elle, ne réside que dans les phénomènes extérieurs et qui reçoit ses motifs uniquement du dehors ; ne croyez pas que je dénie à votre peuple une faculté supérieure pour, précisément, réaliser ces bouffonneries d'une manière effective. Mais, pardonnez-moi, Celionati, si j'exige même de la bouffonnerie, — si tant est qu'elle doive être supportable, — un appoint de sentiment, et c'est cela que je ne trouve pas dans vos personnages comiques. Le sentiment, qui maintient la pureté de notre plaisanterie, disparaît dans le principe d'obscénité qui fait agir votre Pulcinella et cent autres masques de la sorte ; et ensuite, à travers toutes les grimaces et toutes les mascarades apparaît cette effroyable et horrible Furie de la rage, de la haine et du désespoir qui vous pousse à la démence et au meurtre. Lorsqu'en cette journée du Carnaval, dans laquelle chacun porte une lumière et essaye d'éteindre la lumière portée par les autres, lorsque dans la joie la plus folle et la plus exubérante, dans les éclats de rire les plus retentissants tout le Corso frémit de ce cri sauvage : *Ammazzato sia, chi non porta moccola !* croyez bien, Celionati, qu'au moment où, tout emporté par la joie délirante du peuple, je m'essouffle à crier plus fort que tout autre : *Ammazzato sia !* de terribles frissons me saisissent, qui empêchent de se manifester cette sentimentalité particulière à notre esprit, à nous autres, Allemands. »

— La sentimentalité ! — dit Celionati en souriant, — faites-moi donc connaître, Monsieur l'Allemand sentimental, ce que vous pensez de nos masques du théâtre ? De nos Pantalon, Brighella, Tartaglia ?

— Eh ! — répondit Reinhold, — je pense que ces masques nous offrent une mime de la plus réjouissante raillerie, de la plus frappante ironie, du plus libre et je dirai presque du plus insolent humour, bien que je pense qu'ils concernent plutôt les divers phénomènes extérieurs de la nature humaine elle-même, ou, plus brièvement et plus exactement, qu'ils concernent plus *les* hommes que *l'*homme. Du reste, je vous prie, Celionati, de ne pas me croire assez fou pour ne pas savoir qu'il y a dans votre nation des hommes doués, de l'humour le plus profond. L'Eglise invisible ne connaît pas de différence de nation : elle a ses membres partout. Et, maître Celionati, laissez-moi vous le dire, tout votre être et votre conduite nous ont, depuis déjà longtemps, semblé fort singuliers. Vous vous démenez devant le populaire comme le Ciarlatano le plus extravagant, après quoi vous vous plaisez dans notre société, vous oubliez tout le caractère italien et vous nous réjouissez avec de merveilleuses histoires qui pénètrent profondément dans notre âme, pour, ensuite, débiter des folâtreries et des extravagances et faire agir sur nous les enlacements des liens magiques les plus étranges. En réalité, le peuple a raison quand il vous qualifie de maître en sorcellerie ; quant à moi, je pense simplement que vous appartenez à l'Eglise invisible, qui compte des membres très singuliers, bien que tous soient issus du même tronc.

— Que pouvez-vous penser de moi, — s'écria vivement Celionati, — Monsieur le peintre ? Que pouvez-vous bien penser, supposer ou imaginer à mon sujet ? Etes-vous donc tous si sûrs que cela que je sois ici assis parmi vous et que je bavarde inutilement, en vous racontant des choses inutiles, — dont vous tous ne comprenez rien du tout, si vous n'avez pas contemplé le clair miroir de la source Urdar et si vous n'avez pas vu sur vous le sourire de Liris ?

— Oh ! Oh ! — s'écrièrent-ils tous ensemble — le voilà maintenant qui revient à ses vieilles cabrioles. En avant, Monsieur le sorcier, en avant !

— Y a-t-il vraiment de l'intelligence dans le peuple ? — s'écria Celionati, en frappant violemment du poing sur la table, si bien que, subitement, tout se tut.

— Y a-t-il vraiment de l'intelligence dans le peuple ? — continua-t-il alors plus tranquillement. Que venez-vous parler de cabrioles ou de danses ? Je vous demande seulement ce qui fait que vous êtes si convaincus que je suis assis réellement parmi vous et que je parle de toute espèce de choses que vous tous croyez entendre avec vos oreilles charnelles, alors que peut-être vous êtes simplement l'objet des taquineries d'un malicieux esprit aérien ? Qui vous dit que ce Celionati à qui vous voulez faire accroire que les Italiens ne comprennent pas l'ironie, ne se promène pas justement à l'heure présente au bord du Gange, y cueillant des fleurs odoriférantes, afin d'en préparer du tabac à priser à la mode de Paris, pour le nez de quelque mystique idole ? Ou bien qui vous dit qu'il n'est pas en train d'explorer les sombres et effrayants tombeaux de Memphis pour demander au plus vieux des rois le petit doigt de son pied gauche pour le service officinal de la plus fière des princesses qui aient jamais paru sur la scène de l'Argentina ? Ou bien qu'avec son plus intime ami, le magicien Ruffiamonte, il n'est pas plongé dans une profonde conversation au bord de la source Urdar ? Mais, il suffit, je veux vraiment faire comme si Celionati était réellement assis ici, au Café Greco, et vous raconter l'histoire du roi Ophioch, de la reine Liris et du miroir d'eau de la source Urdar, — si vous voulez l'entendre.

— Racontez donc, — dit l'un des jeunes artistes, — je vois déjà que ce sera une de ces histoires assez folles et extravagantes, mais, cependant, très agréables à écouter.

— Que personne d'entre vous ne croie que je veuille vous servir des contes stupides, et ne doutez pas que tout se soit réellement passé comme je vous le raconterai, — commença Celionati. Tous les soupçons seront levés si je vous certifie que je tiens le tout de la bouche de mon ami Ruffiamonte, que lui-même est dans une certaine mesure le héros principal de l'histoire. Il y a à peine de cela une couple de siècles, nous parcourions précisément les feux de l'Islande et, en cherchant un talisman né de l'eau et de la flamme, nous parlâmes beaucoup de la source Urdar. Donc ouvrez les oreilles et l'esprit.

⁂

Ici, très bienveillant lecteur, il faut, par conséquent, que tu acceptes d'écouter une histoire qui paraît être tout à fait en dehors du domaine des événements que j'ai entrepris de te raconter, et qui, par suite, a l'air d'être un épisode à rejeter. Mais, de même que souvent le chemin qui semblait vous égarer, si on le suit bravement jusqu'au bout, vous mène soudain au but, — qu'on avait perdu des yeux, — de même, il arrivera peut-être que cet épisode, qui semble n'être qu'une fausse route, nous conduise en plein cœur de l'histoire principale. Ecoute donc, ô lecteur, la merveilleuse

HISTOIRE

du Roi Ophioch et de la Reine Liris

Il y a bien longtemps, bien longtemps, — on pourrait même dire à une époque qui suivit les temps primitifs tout comme le mercredi des Cendres suit le Mardi Gras, — régnait sur le pays des Jardins d'Urdar le jeune roi Ophioch.

Je ne sais pas si le géographe allemand Büsching a décrit le pays des Jardins d'Urdar avec quelque exactitude scientifique ; cependant, il est certain que, comme le magicien Ruffiamonte me l'a mille fois assuré, ce pays était des plus fortunés qu'il y ait eus et qu'il y aura jamais. Il avait des prairies et des champs de trèfle si magnifiques que le bétail le plus friand n'avait pas la moindre envie de sortir de cette chère patrie ; il possédait de vastes forêts avec des arbres, des plantes, un superbe gibier et des parfums si suaves que les vents du matin et du soir ne pouvaient se lasser d'y souffler. Il y avait du vin et de l'huile et des fruits de toutes espèces, il y en avait à foison ; des eaux d'une clarté d'argent traversaient tout le pays. Les montagnes, qui, comme des hommes vraiment riches, se vêtaient très simplement d'un gris foncé pas du tout criard, fournissaient de l'or et de l'argent, et il n'y avait qu'à se donner un peu de peine pour extraire du sable les pierres précieuses les plus belles que, si on le désirait, on pouvait utiliser comme jolis boutons de chemise ou de gilet. Si, en dehors de la résidence, bâtie en marbre et en albâtre, il n'y avait pas d'imposantes villes de briques, cela était dû à l'inexistence de cette culture qui, par la suite, a montré aux hommes qu'il valait mieux être assis dans un fauteuil, sous la protection de puissantes murailles, qu'habiter dans une petite cabane au bord d'un ruisseau murmurant, entouré d'une bruissante verdure, et s'exposer au risque que tel ou tel arbre effronté suspende son feuillage aux fenêtres et, sans être convié, dise son petit mot ou encore que la vigne et le lierre veuillent jouer au tapissier.

Si l'on ajoute aussi que les habitants du pays des Jardins d'Urdar étaient les plus parfaits des patriotes, aimant infiniment leur roi, bien qu'il ne se montrât jamais à eux, et criant même en d'autres jours que celui de sa fête « Vive Sa Majesté ! », le roi Ophioch aurait dû être le monarque le plus heureux qu'il y eût sous le soleil. Et réellement, il eût pu en être ainsi, si non seulement le roi, mais encore beaucoup de gens du pays qui comptaient parmi les plus sages, n'avaient pas été en proie à une étrange tristesse, qui, au milieu de toutes les magnificences, ne laissait aucune place à la joie. Le roi Ophioch était un jeune homme intelligent, ayant du jugement et de la clairvoyance et qui possédait même un esprit poétique. Cette dernière chose paraîtrait tout à fait incroyable et inadmissible, si elle n'était pas excusée et rendue concevable par l'époque dans laquelle il vivait !

C'étaient sans doute des échos de ces temps merveilleux dans lesquels régnait le bonheur suprême et où la nature, favorisant et caressant l'être humain comme son enfant préféré, lui donnait l'intelligence immédiate de toute réalité et aussi la compréhension du plus haut idéal et de la plus pure harmonie. C'étaient sans doute les vestiges de tout cela qui résonnaient dans l'âme du roi Ophioch. Souvent, en effet, il croyait que de douces voix lui parlaient dans le bruissement mystérieux de la forêt, dans le murmure des buissons et des sources, et il lui semblait que, du haut des nuages d'or, s'inclinaient des bras éblouissants pour le saisir, et sa poitrine se gonflait dans un ardent désir. Mais ensuite, tout cela disparaissait dans des ruines sauvages et désolées ; le sombre et terrible démon qui l'avait brouillé avec sa mère faisait planer sur lui ses ailes glacées et il se voyait abandonné sans rémission par celle à qui il devait la vie et exposé à sa colère. Les voix de la forêt et des lointaines montagnes, qui d'habitude éveillaient son désir, ainsi que les douces réminiscences d'un bonheur passé s'effaçaient sous la raillerie de ce sombre démon. Mais le souffle brûlant de cette raillerie faisait naître dans l'âme du roi Ophioch l'ardente illusion que la voix du démon était la voix de sa mère courroucée, qui maintenant était son ennemie et cherchait à anéantir son enfant dégénéré...

Comme je l'ai déjà dit, un grand nombre de gens dans le pays comprirent cette mélancolie du roi Ophioch et, la comprenant, ils en furent eux-mêmes atteints. Mais la majorité de la population ne se rendait pas compte de cet état d'esprit du souverain, et particulièrement le Conseil de la Couronne, qui, pour le bien du royaume, restait en parfaite santé morale.

C'est cette santé morale qui, précisément, fit croire au Conseil de la Couronne que le roi Ophioch ne pourrait être sauvé de la tristesse que s'il épousait une femme jolie, gaie et d'excellente humeur. On jeta les yeux sur la princesse Liris, la fille d'un roi voisin. Effectivement, la princesse Liris était aussi belle que l'on peut supposer que l'est une fille de roi. Cependant, bien que tout ce qui l'entourait, tout ce qu'elle voyait ou entendait ne laissât aucune trace dans son esprit, elle riait continuellement ; et, comme dans le pays des Jardins d'Hirdar (ainsi s'appelait le pays de son père) on ne connaissait pas plus la raison de cette gaieté que dans le pays des Jardins d'Urdar on ne connaissait la raison de la tristesse du roi Ophioch, déjà, à cause de ce fait, les deux âmes royales semblaient être créées l'une pour l'autre. Au demeurant, le seul plaisir de la princesse, qui vraiment fût pour elle un plaisir, était de faire du filet, entourée des dames de sa cour, lesquelles devaient également faire du filet, tout comme le roi Ophioch ne paraissait trouver un agrément qu'à chasser dans la profonde solitude des forêts. Le roi Ophioch n'eut pas la moindre objection à présenter contre l'épouse qu'on lui proposait ; le mariage lui semblait une indifférente affaire d'Etat, dont il laissa le soin aux ministres qui s'en étaient occupés avec tant de zèle. La noce fut célébrée avec toute la pompe imaginable. Tout se passa magnifiquement et heureusement, à l'exception d'un petit incident : le poète de la cour, à la tête de qui le roi Ophioch jeta l'épithalame qu'il voulait lui offrir, d'effroi et d'indignation tomba immédiatement dans un délire infortuné et il se figura être un esprit poétique, — ce qui l'empêcha donc de continuer à composer des vers et le rendit incapable de remplir désormais sa charge de poète de la cour.

Les semaines et les lunes passèrent, mais pas le moindre changement ne se manifesta dans l'état d'esprit du roi Ophioch. Cependant, les ministres, à qui la reine toujours rieuse plaisait infiniment, se consolèrent eux-mêmes et consolèrent le peuple en disant : « Un jour viendra ! »

Mais ce jour ne venait pas ; car le roi Ophioch était toujours plus grave et plus triste et, ce qui était le pire, une profonde aversion contre la rieuse reine germa dans son sein ; pourtant celle-ci ne sembla pas du tout s'en apercevoir, — ainsi, du reste, qu'il était impossible de savoir jamais si elle remarquait n'importe quoi au monde, en dehors de ses travaux de filet.

Il arriva qu'une fois, à la chasse, le roi Ophioch s'enfonça dans la partie vierge et sauvage de la forêt où une tour de pierres noires, vieille comme la création, s'élevait dans les airs, comme si elle fût sortie spontanément du rocher lui-même. Un bruit sourd venait de la cime des arbres, et des profondeurs rocheuses du ravin des voix gémissantes se répondaient, en poussant des lamentations à fendre l'âme.

Le cœur du roi Ophioch, en cet endroit effrayant, fut étrangement ému. Mais ce qu'il s'imagina alors, c'était que dans ces affreux accents de la plus profonde douleur brillait, pour lui, un rayon d'espoir en la réconciliation. Il pensa entendre, au lieu des cris indignés de sa mère en courroux, la plainte touchante de celle-ci gémissant d'avoir perdu son fils dégénéré, et il crut que cette plainte lui apportait l'assurance consolatrice que sa mère ne serait pas éternellement irritée contre lui.

Le roi Ophioch était ainsi perdu en lui-même, lorsqu'il entendit le bruit fait par le vol d'un aigle, qui se mit à planer au-dessus de la tour. Involontairement, le roi Ophioch saisit son arme et il visa l'aigle de sa flèche, mais au lieu de l'atteindre, celle-ci s'enfonça dans la poitrine d'un vieillard vénérable, dont alors seulement le roi Ophioch remarqua la présence en haut de la tour. L'effroi s'empara d'Ophioch lorsqu'il se rappela que c'était là l'observatoire au sommet duquel, selon la légende, les anciens rois du pays avaient la coutume de monter, dans le mystère des nuits, afin d'annoncer au peuple, — intermédiaires sacrés entre celui-ci et la souveraine de toute la création, — la volonté et les décrets de la toute-puissante reine. Il se souvint qu'il était à l'endroit que chacun évitait soigneusement, parce qu'on disait que le vieux mage Hermod, plongé dans un sommeil millénaire, se dressait au sommet de la tour, et que, si on le réveillait de son sommeil, la colère des éléments se déchaînerait, qu'ils entreraient en lutte l'un avec l'autre et que, dans ce combat, tout serait anéanti.

Accablé de chagrins, le roi Ophioch allait se jeter sur le sol, lorsqu'il se sentit doucement touché par quelqu'un. Le mage Hermod était devant lui, avec dans sa main la flèche qui avait frappé sa poitrine, et, tandis qu'un aimable sourire égayait la gravité vénérable de son visage, il dit :

— Tu m'as réveillé d'un long sommeil prophétique, roi Ophioch, sois-en remercié, car la chose s'est faite au moment favorable. Il est temps maintenant que j'aille vers l'Atlantide et que je reçoive de la main de l'Auguste et Puissante reine le présent qu'elle m'a promis en signe de réconciliation et qui arrachera à la douleur qui dévore ta poitrine, ô roi Ophioch, son fatal aiguillon. La pensée a détruit la contemplation, mais, du prisme du cristal en lequel s'est figé le flot de feu dans son combat nuptial avec le poison ennemi, renaîtra radieuse la contemplation, elle-même fœtus de la pensée. Adieu, roi Ophioch, tu me reverras dans treize fois treize lunes. Je t'apporterai le plus beau des présents de ta mère réconciliée, présent qui dissoudra ta douleur en un bonheur suprême, devant lequel se fondra la prison de glace dans laquelle le plus odieux de tous les démons a si longtemps tenu captive ton épouse la reine Liris. Adieu, roi Ophioch.

Sur ces mystérieuses paroles, le vieux mage laissa le jeune roi et disparut dans la profondeur de la forêt.

Si, auparavant, le roi Ophioch avait été triste et mélancolique, il le devint dès lors bien davantage encore. Les paroles du vieil Hermod étaient restées gravées dans son âme ; il les répéta à l'astrologue de la cour, afin que celui-ci lui en expliquât l'incompréhensible sens. Mais l'astrologue de la cour déclara qu'il n'y avait là aucun sens ; car il n'existait ni prisme, ni cristal ; du moins, ainsi que tout pharmacien le savait, le cristal ne pouvait pas être produit par un flot de feu et un poison ennemi ; et en ce qui concernait la pensée et la renaissance de la contemplation dont il était question dans le discours confus d'Hermod, tout cela devait rester forcément incompréhensible, car aucun astrologue, aucun philosophe de quelque honnête savoir ne pouvait pas s'occuper de la langue sans intérêt de l'époque grossière à laquelle appartenait le mage Hermod.

Non seulement le roi Ophioch ne fut pas du tout satisfait de cette explication, mais encore, entrant dans une grande colère, il houspilla rudement l'astrologue et ce fut heureux que justement il n'eût rien sous la main pour le jeter à la tête de l'infortuné, comme il l'avait fait au poète de la cour avec son épithalame. Ruffiamonte prétend que, bien que la chronique n'en parle pas, il est cependant certain, d'après la légende du peuple des Jardins d'Urdar, qu'en cette occasion le roi Ophioch dit à l'astrologue de la cour qu'il était... un âne.

Comme les mystiques paroles du mage Hermod ne pouvaient pas sortir de l'âme du jeune roi mélancolique, celui-ci résolut enfin d'en trouver lui-même le sens coûte que coûte. Il fit donc inscrire, en lettres d'or, sur une plaque de marbre noir, ces paroles : « La pensée a détruit la contemplation... », et le reste de ce qu'avait dit le mage, et il fit encastrer cette plaque dans le mur d'une salle sombre et retirée de son palais. Ensuite, il s'assit sur un lit de repos, moelleusement rembourré ; il appuya sa tête dans ses mains et, en regardant l'inscription, il se plongea dans une profonde méditation.

Il arriva que tout à fait fortuitement la reine Liris entra dans la salle où se trouvait le roi Ophioch, près de l'inscription. Mais bien que, selon sa coutume, elle rît si haut que les murs en résonnèrent, le roi ne parut pas remarquer le moins du monde la présence de sa chère et joyeuse épouse. Il ne détourna pas son regard fixe de la noire plaque de marbre. Enfin, la reine Liris dirigea, elle aussi, ses yeux de ce côté-là. Mais à peine eut-elle lu les paroles mystérieuses que son rire s'éteignit et que, sans rien dire, elle se laissa tomber, auprès du roi, sur les coussins. Lorsque les deux personnages, le roi Ophioch et la reine Liris, eurent, pendant un certain temps, regardé fixement l'inscription, ils se mirent à bâiller très fort, et toujours de plus en plus fort, puis ils fermèrent les yeux et tombèrent dans un sommeil de mort, si profond qu'aucun art humain ne put les en tirer. On les aurait tenus pour morts et on les aurait transportés, avec les cérémonies usuelles, au pays des Jardins d'Urdar, dans le caveau royal, si une légère respiration, les battements du pouls, la couleur du visage, n'eussent été des signes infaillibles que la vie continuait. Comme, au demeurant, ils n'avaient pas encore d'enfant, le Conseil de la Couronne résolut de gouverner lui-même, à la place du roi endormi, et il sut s'y prendre si habilement que personne ne se douta le moindrement de la léthargie du monarque.

Treize fois treize lunes s'étaient écoulées depuis le jour où le roi Ophioch avait eu son important entretien avec le mage Hermod ; alors les habitants du pays des Jardins d'Urdar assistèrent à un spectacle si magnifique qu'ils n'en avaient jamais vu de semblable.

Le grand mage Hermod parut sur un nuage de feu, entouré des esprits élémentaires de toutes les races, et il descendit sur le tapis bariolé d'une belle prairie embaumée, tandis que dans les airs toutes les musiques de toute la nature résonnaient en mystérieux accords. Au-dessus de sa tête semblait planer un astre étincelant, dont aucun œil ne pouvait supporter l'éclat enflammé. Mais c'était là un prisme de cristal brillant, qui, lorsque le mage l'éleva en l'air, se répandit dans la terre sous forme de gouttes semblables à des éclairs, pour rejaillir aussitôt, avec un joyeux murmure, sous l'aspect de la plus magnifique des sources d'argent.

Alors chacun se pressa autour du mage. Tandis que les esprits de la terre descendaient dans la profondeur et jetaient en l'air des fleurs métalliques éblouissantes, les esprits du feu et des eaux nageaient dans les puissantes radiations de leurs éléments, et les esprits aériens sifflaient et s'agitaient bruyamment, semblant lutter et combattre pêle-mêle comme dans un joyeux tournoi. Le mage remonta dans les airs et étendit au-dessus de la terre son vaste manteau ; alors une épaisse vapeur s'élevant vers le ciel enveloppa tout et, lorsqu'elle se fut dissipée, on vit qu'à l'endroit où avait eu lieu le combat des esprits s'était formé un magnifique miroir d'eau, d'une clarté céleste, entouré de pierres étincelantes, d'herbes et de fleurs merveilleuses et au milieu duquel jaillissait joyeusement la source dont, par un plaisant caprice, les petites vagues ondulées étaient poussées vers la périphérie.

Au moment où le prisme mystérieux du mage Hermod se fondit en cette source, le couple royal se réveilla de son long sommeil. Tous deux, le roi Ophioch et la reine Liris, poussés par une irrésistible curiosité, accoururent vers la source. Ils furent les premiers à en contempler l'onde. Mais, lorsqu'ils aperçurent dans la profondeur infinie l'azur éclatant du ciel, les buissons, les arbres, les fleurs, toute la nature et leur propre personne reflétés en sens inverse, on aurait dit que des voiles obscurs se dissipaient, et un monde nouveau, plein de magnificence, de vie et de bonheur, se révéla à leurs yeux ; avec la connaissance de ce monde, leur être fut enflammé d'un ravissement qu'ils n'avaient encore jamais éprouvé, ni même pressenti. Ils contemplèrent pendant longtemps la source merveilleuse, et puis ils se levèrent, se regardèrent l'un l'autre et se mirent à rire, — puisqu'il est permis d'appeler rire aussi bien l'expression physique du bonheur le plus intime que celle de la joie que donne la victoire remportée par les forces spirituelles de l'être.

Si la transfiguration qui s'était opérée dans la physionomie de la reine Liris et qui donnait pour la première fois à son beau visage une vie véritable et un véritable charme céleste n'eut pas suffi à attester la transformation complète de son état d'esprit, chacun aurait pu déjà s'en rendre compte par la façon dont elle riait. En effet, ce rire était si différent de celui qui faisait jadis le tourment du roi, que beaucoup de gens timides prétendirent que ce n'était pas elle qui riait ainsi, mais bien un autre être, un être merveilleux caché dans son âme. Il en fut de même au sujet du rire qui s'était emparé du roi Ophioch. Lorsque tous deux se furent mis à rire de cette étrange façon, ils s'écrièrent presque en même temps : « Oh ! nous étions plongés dans l'exil sinistre et désolé de rêves oppresseurs et voici que nous nous sommes réveillés dans notre patrie ; maintenant nous nous reconnaissons en nous-mêmes, et nous ne sommes plus des orphelins. » Puis ils se jetèrent dans les bras l'un de l'autre avec l'expression de l'amour le plus profond.

Pendant qu'ils s'embrassaient ainsi, tous ceux qui purent trouver place autour de la source contemplèrent l'eau merveilleuse ; ceux qui avaient été atteints de la tristesse du roi, après avoir contemplé le miroir d'eau, éprouvèrent les mêmes effets que le couple royal ; quant à ceux qui auparavant connaissaient déjà la gaieté, ils restèrent entièrement dans l'état où ils étaient. Beaucoup de médecins trouvèrent l'eau fort ordinaire, sans aucune substance minérale, de même que nombre de philosophes déconseillèrent absolument de regarder le miroir d'eau, parce que, disaient-ils, lorsque l'homme se regarde, lui et le monde, en sens inverse, il est facilement en proie au vertige. Il y eut même quelques personnes appartenant à la classe la plus instruite du royaume qui prétendirent que la source Urdar n'existait pas : source Urdar fut, en effet, le nom donné aussitôt par le roi et par le peuple à l'eau magnifique issue du prisme mystérieux d'Hermod.

Le roi Ophioch et la reine Liris se jetèrent tous deux aux pieds du grand mage Hermod, qui leur avait apporté le bonheur et la guérison, et ils le remercièrent avec les paroles et les expressions les plus belles qu'ils purent trouver. Le mage Hermod les releva avec une noblesse gracieuse ; il pressa d'abord la reine, puis le roi sur sa poitrine, et, comme le bonheur du pays des Jardins d'Urdar lui tenait fort à cœur, il promit de se montrer parfois sur l'observatoire en cas d'événement critique. Le roi Ophioch voulut absolument baiser sa main vénérable ; mais il ne le souffrit pas et il s'éleva aussitôt dans les airs. Et, du haut des nues, il prononça encore, d'une voix qui résonnait comme des cloches de métal qu'on sonne avec force, ces paroles :

La pensée détruit la contemplation, et, arraché de la poitrine maternelle, l'homme erre sans patrie, dans un délire insensé et dans un profond aveuglement, jusqu'à ce que le propre reflet de la pensée procure à la pensée elle-même la conscience de son existence et lui fait comprendre qu'elle règne en souveraine sur les trésors inépuisables que lui a ouverts la reine sa mère, même si elle doit obéir comme son vassal.

(Fin de l'histoire du roi Ophioch et de la reine Liris.)

***

Celionati se tut ; les jeunes gens restèrent plongés, eux aussi, dans le silence de la méditation qu'avait fait naître en eux le conte qu'ils s'étaient imaginé tout autre, du vieux Ciarlatano.

— Maître Celionati, — fit Franz Reinhold, en rompant enfin le silence, — votre conte rappelle l'Edda, la Voluspa, le Sanscrit et je ne sais quels autres vieux livres mystiques ; mais, si je vous ai bien compris, la source Urdar qui fit le bonheur des habitants du pays des Jardins d'Urdar n'est pas autre chose que ce que nous, Allemands, nous appelons humour, — la faculté merveilleuse, née de la profonde contemplation de la nature, qu'a la pensée de jouer, par rapport à elle-même, le rôle d'un ironique sosie, dans les étranges farces de qui elle reconnaît les siennes propres et, — je répéterai ce mot impertinent, — les farces de tout être terrestre, tout en s'en réjouissant. Cependant, Maître Celionati, vous nous avez montré par votre mythe que vous comprenez d'autres plaisanteries que celle de votre Carnaval ; je vous range désormais au sein de l'Eglise invisible, et je plie le genou devant vous, comme le roi Ophioch le fit devant le grand mage Hermod, car vous aussi vous êtes un puissant magicien.

— Quoi ? — s'écria Celionati, — que parlez-vous là de conte et de mythe ? Vous ai-je donc raconté autre chose, ai-je voulu vous raconter autre chose qu'une jolie histoire de la vie de mon ami Ruffiamonte ? Il faut que vous sachiez que celui-ci, dont je suis l'intime, est précisément le grand mage Hermod qui a guéri le roi Ophioch de sa tristesse. Si vous ne voulez pas me croire, vous pouvez le questionner lui-même sur toutes choses ; car il se trouve ici et habite au palais Pistoia.

A peine Celionati eut-il nommé le palais Pistoia que tous se rappelèrent cette si extravagante mascarade qui, quelques jours auparavant, était entrée dans ce palais. Et ils posèrent à l'étrange Ciarlatano cent questions pour lui demander ce que cela signifiait, car ils supposaient que, lui-même étant un aventurier, il devait être mieux instruit que quiconque des choses si extraordinaires remarquées dans le cortège.

— Bien sûr, — s'écria Reinhold en riant, — le joli vieux qui, dans sa tulipe, s'adonnait à la science, était votre intime, le grand mage Hermod, autrement dit le nécromancien Ruffiamonte ?

— Oui, — répondit Celionati tranquillement, — il en est ainsi, mon brave fils ; du reste, il n'est pas encore temps de parler beaucoup des habitants du palais Pistoia. Hum ! si le roi Cophétua a épousé une fille de mendiant, la grande et puissante princesse Brambilla peut bien, elle aussi, courir après un mauvais comédien...

Ce disant, Celionati quitta le café et personne ne sut ou ne pressentit ce qu'il avait voulu dire dans sa dernière phrase ; mais, comme c'était très souvent le cas de ce qu'il disait, personne ne songea guère à méditer là-dessus.

Tandis que cela se passait au Café Greco, Giglio, revêtu de son grotesque travesti, allait et venait sur le Corso. Il n'avait pas manqué, comme la princesse Brambilla le lui avait demandé, de prendre une coiffure qui, avec ses bords saillants, avait l'air d'un casque singulier, et de s'armer d'un large sabre de bois. Tout son être était rempli par la dame de son cœur ; mais lui-même ne savait pas comment il pouvait se faire que la conquête de l'amour de la princesse lui parût quelque chose de tout à fait ordinaire et comme un bonheur aisément accessible; il ne savait pas comment il se pouvait que, avec une impudente hardiesse, il crût qu'il était nécessaire qu'elle lui appartînt, parce qu'elle ne pouvait pas faire autrement; et cette pensée l'enflammait d'une gaieté folle, qui se manifestait par les grimaces les plus outrancières et qui le faisait frémir lui-même dans tout son être.

La princesse Brambilla ne se montrait nulle part; mais Giglio n'en criait pas moins, tout hors de lui : « Ma princesse, ma colombe, enfant de mon cœur, je te trouverai bien, je te trouverai bien. » Et, comme un fou, il tournait et virait autour de cent masques jusqu'à ce qu'il aperçût un couple de danseurs qui attira toute son attention.

En effet, un être singulier, vêtu jusqu'au plus petit détail, comme Giglio lui-même, et qui pour la taille, l'attitude, etc., était véritablement son second moi, dansait, en jouant de la cithare, avec une femme très élégamment habillée, qui faisait claquer des castagnettes. Si l'aspect de son moi dansant pétrifia Giglio, sa poitrine s'anima de nouveau d'une vive ardeur, lorsqu'il examina la jeune fille; il crut n'avoir jamais vu autant de grâce et de beauté; chacun de ses mouvements trahissait l'exaltation d'une joie tout à fait particulière, et c'était justement cette exaltation qui prêtait un charme indicible, même à l'outrance sauvage de la danse

Il ne faut pas nier que le contraste grotesque existant entre les deux partenaires du couple dansant avait un caractère de bouffonnerie qui, forcément, faisait rire chaque spectateur, en même temps qu'il était en adoration admirative devant la charmante jeune fille; mais c'était précisément ce sentiment résultant d'éléments contraires qui produisait dans l'esprit de chacun cette exaltation, faite d'une gaieté étrange et indicible, à laquelle étaient en proie la danseuse et son grotesque cavalier. Giglio sentait monter en lui comme une vague idée de la personnalité de la danseuse, lorsqu'un masque, à côté de lui, s'écria :

— C'est la princesse Brambilla, qui danse avec son amant, le prince assyrien Cornelio Chiapperi.

CHAPITRE IV

De l'utile invention du sommeil et du rêve et ce qu'en pense Sancho Pança. — Comment un fonctionnaire wurtembergeois roula au bas de l'escalier et comment Giglio ne put percer à jour son moi. — Paravents de rhétorique, les deux galimatias et le « Nègre blanc ». — Comment le vieux prince Bastianelli di Pistoia jeta des pépins d'orange sur le Corso et prit les masques sous sa protection. — Le « beau jour » des filles laides. — Nouvelles de la célèbre magicienne Circé, qui noue des boucles de ruban, et de l'aimable serpentaire qui croit dans la florissante Arcadie. — Comment Giglio, par pur désespoir, se frappa d'un coup de poignard, puis se mit à table, mangea sans se faire prier, mais ensuite dit « bonne nuit » à la princesse.

Tu ne t'étonneras pas, très cher lecteur, si dans un ouvrage qui, à vrai dire, s'appelle « caprice », mais qui ressemble à un conte, tout comme si c'en était un, il est souvent question d'étranges apparitions et de rêves singuliers, comme en a parfois l'esprit humain ; ou, plus exactement, tu ne t'étonneras pas si souvent le théâtre des événements est transporté dans l'âme même des personnages. Mais est-ce que ce ne serait pas là précisément le véritable théâtre ? Peut-être, ô mon lecteur, penses-tu aussi, comme moi, que l'esprit humain lui-même est le conte le plus merveilleux qu'il puisse y avoir. Quel univers splendide est renfermé dans notre poitrine ! Il n'est rétréci par la révolution d'aucun soleil, et ses trésors surpassent les inépuisables richesses de toute la création qui tombent sous nos sens. Comme notre vie serait morte, pauvre et aveugle comme une taupe, si l'esprit de l'univers n'avait pas mis dans l'âme des mercenaires de la nature que nous sommes cette intarissable mine de diamants d'où surgit radieux dans son éclatant éblouissement l'empire merveilleux qui est devenu notre propriété !

Combien fortunés sont ceux qui ont conscience de l'existence de cet Empire ! Encore plus fortunés et plus heureux sont ceux qui savent non seulement contempler les pierres précieuses du Pérou qui est en eux, mais aussi les en extraire, les tailler et leur ravir leurs feux les plus magnifiques ! Eh bien ! Sancho pensait que Dieu doit rendre hommage à celui qui a inventé le sommeil : ce dut être une intelligence supérieure ; mais un hommage plus grand encore mérite d'être rendu à celui qui a inventé le rêve. Je ne parle pas du rêve qui surgit en nous lorsque nous sommes couchés sous la moelleuse couverture du sommeil. Non, je parle de ce rêve que nous rêvons pendant toute la vie, ce rêve qui souvent prend sur ses ailes le fardeau douloureux des choses terrestres et devant lequel s'éteignent toute souffrance, toute amertume, toute lamentation et toute plainte d'un espoir déçu, car ce rêve lui-même, comme un rayon du ciel allumé dans notre poitrine, nous promet la réalisation de l'infini de nos désirs...

Telles étaient les pensées de celui qui a entrepris, très cher lecteur, de te présenter l'étrange « caprice » intitulé *Princesse Brambilla*, au moment où il était sur le point de décrire le singulier état d'esprit dans lequel fut plongé, sous son travesti, Giglio Fava lorsqu'il entendit murmurer près de lui ces paroles : « C'est la princesse Brambilla qui danse avec son amant le prince assyrien Cornelio Chiapperi. »

Il est rare que les auteurs puissent résister à la tentation de ne pas raconter au lecteur ce qu'ils pensent eux-mêmes à propos de tel ou tel stade de l'histoire de leur héros ; ils aiment trop à jouer dans leur propre livre le rôle du chœur antique, et ils appellent « réflexions » tout ce qui, il est vrai, n'est pas nécessaire au récit, mais qui, cependant, peut passer pour une agréable fioriture. Par conséquent, je souhaite que les pensées par lesquelles a débuté ce chapitre puissent être considérées comme une agréable fioriture; car, en fait, elles étaient aussi peu nécessaires à l'histoire qu'à la description de l'état d'esprit de Giglio, lequel n'était pas aussi étrange et extraordinaire qu'on pourrait le supposer d'après la façon dont l'auteur vient d'entrer en matière. Bref, lorsque Giglio Fava entendit ces paroles, il lui arriva simplement ceci : c'est qu'il se prit aussitôt lui-même pour le prince assyrien Cornelio Chiapperi en train de danser avec la princesse Brambilla. Tout psychologue de valeur ayant acquis quelque science à la force du poignet sera capable d'expliquer ce phénomène aussi facilement que les élèves de cinquième doivent comprendre l'expérience de l'esprit interne.

En effet, ledit psychologue ne trouvera rien de mieux à faire que de prendre le *Répertoire de psychologie expérimentale* de Mauchardt et de citer le cas du fonctionnaire wurtembergeois qui, étant ivre, roula au bas de l'escalier et ensuite plaignit son greffier, dont il était accompagné, de ce que celui-ci avait fait une si rude chute.

D'après tout ce que nous avons appris jusqu'à présent de ce Giglio Fava, — continue le psychologue, — cet individu souffre d'une affection qui peut être comparée absolument à l'état d'ivresse; il souffre, en quelque sorte, d'une ivresse intellectuelle, produite par l'excitation qu'ont fait éprouver à ses nerfs certaines représentations excentriques de son moi, et, étant donné que les comédiens sont particulièrement prédisposés à s'enivrer de cette manière, il appert que, etc.

Donc Giglio se prit pour le prince assyrien Cornelio Chiapperi; et si, par conséquent, il n'y avait là rien d'extraordinaire, il sera pourtant plus difficile d'expliquer d'où venait la gaieté singulière et tout à fait inouïe qui remplit son être d'une brûlante ardeur. Avec une force qui allait s'accroissant, il faisait résonner les cordes de sa cithare, et toujours plus folles et plus outrées devinrent les grimaces, le bondissement de sa danse frénétique, mais son moi était là en face de lui, dansant et bondissant tout comme lui ; et, exécutant les mêmes grimaces, de son large sabre de bois il décrivait dans l'air des mouvements comme pour l'attaquer. Brambilla était disparue...

Oh ! Oh ! pensa Giglio. C'est mon moi seul qui est cause que je ne vois plus ma fiancée, la princesse ; je ne puis percer à jour mon moi, et mon moi maudit me menace avec une arme dangereuse ; mais je vais jouer et danser avec tant de véhémence qu'il en mourra et alors je retrouverai véritablement ma personnalité, et la princesse sera à moi.

Pendant qu'il nourrissait ces pensées quelque peu confuses, les bonds de Giglio se faisaient toujours plus extraordinaires ; mais voici que le sabre de bois de son moi frappa sa cithare, si durement qu'elle se brisa en mille morceaux et que Giglio tomba à la renverse sur le sol, qui, trouva-t-il, manquait de douceur. Les rires éclatants du peuple qui avait entouré les danseurs réveillèrent Giglio de sa songerie. Dans sa chute il avait perdu ses lunettes et son masque ; on le reconnut et mille voix crièrent : « Bravo, bravissimo, Signor Giglio ! »

Giglio se releva et s'enfuit au plus vite, car il se rappela soudain qu'il était hautement déplacé de la part d'un tragédien de donner au peuple un spectacle grotesque. Arrivé chez lui, il se défit de son cocasse travesti, s'enveloppa d'un tabarro et revint sur le Corso.

A force d'aller et de venir, il arriva enfin devant le palais Pistoia et là il se sentit brusquement saisi par-derrière et une voix lui murmura :

— Si votre démarche et votre allure ne me trompent, c'est bien vous, mon cher Signor Giglio Fava ?

Giglio reconnut l'abbé Antonio Chiari. A la vue de l'abbé, tout le beau temps d'autrefois lui revint subitement à l'esprit, ce temps où il jouait encore les héros tragiques, et où, après avoir ôté son cothurne, il grimpait l'étroit escalier de la charmante Giacinta. L'abbé Chiari (peut-être un ancêtre du célèbre Chiari qui entra en lutte avec le comte Gozzi et fut obligé de mettre bas les armes) avait depuis sa jeunesse, non sans beaucoup de peine, dressé son esprit et ses doigts à composer des tragédies qui, en ce qui concerne l'invention, étaient une énormité, mais qui, quant à l'exécution, étaient très agréables et plaisantes. Il évitait soigneusement de mettre sous les yeux des spectateurs un événement douloureux sans les avoir préparés par toutes sortes de circonstances lénifiantes ; il enroulait toute l'horreur d'un crime dans la gluante farine de tant de belles paroles et locutions que les spectateurs avalaient sans le moindre frisson cette pâte douçâtre et sans sentir le goût amer du noyau qu'il y avait dessous. Il savait même utiliser les flammes de l'enfer comme un agréable transparent, en plaçant devant elles le paravent bien huilé de sa rhétorique et dans les flots fumants de l'Achéron il versait l'eau de rose de ses vers martelliens, afin que le fleuve infernal coulât doucement et joliment et devînt un fleuve poétique.

Ces choses-là plaisent à beaucoup de gens, et il ne faut donc pas s'étonner si l'abbé Antonio Chiari méritait d'être appelé un poète en vogue. Etant donné qu'il avait encore, par-dessus le marché, un talent particulier pour composer ce qu'on appelle des rôles avantageux, il était forcé que l'abbé-poète fût aussi l'idole des acteurs. Un spirituel écrivain français dit qu'il y a deux sortes de galimatias : celui que le lecteur et le spectateur ne comprennent point, et un second, plus élevé, que l'auteur lui-même (poète ou écrivain) serait incapable de comprendre. C'est à cette seconde catégorie, la plus sublime, qu'appartient le galimatias dramatique, dont sont faits le plus souvent, dans la tragédie, ce qu'on appelle les rôles avantageux. Ce sont des discours pleins de paroles pompeuses, auxquelles ni le spectateur, ni l'acteur n'entend rien et que le poète lui-même n'a pas comprises, que l'on applaudit le plus.

Ecrire un galimatias de ce genre, l'abbé Chiari s'y entendait excellemment, tout comme Giglio Fava avait un talent spécial pour le déclamer, tout en se composant une figure telle et en faisant des gestes si terriblement extravagants que les spectateurs, à cette seule vue, ne pouvaient s'empêcher de pousser des cris de tragique ravissement. Giglio et Chiari étaient donc bien faits l'un pour l'autre, et ils s'estimaient mutuellement d'une façon démesurée ; il ne pouvait pas en être autrement.

— Quel bonheur ! — dit l'abbé, — que je vous rencontre enfin, Signor Giglio ! Maintenant je vais donc pouvoir apprendre par vous-même ce que çà et là l'on m'a dit par bribes au sujet de vos faits et gestes, et qui est assez fou et assez stupide. Dites-moi, on vous a joué un mauvais tour, n'est-ce pas ? Cet âne d'impresario vous a chassé de son théâtre parce qu'il prenait pour du délire l'enthousiasme dans lequel vous transportaient mes tragédies, parce que vous ne vouliez plus débiter autre chose que mes vers ? Quelle infortune ! Vous le savez, l'insensé a entièrement abandonné la tragédie et il ne fait représenter sur sa scène que ces sottes pantomimes et mascarades qui me font mourir de dégoût. Par conséquent, le plus niais de tous les impresarios ne veut plus accepter aucune de mes tragédies, bien que, foi d'honnête homme, je puisse vous assurer, Signor Giglio, que je suis parvenu dans mes deux ouvrages à montrer aux Italiens ce qu'est exactement une tragédie.

En ce qui concerne les anciens tragiques, je veux dire Eschyle, Sophocle, etc., vous avez entendu dire à leur sujet, cela va de soi, que leur nature rude et grossière est entièrement inesthétique et n'est excusable que parce qu'alors l'art était dans l'enfance, mais, pour nous, elle reste impossible à digérer. Quant à la *Sophonisbe* de Trissino, au *Canace* de Speroni, ces produits de nos vieux poètes, que l'ignorance a pu présenter comme de grands chefs-d'œuvre, on n'en parlera plus, à coup sûr, lorsque mes pièces auront instruit le peuple de ce que sont la force et la puissance irrésistibles du véritable tragique, qui est engendré par l'expression. Seulement, pour le moment, il est triste que pas un seul théâtre ne veuille jouer mes pièces depuis que votre ancien impresario, ce coquin, a changé de monture. Mais, attendez, *il trotto d'asino dura poco.* Bientôt votre impresario tombera sur le nez, avec ses Arlecchino, Pantalon et Brighella et quel que soit le nom de toutes ces stupides créations d'une basse imagination, et alors... En vérité, Signor Giglio, votre départ du théâtre a été pour moi un coup de poignard au cœur ; car aucun acteur au monde n'a su aussi bien que vous comprendre mes pensées, si originales et si inouïes. Mais sortons de cette foule bruyante, qui m'étourdit, venez avec moi dans mon logis. Là je vous lirai ma nouvelle tragédie, qui vous procurera l'étonnement le plus grand que vous ayez jamais éprouvé. Je l'ai intitulé *Il Moro Bianco.* Ne soyez pas choqué par l'étrangeté du nom. Il correspond parfaitement au caractère extraordinaire et inouï de la pièce.

A chacune des paroles du loquace abbé, Giglio s'était senti de plus en plus arraché à l'état de dépression morale dans lequel il se trouvait. Tout son cœur s'épanouissait de joie, tandis qu'il se voyait redevenu héros tragique, déclamant les incomparables vers de M. l'abbé Antonio Chiari. Il demanda au poète avec beaucoup de chaleur si dans *Il Moro Bianco* il n'y avait pas aussi un très beau rôle à effet, qu'il pût jouer.

— Ai-je jamais, — répliqua l'abbé, avec véhémence, — dans n'importe quelle tragédie composé des rôles qui ne soient pas à effet ? C'est un malheur que mes pièces, jusqu'au plus petit rôle, ne puissent pas être jouées rien que par des maîtres. Dans *Il Moro Bianco,* dès le début de la catastrophe, un esclave paraît sur la scène, qui dit ces vers :

Ah ! giorno di dolori ! crudel inganno !
Ah ! signore infelice, la tua morte
Mi fa piangere e subito partire !

Puis il s'en va très vite et on ne le revoit plus. Le rôle est de peu d'étendue, je l'avoue ; mais, vous pouvez m'en croire, Signor Giglio, il faut presque un âge d'homme pour que le meilleur des acteurs apprenne à débiter ces vers dans l'esprit que je les ai conçus, tel que je les ai composés et tels qu'ils doivent enchanter le peuple et faire naître en lui un ravissement tenant du délire.

Tout en parlant de la sorte, l'abbé et Giglio étaient arrivés dans la rue del Babuino, où l'abbé habitait. L'escalier qu'ils gravirent était si semblable à une échelle de poulailler que pour la seconde fois Giglio pensa intensément à Giacinta — et il aurait bien préféré rencontrer la charmante créature que le « *Nègre Blanc* » de l'abbé.

L'abbé alluma deux chandelles, avança pour Giglio un fauteuil près de la table, alla chercher un manuscrit assez volumineux, se mit en face de Giglio et commença d'un ton solennel : *Il Moro Bianco, tragedia*, etc.

La scène première débutait par un long monologue d'un important personnage de la pièce, lequel parla d'abord de la température, de l'espoir de vendanges abondantes et ensuite développa des considérations sur ce cas répréhensible : le meurtre d'un frère.

Giglio ne savait pas lui-même comment il se faisait que les vers de l'abbé, qu'il avait toujours trouvés superbes, lui paraissaient aujourd'hui si ternes, si niais, si ennuyeux. Oui, bien que l'abbé déclamât tous les passages avec la puissante voix sonore du pathos le plus outré, de sorte que les murs en tremblaient, Giglio tomba dans un état de songerie, où, par un étrange phénomène, il vit passer devant ses yeux tout ce qui lui était arrivé depuis le jour où le palais Pistoia avait ouvert ses portes à la plus extraordinaire de toutes les mascarades. S'abandonnant à ces pensées, il s'adossa au fond de son fauteuil, croisa les bras et laissa sa tête s'affaisser toujours davantage sur sa poitrine.

Un coup violent frappé sur ses épaules l'arracha à ses rêveuses pensées.

— Quoi ! — s'écria l'abbé, qui avait bondi de son siège et qui lui avait assené ce coup, tandis que sa voix était toute indignation, — il me semble que vous dormez ? Vous ne voulez pas entendre mon *Moro Bianco* ? Ah ! ah ! maintenant je comprends tout, votre impresario avait raison de vous mettre à la porte, puisque vous êtes devenu un misérable drôle, sans esprit ni intelligence pour les mérites supérieurs de la poésie. Savez-vous que désormais votre destin est révolu, que vous ne pourrez jamais plus vous relever de la fange dans laquelle vous êtes plongé ? Vous vous êtes endormi devant mon *Moro Bianco* ! C'est là un crime inexpiable, un péché contre l'esprit saint. Allez au Diable !

Giglio fut grandement effrayé par la violente colère de l'abbé. Il lui représenta avec humilité et douleur qu'il fallait avoir l'esprit fort et solide pour bien comprendre ses tragédies, mais que, quant à lui, Giglio, tout son être était broyé et écrasé par les événements en partie phénoménaux et en partie infortunés dans lesquels, ces derniers jours, il s'était trouvé engagé.

— Croyez-moi, Signor abbé, — dit Giglio, — je suis victime d'une mystérieuse fatalité. Je suis comme une cithare brisée, qui ne peut ni recevoir en elle-même, ni faire entendre un son harmonieux. Vous vous êtes figuré que je m'étais endormi pendant la lecture de vos magnifiques vers, mais la vérité, c'est qu'un engourdissement maladif et irrésistible s'est emparé de moi, à un tel degré que même les discours les plus véhéments de votre incomparable *Nègre Blanc* m'ont paru fades et ennuyeux.

— Etes-vous fou ? — s'écria l'abbé.

— Ne vous fâchez pas, — reprit Giglio. Je vous honore comme le maître des maîtres, à qui je dois tout mon art et je cherche auprès de vous conseil et assistance. Permettez-moi de vous raconter tout ce qui m'est arrivé et portez-moi secours dans ma si grande détresse. Faites que le soleil de la gloire dont va briller votre *Nègre Blanc* m'enveloppe de son éclat et que je guérisse de la plus pernicieuse de toutes les fièvres.

L'abbé fut radouci par ces paroles et il se laissa tout raconter : ce qu'avait fait ce toqué de Celionati, l'histoire de la princesse Brambilla, etc.

Lorsque Giglio eut achevé, l'abbé, après s'être livré pendant quelques instants à de profondes méditations, commença d'une voix grave et solennelle :

— De tout ce que tu viens de me dire, mon fils Giglio, je conclus avec raison que tu es parfaitement innocent. Je te pardonne et, afin que tu éprouves combien est infinie ma magnanimité, ma bonté d'âme, je vais te procurer le plus grand bonheur qui puisse t'arriver dans ta carrière terrestre : prends donc le rôle du moro bianco et que, quand tu le joueras, soit exaucée l'aspiration la plus ardente de ton être vers l'idéal. Cependant, mon fils Giglio, tu es tombé dans les embûches du Démon. Une cabale infernale contre ce qu'a de plus élevé l'art poétique, contre mes tragédies, contre moi-même, cherche à se servir de toi comme d'un mortel instrument.

« N'as-tu jamais entendu parler du vieux prince Bastianello di Pistoia, qui habitait dans ce vieux palais où sont entrés l'autre jour ces poltrons masqués et qui, il y a déjà plusieurs années de cela, disparut de Rome sans laisser aucune trace ? Eh bien ! ce vieux prince Bastianello était un original extravagant et d'une étrange stupidité dans tout ce qu'il disait et faisait. Ainsi il prétendait être issu de la famille royale d'un lointain pays, tout à fait inconnu, et il prétendait aussi être âgé de trois à quatre cents ans, bien que je connusse moi-même le prêtre qui, ici à Rome, l'a baptisé. Il parlait souvent de visites que, disait-il, il recevait de sa famille d'une mystérieuse façon ; et, effectivement, on voyait soudain dans sa maison les figures les plus extraordinaires, mais elles disparaissaient aussi subitement qu'elles étaient arrivées. Y a-t-il rien de plus facile que de revêtir de costumes bizarres des valets et des servantes ? Car c'est tout ce qu'étaient ces personnages qui excitaient la badauderie du peuple stupide, lequel voyait dans le prince quelqu'un d'une importance tout à fait particulière et le regardait même comme un magicien. En tout cas, il faisait assez de folies et il est certain qu'une fois, au temps du Carnaval, il répandit en plein Corso des pépins d'orange d'où surgirent aussitôt de gentils petits Polichinelles à la grande joie de la foule, tandis que le prince disait que c'étaient là les plus doux fruits des Romains.

« Cependant, pourquoi vous ennuyerais-je avec toutes les extravagances et les bêtises du prince ? Pourquoi ne pas vous dire tout de suite ce qui montre bien que c'est le plus dangereux des hommes ? Pouvez-vous bien croire que ce maudit vieux s'était donné pour tâche de faire disparaître absolument tout bon goût de la littérature et de l'art. Pouvez-vous bien vous imaginer que, particulièrement en ce qui concerne le théâtre, il prit sous sa protection les masques et ne voulait admettre que les vieilles tragédies, après quoi il parla d'une espèce de drame que seul peut concevoir un cerveau brûlé ? A vrai dire, je n'ai jamais très bien compris ce qu'il voulait ; mais c'était à peu près comme s'il prétendait que le tragique le plus sublime dût être produit par une sorte particulière de plaisanterie. Et, — non, c'est incroyable, c'est presque impossible à dire, — mes tragédies... entendez-vous bien ? mes tragédies, déclarait-il, étaient extrêmement plaisantes, bien que d'une manière tout à fait spéciale, en ce sens que, selon lui, le pathos tragique s'y parodie lui-même involontairement. Mais qu'importent de sottes pensées et opinions ?

« Ah ! si le prince s'en était tenu à cela ! Mais sa haine envers moi et mes tragédies se manifesta par des actes, des actes épouvantables. C'est avant que vous veniez à Rome que m'arriva cette abomination. On donnait la plus belle de mes tragédies (je mets à part *Moro Bianco*), *Lo Spettro Fraterno vendicato* ; les acteurs se surpassaient eux-mêmes, jamais ils n'avaient aussi bien compris le sens intime de mes paroles ; jamais dans leurs mouvements et dans leurs attitudes ils n'avaient été aussi véritablement tragiques. Laissez-moi vous dire à ce propos, Signor Giglio, que, pour ce qui est de vos gestes, mais surtout de vos attitudes, vous êtes encore un peu en retard. Le Signor Zechielli, mon tragédien d'alors, était capable, — tout en ayant les jambes écartées, en se tenant les pieds comme cloués au sol et en levant les bras en l'air, — de tourner peu à peu son corps en cercle, de telle façon que ses yeux regardaient derrière son dos et qu'il présentait ainsi au spectateur, par son port et sa mimique, l'aspect d'un Janus à double action.

« Une pareille chose est souvent de l'effet le plus frappant, mais il ne faut y recourir que lorsque je prescris dans mon texte : « Il commence à se désespérer. » Mettez-vous bien cela dans les oreilles, mon brave fils, et donnez-vous la peine de représenter le désespoir aussi bien que le Signor Zechielli.

« Je reviens maintenant à mon *Spettro Fraterno*. La représentation était la plus remarquable que j'aie jamais vue et, cependant, à tout ce que disait mon héros, le public éclatait d'un rire énorme. Comme je voyais le prince Pistoia dans sa loge donner chaque fois le signal de ces rires, il n'était pas douteux que c'était lui seul qui, — Dieu sait par quelles malices et manigances, — cherchait à me porter ce terrible préjudice. Quelle fut ma joie lorsque le prince disparut de Rome ! Mais son esprit subsiste dans ce vieux Ciarlatano maudit, dans cet extravagant Celionati, qui, quoique vainement, a déjà essayé plusieurs fois de ridiculiser mes tragédies sur des théâtres de marionnettes. Il n'est que trop certain que le prince Bastianello est maintenant revenu à Rome, car c'est ce que montre la folle mascarade qui est entrée dans son palais. Celionati court derrière vous dans le seul propos de vous nuire. Déjà il a réussi à vous chasser de la scène et à anéantir les représentations de tragédies de votre impresario. Maintenant, on veut vous détourner complètement de l'art en vous mettant dans la tête toutes sortes de folies ; fantasmagories de princesses, grotesques fantômes, etc. Suivez mon conseil, Signor Giglio, restez tranquillement chez vous, buvez plus d'eau que de vin et étudiez avec la plus soigneuse application mon *Moro Bianco*, que je vais vous donner. C'est seulement dans le *Moro Bianco* que vous pouvez trouver consolation et repos et puis bonheur, honneur et gloire. Portez-vous bien, Signor Giglio. »

Le lendemain matin, Giglio voulut faire comme l'abbé lui avait prescrit, à savoir étudier l'excellente tragédie du *Moro Bianco*. Mais il ne put y arriver parce que toutes les lettres de chaque feuille qu'il avait devant les yeux se fondaient dans l'image de la douce et aimable Giacinta Soardi.

— Non, — s'écria enfin Giglio, plein d'impatience, — je ne puis pas résister plus longtemps ; il faut que j'aille trouver la charmante enfant. Je le sais, elle m'aime encore, elle m'aime forcément, et, en dépit de toute sa *morfia*, elle ne pourra pas me le cacher, lorsqu'elle me reverra. Alors je serai débarrassé du trouble que ce maudit drôle, ce sorcier de Celionati a jeté dans mon esprit et, sortant de la folle confusion de tous ces rêves et de toutes ces chimères, je ressusciterai sous l'aspect du moro bianco, comme le phénix renaît de ses cendres. Brave abbé Chiari, tu m'as ramené dans le droit chemin !

Giglio s'habilla aussitôt de la plus belle manière qu'il put, pour se rendre chez messer Bescapi, dans l'espoir d'y rencontrer son amie. Il était déjà sur le point de sortir de chez lui, lorsqu'il ressentit brusquement les effets de ce *Moro Bianco* qu'il avait essayé de lire. Le pathos tragique s'empara de lui, comme un fort accès de fièvre.

— Mais, — s'écria-t-il, tandis que, le pied droit bien en avant, le buste effacé et les deux bras allongés, il écartait les doigts l'un de l'autre, comme pour repousser un fantôme, — mais si elle ne m'aimait plus ? Si, égarée par les visions trompeuses et séductrices de l'Orcus du grand monde, enivrée par le breuvage du fleuve Léthé et ayant cessé de penser à moi, elle m'avait véritablement oublié ? Si un rival ? Ah ! horrible pensée ! Si un rival, engendré par le noir Tartare dans les abîmes de la Mort... O désespoir ! Mort et massacre ! Et toi, viens ici, toi fidèle ami, qui, lavant toute honte dans les flots roses du sang, donnes le repos, l'apaisement et la vengeance.

Ces dernières paroles furent rugies par Giglio avec une force telle que toute la maison en retentit. En même temps, il saisit le luisant poignard qui était sur la table et s'en frappa. Mais ce n'était qu'un poignard de théâtre.

Messer Bescapi ne parut pas peu étonné lorsque Giglio lui demanda où était Giacinta. Il ne voulait nullement admettre qu'elle eût jamais habité dans sa maison et Giglio eut beau affirmer à maintes reprises qu'il l'avait vue lui-même quelques jours auparavant sur le balcon et qu'il lui avait parlé, cela ne servit à rien ; au contraire, Bescapi rompit complètement cet entretien et il demanda en souriant à Giglio comment celui-ci s'était trouvé de sa dernière saignée. Dès que Giglio entendit parler de saignée, il s'enfuit en prenant ses jambes à son cou. Lorsqu'il arriva à la place d'Espagne, il vit marcher devant lui une vieille femme qui traînait péniblement un panier fermé et en qui il reconnut la vieille Béatrice.

— Ah ! — murmura-t-il, — tu seras mon étoile conductrice ; je vais te suivre.

Son étonnement fut grand lorsqu'il vit la vieille femme se diriger, en se traînant plus qu'en marchant, vers la rue où Giacinta habitait autrefois et lorsque Béatrice s'arrêta tout tranquillement devant la porte de la maison du Signor Pasquale et posa à terre son lourd panier. Au même instant, celle-ci aperçut Giglio, qui l'avait suivie pas à pas.

— Ah ! ah ! — s'écria-t-elle d'une voix forte, — mon tendre Monsieur le propre-à-rien, vous réapparaissez enfin ! Vraiment ! vous me semblez un beau et fidèle amoureux, vous qui vous agitez dans tous les coins et dans tous les lieux où vous n'avez que faire et qui oubliez votre bien-aimée, à l'époque si joyeuse et si belle du Carnaval ! Eh bien ! aidez-moi maintenant à monter chez nous ce lourd panier et vous pourrez alors vous rendre compte si Giacinta a encore en réserve pour vous quelques gifles afin de remettre d'aplomb votre tête chancelante.

Giglio accabla la vieille des plus amers reproches, pour lui avoir sottement menti et s'être moquée de lui en lui disant que Giacinta était en prison ; mais la vieille ne voulut pas le moins du monde entendre de cette oreille, et elle soutint que Giglio s'était imaginé tout cela, car Giacinta n'avait jamais quitté le petit appartement de la maison du Signor Pasquale et pendant ce Carnaval elle avait été plus laborieuse que jamais. Giglio se frotta le front, se gratta le nez, comme s'il voulait se réveiller de quelque somme.

— Il n'est que trop certain, — dit-il, — que, ou bien maintenant je rêve, ou bien tous ces temps derniers j'ai fait le plus extraordinaire des rêves.

— Ayez seulement l'amabilité de prendre le panier, — fit la vieille femme en l'interrompant, — vous pourrez vous rendre compte de la meilleure façon, par le poids qui pressera vos reins, si vous rêvez ou non.

Giglio, sans plus attendre, se saisit du panier et monta l'étroit escalier, la poitrine pleine des plus étranges sensations.

— Mais que diable avez-vous donc dans ce panier ? — demanda-t-il à la vieille femme qui marchait devant lui.

— Sotte demande ! — répondit celle-ci. Vous n'avez donc pas encore vu que je suis allée au marché faire des achats pour ma Giacinta ! Et, de plus, nous attendons aujourd'hui des invités.

— Des invités ? — demanda Giglio en appuyant sur sa question.

Mais ils étaient arrivés en haut de l'escalier, et la vieille dit à Giglio de poser le panier et d'entrer dans la chambre où il trouverait Giacinta.

Le cœur de Giglio battait dans un sentiment de craintive attente et de tendre anxiété ; il frappa doucement et ouvrit la porte. Là, Giacinta était assise, travaillant avec application, comme d'ordinaire, auprès de la table surchargée de fleurs, de rubans, de toutes sortes d'étoffes, etc.

— Eh ! eh ! — s'écria Giacinta en regardant Giglio avec des yeux pleins d'éclat — d'où revenez-vous donc ainsi subitement ? Je croyais que vous aviez quitté Rome depuis longtemps ?

Giglio trouva sa bien-aimée si extraordinairement jolie que, tout décontenancé, incapable de parler, il resta immobile sur le seuil de la porte. A vrai dire, un charme et une grâce d'un caractère tout particulier paraissaient s'être répandus sur la jeune fille ; un vif incarnat brillait sur ses joues et ses yeux, oui, ses yeux avaient, comme je l'ai déjà indiqué, un éclat qui allait jusqu'au cœur de Giglio. Ç'eût été le cas de dire que Giacinta « avait son beau jour » ; mais, comme cette expression française n'est plus maintenant admise en Allemagne, nous remarquerons incidemment que le « beau jour », a, non seulement sa réalité, mais encore sa propre histoire. Désormais chaque gentille demoiselle de quelque beauté, ou même d'une passable laideur, peut penser, avec plus de force que précédemment, — qu'elle y soit incitée par autrui ou par elle-même : « Quelle beauté de fille je suis donc ! » Et elle peut s'imaginer que cette magnifique pensée et que le sublime bien-être qui en résulte dans son âme peuvent suffire pour que le « beau jour » se manifeste ainsi de lui-même.

Enfin, Giglio, tout hors de lui, se précipita vers sa bien-aimée, se jeta à ses genoux et saisit ses mains, en disant tragiquement : « Ma Giacinta, ma douce vie ! » Mais soudain il sentit son doigt piqué d'un profond coup d'aiguille, de sorte que, de douleur, il se releva et fut obligé de se reculer de quelques pas, en s'écriant : « Diable ! Diable ! »

Cependant, Giacinta riait aux éclats, après quoi elle dit d'un ton très calme et très posé :

— Voyez, cher Signor Giglio, ce n'était que pour vous punir de votre folle et vilaine conduite. A part cela, c'est très joli de votre part de venir me rendre visite; car bientôt peut-être vous ne pourrez pas me voir ainsi sans cérémonie. Je vous permets de rester auprès de moi. Asseyez-vous là sur cette chaise, en face de moi, et racontez ce que vous avez fait pendant si longtemps, quels nouveaux beaux rôles vous jouez, etc. Vous savez que j'aime cela et, lorsque vous ne tombez pas dans votre maudit pathos larmoyant, avec quoi le signor abbé Chiari, — que Dieu, cependant, ne lui refuse pas pour cela la béatitude éternelle! — vous a ensorcelé, on vous écoute avec assez de plaisir.

— Ma Giacinta, — dit Giglio dans la douleur de l'amour et du coup d'aiguille, — oublions tous les tourments de la séparation. Les voici revenues, les douces heures du bonheur intime et de l'Amour!

— Je ne sais pas, — fit Giacinta en l'interrompant, — quelle niaiserie vous débitez là. Vous parlez des tourments de la séparation, et je puis vous assurer que, pour ma part, si j'ai cru effectivement que vous vous étiez séparé de moi, je n'ai rien ressenti, — et surtout pas le moindre tourment. Si vous appelez douces heures celles dans lesquelles vos efforts ne servaient qu'à m'ennuyer, je ne crois pas qu'elles reviennent jamais. Cependant, entre nous soit dit, Signor Giglio, vous avez en vous pas mal de choses qui me plaisent; vous vous êtes souvent montré aimable pour moi, et je vous permettrai volontiers, à l'avenir, de venir me voir, dans la mesure où ce sera possible, bien que les circonstances qui, entravant toute familiarité, mettront entre nous de la distance, doivent vous imposer quelque retenue.

— Giacinta! — s'écria Giglio. Quels étranges discours?

— Rien d'étrange, — répondit Giacinta, — n'est ici en jeu. Asseyez-vous tranquillement, mon bon Giglio, c'est peut-être la dernière fois que nous sommes si familiers l'un avec l'autre, mais vous pouvez compter toujours sur ma faveur; car, comme je l'ai déjà dit, je ne vous refuserai jamais la bienveillance que j'ai toujours eue pour vous.

Alors Béatrice entra, portant dans ses mains une couple d'assiettes où étaient posés les fruits les plus délicieux; elle tenait aussi, serrée sous le bras, une énorme bouteille. Le contenu du panier semblait donc avoir été déballé. Par la porte ouverte, Giglio vit un feu joyeux qui crépitait dans la cheminée, et la table de la cuisine était chargée, à en déborder, de toutes sortes de choses friandes.

— Giacinta, — dit Béatrice en souriant, — si notre petit repas doit faire honneur à notre hôte, il me faut encore un peu d'argent.

— Prends, ma bonne, tout ce dont tu as besoin, — répondit Giacinta, en tendant à la vieille femme une petite bourse à travers les mailles de laquelle brillaient de beaux ducats.

Giglio fut saisi de stupeur en voyant dans cette bourse la sœur jumelle de celle que, ainsi qu'il était obligé de le croire, Celionati lui avait glissée dans la poche, et dont les ducats tiraient déjà à leur fin.

— Est-ce une illusion venue de l'Enfer? — s'écria-t-il. Et il arracha brusquement la bourse des mains de la vieille et la porta tout près de ses yeux. Mais, éperdu, il se laissa tomber sur son siège, lorsqu'il eut lu sur la bourse ces mots : « Souviens-toi de ta vision. »

— Oh! Oh! — grogna la vieille en reprenant la bourse, que Giglio lui tendait au bout de son bras allongé de toute sa longueur — oh! oh! Signor Sans-le-sou, c'est sans doute le bel aspect de cette bourse qui vous étonne et vous surprend tellement? Ecoutez donc l'aimable musique et réjouissez-vous.

Ce disant, elle secoua la bourse, en faisant sonner l'or qu'elle contenait et quitta la chambre.

— Giacinta, — dit Giglio anéanti de désespoir et de douleur, — quel terrible et affreux secret? Dites-le-moi et, ce faisant, prononcez l'arrêt de ma mort.

— Vous êtes toujours le même, — répliqua Giacinta, qui, tournée vers la fenêtre, tenait la fine aiguille entre ses doigts effilés et faisait passer adroitement le fil d'argent par le chas de celle-ci. Vous avez pris tellement l'habitude de tomber en extase à propos de tout que vous êtes devenu une tragédie ambulante, toujours ennuyeuse, avec des « Oh ! », des « Ah ! » et des « Hélas ! » encore plus ennuyeux. Il n'est ici pas du tout question de choses terribles et affreuses ; mais, s'il vous était possible d'être gentil et de ne pas vous agiter comme un homme à moitié fou, je voudrais vous raconter plus d'une chose.

— Dites-les, et donnez-moi la mort, — murmura Giglio d'une voix blanche et comme à demi étouffée.

— Vous souvenez-vous bien, Signor Giglio, — commença Giacinta, — de ce que, il n'y a pas très longtemps encore, vous me disiez au sujet de cette merveille qu'est un jeune acteur ? Un parfait héros de ce genre, vous l'appeliez une aventure d'amour incarnée, un vivant roman sur deux jambes, et que sais-je encore d'autre ? Eh bien ! je prétendrai qu'une jeune modiste à qui le Ciel favorable a donné une jolie taille, un gentil visage et surtout cet intime pouvoir magique grâce auquel une adolescente s'épanouit véritablement en jeune fille, mérite d'être appelée une merveille encore bien plus grande. Une telle enfant gâtée de la bonne Nature est, dans ce cas, réellement une séduisante aventure planant dans les airs et l'étroit chemin qui conduit jusqu'à elle est l'échelle céleste menant au royaume des rêves l'audace ingénue de l'amour. Elle est elle-même le tendre mystère de la parure féminine, ce mystère qui, tantôt dans le brillant éclat des couleurs les plus magnifiques et les plus variées, tantôt dans la lueur apaisée des blancs rayons de la lune, des nuées roses et des bleus airs du soir, exerce un charme adorable sur vous autres, hommes. Attirés par la passion et le désir, vous vous approchez de ce mystère merveilleux ; vous apercevez la puissante fée sous son appareil enchanteur. Mais, au contact de ses petits doigts blancs, toute dentelle devient un réseau d'amour et tout ruban qu'elle noue devient un piège auquel vous vous prenez. Dans ses yeux se reflète et se reconnaît elle-même toute folie amoureuse, folie ravissante qui trouve en elle la joie la plus pénétrante. Vous entendez vos propres soupirs résonner du fond de la poitrine de l'adorée, mais tout bas et d'une façon charmante, et c'est, pour vous, comme l'écho passionné qui, du sein des lointaines montagnes magiques, appelle le bien-aimé. Là il n'y a ni rang ni position sociale qui tienne ; le petit appartement de la gracieuse Circé est, pour le riche prince comme pour le pauvre comédien, une sorte d'Arcadie toute fleurie et épanouie, dans laquelle il vient se réfugier loin du désert aride de son existence. Et, si parmi les belles fleurs de cette Arcadie croît quelque serpentaire, qu'importe cela ? Cette serpentaire appartient à la séduisante espèce qui fleurit magnifiquement et qui embaume encore d'une façon encore plus belle.

— Oui, oui, — fit Giglio, en interrompant Giacinta, — c'est bien cela, et de la fleur elle-même sort la petite bête dont la plante aux belles fleurs et au beau parfum porte le nom et elle pique soudain avec sa langue, comme avec une aiguille bien pointue.

— Oui, — reprit Giacinta, — il en est ainsi chaque fois qu'un étranger, qui n'est pas à sa place dans cette Arcadie, vient y frotter maladroitement son nez.

— Bien dit, ma charmante Giacinta, — poursuivit Giglio, plein de mécontentement et de rancœur. Je dois t'avouer que pendant le temps que j'étais loin de toi, tu es devenue d'une merveilleuse intelligence. Tu philosophes sur toi-même d'une façon qui me surprend fort. Probablement que tu te plais extrêmement dans ton rôle d'enchanteresse Circé, dans cette ravissante Arcadie qu'est ta petite mansarde et que le maître tailleur Bescapi ne manque pas de pourvoir des moyens d'enchantement nécessaires.

— Il peut se faire, — reprit Giacinta très posément, — qu'il me soit arrivé la même chose qu'à toi : moi aussi, j'ai fait toutes sortes de jolis rêves. Cependant, mon bon Giglio, tout ce que je t'ai dit là de la nature d'une jolie modiste, prends-le, au moins à moitié, pour de la plaisanterie, pour une malicieuse taquinerie, et fais-en d'autant moins l'application à moi-même que c'est là peut-être le dernier travail de modiste auquel je me livre. Ne t'effraie pas, mon bon Giglio, mais il est très possible que, le dernier jour du Carnaval, j'échange cette pauvre robe avec un manteau de pourpre et ce petit escabeau avec un trône.

— Ciel et Enfer ! — s'écria Giglio en bondissant avec véhémence et en portant à son front son poing fermé. Mort et damnation ! Ainsi est donc vrai ce que m'a murmuré à l'oreille cet hypocrite scélérat ? Ah ! ouvre-toi, abîme de l'Orcus, vomisseur de flammes ! Venez, esprits de l'Achéron, esprits au noir plumage !

Bref, Giglio tomba dans le terrible monologue de désespoir de n'importe quelle tragédie de l'abbé Chiari. Giacinta avait dans sa mémoire jusqu'au plus petit vers de ce monologue qu'autrefois Giglio lui avait cent fois déclamé et, sans quitter son travail, des yeux elle soufflait chaque mot à l'amoureux désespéré lorsque çà et là il menaçait de rester court. Enfin il tira son poignard, se le plongea dans la poitrine, tomba sur le sol, en faisant retentir la pièce du bruit de sa chute, secoua la poussière de ses vêtements, essuya la sueur de son front et demanda en souriant :

— N'est-ce pas ? Giacinta, on voit bien là le maître ?

— A coup sûr, — répondit Giacinta sans sourciller le moins du monde, — tu as excellemment joué la tragédie, mon bon Giglio ; mais maintenant nous allons, n'est-ce pas ? nous mettre à table.

Pendant ce temps, la vieille Béatrice avait posé le couvert ; elle avait apporté une couple de plats à l'odeur délicieuse, ainsi que la bouteille mystérieuse avec des verres de cristal tout étincelants. Dès que Giglio aperçut cela, il sembla complètement hors de lui :

— Ah ! l'invité... le prince... qu'est-ce qui m'arrive ? Dieu ! je n'ai pas joué la comédie ; je me suis livré à un désespoir réel... Oui, tu m'as précipité dans un désespoir follement tragique, traîtresse sans foi, serpent, basilic, crocodile... Mais, vengeance !

En même temps, il lança en l'air le poignard de théâtre qu'il avait ramassé par terre. Mais Giacinta, qui avait jeté son travail sur la table de couture et qui s'était levée, le prit par le bras, en lui disant :

— Ne fais pas la bête, mon bon Giglio, donne ton instrument de meurtre à la bonne Béatrice, afin qu'elle en taille des cure-dents, et mets-toi à table avec moi, car réellement tu es le seul invité que j'aie attendu.

Giglio, soudain radouci et devenu la patience même, se laissa conduire à table, et, pour ce qui est de faire honneur au repas, il ne se fit pas prier.

Giacinta continua de parler très calmement et avec cordialité du bonheur qui allait lui arriver ; elle assura à Giglio à plusieurs reprises qu'elle ne s'était pas du tout laissée aller à un orgueil injustifié et qu'elle n'oublierait nullement le visage de Giglio ; au contraire, il n'aurait qu'à se montrer à elle de loin, et, à coup sûr, elle se souviendrait de lui et lui ferait parvenir maint ducat, pour qu'il ne manque jamais de bas couleur de romarin ni de gants parfumés.

Giglio, dans la tête de qui, lorsqu'il eut bu quelques verres de vin, toute la merveilleuse fable de la princesse Brambilla était revenue, assura à son tour amicalement Giacinta qu'il appréciait hautement ses sentiments cordiaux ; mais, en ce qui concerne l'orgueil et les ducats, il ne pourrait user ni de l'un ni des autres, car lui-même, Giglio, était sur le point de sauter à pieds joints dans l'état princier. Il raconta alors comment déjà la plus noble et la plus riche princesse du monde l'avait choisi pour son chevalier, et il espérait avant même la fin du Carnaval, devenant l'époux de sa dame princière, pouvoir dire pour toujours adieu à la vie misérable qu'il avait jusqu'alors menée.

Giacinta parut se réjouir hautement du bonheur de Giglio et tous deux parlèrent avec beaucoup de gaieté de l'avenir plein de joies et de richesse qui allait être le leur.

— Je voudrais seulement, — dit enfin Giglio, — que les royaumes sur lesquels nous allons régner soient tout près l'un de l'autre, afin que nous pussions être de bons voisins ; mais, si je ne me trompe, la principauté de ma princesse adorée est située de l'autre côté des Indes, tout de suite à main gauche, en tournant vers la Perse.

— C'est malheureux, — répliqua Giacinta, — moi aussi, il va falloir que j'aille loin, car le royaume de mon princier époux doit se trouver tout près de Bergame. Cependant, nous trouverons bien, par la suite, le moyen de devenir et de rester voisins.

Giacinta et Giglio s'accordèrent à convenir que leurs futurs Etats devraient absolument être transférés dans la région de Frascati.

— Bonne nuit, chère princesse, — dit Giglio.

— Dormez bien, cher prince, — répondit Giacinta.

Et c'est ainsi que, lorsque la nuit arriva, ils se séparèrent paisiblement et cordialement.

CHAPITRE V

Comment Giglio, dans le temps de la complète sécheresse de l'esprit humain, prit une sage résolution, mit dans sa poche la bourse de Fortunatus et jeta un regard de fierté sur le plus humble de tous les tailleurs. — Le palais Pistoia et ses merveilles. — Discours du savant à la tulipe. — Le roi Salomon, le prince des Esprits et la princesse Mystilis. — Comment un vieux mage revêtit une robe de chambre noire, se coiffa d'un bonnet de zibeline et, la barbe en broussaille, fit entendre des prophéties dans de mauvais vers. — Destin infortuné d'un béjaune. — Comment le bienveillant lecteur n'apprend pas dans ce chapitre ce qui se passa lorsque Giglio dansa avec la belle inconnue.

Comme le dit je ne sais plus quel ouvrage lourd de l'expérience de la vie, tout esprit doué de quelque fantaisie souffre d'une folie qui toujours monte et descend comme le flux et le reflux. L'époque du flux, c'est-à-dire quand les vagues grondent toujours plus hautes et plus fortes, est le moment où la nuit arrive, tout comme les heures du matin qui suivent le réveil, lorsqu'on prend sa tasse de café, passent pour le point le plus haut du reflux; de là vient que le livre en question donne aussi le sage conseil de choisir ce moment-là, qui est celui de la sobriété la plus belle et la plus claire, pour s'occuper des événements les plus importants de l'existence. C'est seulement le matin que l'on doit, par exemple, se marier, lire des critiques défavorables, faire son testament, battre son domestique, etc.

C'est à ce beau moment du reflux, où l'esprit

humain peut se réjouir d'une sécheresse absolue, que Giglio Fava fut effrayé de sa démence, et lui-même ne savait pas comment depuis longtemps il avait pu s'abstenir de faire la chose pour laquelle l'invitation lui avait, pour ainsi dire, passé devant le nez.

Il n'est que trop certain, — pensait-il dans la joyeuse conscience de la plénitude de son bon sens, — que le vieux Celionati mérite d'être traité de demi-fou et que, non seulement il se complaît énormément dans cette démence, mais encore qu'il s'efforce activement de la faire partager par d'autres personnes tout à fait sensées. Cependant, il est tout aussi certain que la plus belle, la plus riche de toutes les princesses, la divine Brambilla, a fait son entrée dans le palais Pistoia, et (ciel et terre ! — une telle espérance, confirmée par des pressentiments, des rêves et par la bouche rose du plus charmant de tous les masques, peut-elle mentir ?) qu'elle a dirigé vers moi, heureux mortel, le doux rayon d'amour de ses yeux célestes. Incognito, voilée derrière la grille fermée d'une loge, elle m'a aperçu lorsque je représentais quelque prince, et son cœur s'est donné à moi ! Or peut-elle m'approcher directement ? La charmante créature n'a-t-elle pas besoin plutôt d'intermédiaires, de personnes de confiance, pour filer le fil qui finira par se nouer en le plus tendre des liens ? Les choses ont beau être ce qu'elles voudront, il est incontestable que Celionati est celui qui doit me conduire dans les bras de la princesse. Mais, au lieu de suivre, comme il conviendrait, le droit chemin, il me précipite la tête la première dans tout un océan de folies et de moqueries ; il veut me persuader de me déguiser grotesquement et de me mettre à la recherche de la plus belle des princesses sur le Corso ; il me parle de prince assyrien, d'enchantement... Au diable, au diable toutes ces sottises, au diable cet insensé de Celionati !... Qu'est-ce qui m'empêche donc de m'habiller convenablement et d'aller tout droit au palais Pistoia, me jeter aux pieds de la sérénissime ? O Dieu ! pourquoi n'ai-je pas déjà fait cela hier, avant-hier.

Ce fut pour Giglio une constatation très désagréable, lorsque, aussitôt après, il passa en revue ce qu'il avait de mieux dans sa garde-robe, d'être obligé de s'avouer lui-même que son bonnet à plumes ressemblait à s'y méprendre à un coq de basse-cour tout déplumé ; que son pourpoint, trois fois passé à la teinture, miroitait de toutes les couleurs de l'arc-en-ciel, que le manteau trahissait trop l'art du tailleur dont les hardis coups d'aiguille avaient bravé le temps rongeur, et que le pantalon de soie bleue bien connu, ainsi que les bas roses, avaient pris la teinte fanée de l'automne. Il saisit mélancoliquement sa bourse, qu'il croyait presque vide... et qu'il trouva pleine à déborder.

— Divine Brambilla, — s'écria-t-il ravi, — oui, je me souviens de toi, je me souviens de la charmante vision.

On peut s'imaginer que Giglio, ayant mis dans sa poche cette bourse si favorable, qui ressemblait à une espèce de sac de Fortunatus, courut aussitôt toutes les boutiques des brocanteurs et des tailleurs pour se procurer un costume aussi beau que tous ceux qu'eût jamais revêtus un prince de théâtre. Tout ce qu'on lui présenta n'était pas assez riche, ni assez magnifique. Enfin, il songea que, sans doute, seul pourrait lui suffire un costume taillé de la main magistrale de messer Bescapi et il se rendit aussitôt chez ce dernier.

Lorsque le maître eut entendu la demande de Giglio, il s'écria, le visage radieux comme le soleil :

— O mon excellent Signor Giglio, j'ai votre affaire.

Et il conduisit son client, si avide d'acheter, dans une pièce à côté. Mais Giglio ne fut pas peu surpris lorsqu'il ne trouva là aucun autre costume que ceux de toute la Comédie Italienne et, en outre, les masques les plus fous et les plus grotesques. Il crut avoir été mal compris par messer Bescapi et il décrivit d'une voix assez emportée le riche et noble vêtement dont il désirait se parer.

— Ah ! Dieu ! — s'écria Bescapi mélancoliquement, — qu'est-ce que ça va être encore ? Mon excellent Signor, je ne veux pourtant pas croire que, de nouveau, certains accès...

— Voulez-vous, maître tailleur, — fit Giglio en l'interrompant avec impatience et en secouant sa bourse pleine de ducats, — me vendre un costume comme je le désire, oui ou non ? Si non, taisez-vous.

— Oh ! oh ! — dit messer Bescapi tout décontenancé, — ne vous fâchez pas, Signor Giglio. Ah ! vous ne savez pas quel bien je vous veux. Ah ! si vous aviez seulement un peu, un tout petit peu de bon sens !

— Qu'est-ce que vous osez dire, maître tailleur ? — s'écria Giglio avec colère.

— Eh ! — poursuivit Bescapi, — aussi vrai que je suis maître tailleur, je voudrais pouvoir vous prendre mesure bien exactement du vêtement qu'il vous faudrait. Vous courez à votre perte, Signor Giglio, et je suis peiné de ne pas pouvoir vous répéter tout ce que m'a raconté le sage Celionati sur vous et sur le destin qui vous menace.

— Oh ! Oh ! — dit Giglio — vous parlez du *sage* Signor Celionati, ce joli charlatan, qui me poursuit de toutes les façons, qui veut me ravir mon bonheur le plus cher, parce qu'il hait mon talent et moi-même, parce qu'il se révolte contre le sublime des hautes natures et parce qu'il voudrait tout fourrer dans les niais travestissements d'une farce sans esprit ! Oh ! mon bon Messer Bescapi, je sais tout ; le digne abbé Chiari m'a découvert toute la ruse. L'abbé est l'homme le plus magnifique, la nature la plus poétique que l'on puisse trouver ; car il a créé pour moi le *Nègre Blanc* et personne autre que moi sur toute la vaste terre, dis-je, ne peut jouer le *Nègre Blanc*.

— Que dites-vous ? — s'écria messer Bescapi en riant tout haut, — le digne abbé (daigne le Ciel le rappeler bientôt dans l'assemblée des natures sublimes !), avec son eau lacrymale, qu'il fait couler si abondamment, a-t-il lavé son nègre jusqu'à le rendre blanc ?

— Je vous demande encore une fois, Messer Bescapi, — dit Giglio en retenant avec peine sa colère, —

si, en échange de mes ducats bien trébuchants, vous voulez me vendre ou non un costume tel que je le désire ?

— Avec plaisir, mon excellent Signor Giglio, — répondit Bescapi tout joyeux.

Sur quoi le tailleur ouvrit un cabinet dans lequel étaient suspendus les habits les plus riches et les plus magnifiques. Aussitôt Giglio remarqua un costume complet, qui vraiment était très riche, bien qu'il apparût un peu fantasque, à cause de son étrange bigarrure de couleurs. Messer Bescapi fit observer que ce costume était très cher et que sans doute Giglio le trouverait d'un prix trop élevé. Mais lorsque Giglio affirma avec insistance qu'il voulait l'acheter, lorsqu'il eut tiré sa bourse et invité le tailleur à en demander le prix qu'il voudrait, Bescapi déclara qu'il ne pouvait absolument pas céder ce vêtement, car il était déjà retenu pour un prince étranger, qui était le prince Cornelio Chiapperi.

— Comment ? — s'écria Giglio, plein d'enthousiasme et tout extasié — que dites-vous là ? Dans ce cas, le costume est fait pour moi et pour nul autre. Heureux Bescapi ! C'est précisément le prince Cornelio Chiapperi qui est devant vous et qui, chez vous, a retrouvé son être le plus intime, son propre moi.

Dès que Giglio eut prononcé ces paroles, messer Bescapi décrocha le costume du mur, appela un de ses commis et lui ordonna de porter chez « Monseigneur le Prince » le panier dans lequel il s'était empressé de tout empaqueter.

— Gardez votre argent, mon très honoré prince, — s'écria le tailleur lorsque Giglio voulut payer. Vous devez être pressé. Votre humble serviteur trouvera bien le moyen de se faire payer ; peut-être que c'est le *Nègre Blanc* qui réglera la petite dépense. Que Dieu vous protège, mon excellent seigneur !

Giglio jeta au maître tailleur, qui s'inclinait à maintes reprises en faisant les plus élégantes courbettes, un regard de fierté, mit dans sa poche le sac de Fortunatus et se retira avec le beau costume princier.

Il lui allait si parfaitement que Giglio, au comble de la joie, mit dans la main de l'apprenti tailleur qui l'avait aidé à se déshabiller un ducat tout reluisant. Mais l'apprenti tailleur le pria de lui donner, à la place, une couple de bons *paoli*, car il avait entendu dire que l'or des princes de théâtre ne valait rien et que leurs ducats n'étaient que des boutons ou des jetons à calculer. En réponse, Giglio jeta à la porte l'apprenti trop méfiant.

Quand Giglio eut suffisamment essayé devant la glace les gestes les plus beaux et les plus gracieux, lorsqu'il eut repassé les expressions les plus extraordinaires des héros malades d'amour, et lorsqu'il eut acquis absolument la conviction qu'il était tout à fait irrésistible, il se rendit hardiment, à l'heure où le crépuscule du soir commençait à tomber, au palais Pistoia ; la porte non fermée céda à la pression de sa main, et il arriva dans une vaste galerie à colonnes où régnait le silence du tombeau. Quand il eut regardé tout autour avec étonnement, du tréfonds de lui-même surgirent d'obscurs images du passé. Il lui sembla que déjà une fois il s'était trouvé là, et, comme dans son âme rien ne prenait une forme précise, comme tous les efforts qu'il faisait pour saisir clairement ces images restaient vains, il fut pris d'un effroi et d'une angoisse qui lui enlevèrent tout courage de poursuivre plus avant son aventure.

Déjà sur le point de quitter le palais, il faillit s'effondrer de peur lorsque soudain il vit devant lui son moi, comme enveloppé dans un brouillard. Cependant, il s'aperçut bientôt que ce qu'il prenait pour son double était simplement son image, que lui renvoyait un trumeau placé dans l'ombre. Mais au même instant il lui sembla que cent douces petites voix murmuraient : « Signor Giglio, comme vous êtes joli, comme vous êtes admirablement beau ! » Giglio, devant la glace, redressa sa poitrine, se rengorgea, portant haut la tête, mit son bras gauche sur la hanche et, levant la main droite, s'écria pathétiquement :

— Courage ! Giglio, courage ! Ton bonheur est assuré, cours le saisir.

Cela dit, il arpenta la galerie, à pas toujours plus grands ; il éternua et toussa, mais rien ne sortait de ce silence sépulcral ; aucun être vivant ne se montra. Alors il essaya d'ouvrir telle et telle porte qui devait le conduire dans les appartements. Toutes étaient absolument fermées.

Que restait-il à faire, sinon de monter le large escalier de marbre qui, des deux côtés de la galerie, se déployait en une courbe élégante vers le premier étage ? Arrivé dans le couloir du haut, dont la parure s'accordait avec la magnificence sobre de l'ensemble, Giglio crut percevoir de très loin les sons d'un instrument qu'il ne connaissait pas, instrument à l'étrange harmonie. Il s'avança avec précaution, et il remarqua bientôt un rayon éblouissant qui, par le trou de la serrure de la porte qui était en face de lui, se répandait dans le couloir. Il s'aperçut alors que ce qu'il avait pris pour le son d'un instrument inconnu était la voix d'un homme en train de parler, voix qui, à la vérité, résonnait singulièrement, car on aurait dit tantôt qu'on jouait de la cimbale, tantôt qu'on soufflait dans un fifre aux notes basses et sourdes. Comme Giglio était ainsi devant la porte, elle s'ouvrit doucement, tout doucement, d'elle-même. Il entra et il s'arrêta aussitôt, figé dans un profond étonnement.

Il se trouvait dans une grande salle, dont les murs étaient revêtus de marbre moucheté de pourpre et où de la haute coupole pendait une lampe, dont le feu rayonnant mettait sur tout comme un or ardent. Dans le fond, une riche draperie d'or formait un dais sous lequel se trouvait, sur une estrade de cinq marches, un fauteuil doré, avec des tapis de couleur bigarrée. Sur ce fauteuil était assis ce petit vieillard à la longue barbe blanche, vêtu d'une simarre d'argent, qui, dans le cortège de la princesse Brambilla, au sommet de la tulipe à l'éclat doré, s'adonnait à ses méditations scientifiques. Comme alors, il portait sur sa tête vénérable un entonnoir d'argent ; comme alors, d'énormes lunettes chevauchaient son nez; comme alors, bien que maintenant d'une voix forte, qui précisément était celle que Giglio avait entendue dans le lointain, il lisait un grand livre ouvert devant lui et appuyé sur le dos d'un nègre agenouillé. Des deux côtés, étaient les autruches, comme de redoutables trabans, et, à tour de rôle, lorsque le vieillard avait terminé la page, de leurs becs, elles tournaient la feuille suivante.

Tout autour, formant un demi-cercle fermé, une centaine de dames étaient assises, aussi merveilleusement belles que des fées et vêtues aussi richement et aussi magnifiquement que, comme on le sait, le sont ces dernières. Toutes faisaient très activement du filet. Au milieu du demi-cercle, devant le vieillard, sur un petit autel de porphyre, dans la position de personnes plongées dans un profond sommeil, il y avait deux étranges petites poupées portant sur la tête une couronne royale.

Lorsque Giglio se fut un peu remis de sa stupéfaction, il voulut manifester sa présence, mais à peine eut-il simplement conçu la pensée de parler qu'il reçut un rude coup de poing dans le dos. Ce ne fut pas avec une mince frayeur qu'il aperçut alors la rangée de nègres armés de longues piques et de sabres courts au milieu desquels il se trouvait et qui le dévisageaient avec deux yeux étincelants, tout en faisant grincer leurs dents d'ivoire. Giglio comprit que le mieux était ici de se montrer patient...

Or, voici à peu près le texte de la lecture que le vieillard faisait aux dames travaillant à leur filet :

« Le signe enflammé du Verseau est au-dessus de nous; le dauphin nage vers l'Orient sur les vagues bruissantes et de ses naseaux il fait jaillir le pur cristal dans le flot vaporeux. Il est temps que je vous parle des grands mystères qui se sont produits, de l'énigme merveilleuse dont la solution vous sauvera d'une déplorable ruine.

« Au faîte de la tour, était le mage Hermod, et il observait le cours des astres : voici que quatre vieillards, vêtus de grandes robes dont la couleur ressemblait aux feuilles mortes, s'avancèrent vers la tour et, lorsqu'ils furent arrivés au pied de cette dernière, ils firent entendre de puissantes lamentations : " Ecoute-nous, écoute-nous, grand Hermod, ne sois pas sourd à nos supplications, réveille-toi de ton profond sommeil. Si nous avions seulement la force de tendre l'arc du roi Ophioch, nous te décocherions une flèche dans le cœur, ainsi qu'il l'a fait, et tu descendrais et tu ne resterais pas là-haut, au vent de la tempête, comme une bûche insensible. Cependant, vénérable vieillard, si tu ne veux pas te réveiller, nous avons à notre disposition certaine machine balistique et nous t'enverrons avec, sur la poitrine, quelques pierres assez grosses pour que s'anime le sentiment humain qui y est renfermé. Réveille-toi, sublime vieillard. "

« Le mage Hermod regarda en bas, s'appuya à la balustrade et parla d'une voix qui ressemblait au sourd grondement de la mer, au hurlement de l'ouragan qui approche :

« " Vous qui êtes là-dessous, ne soyez pas des ânes, je ne dors pas, et je n'ai pas besoin d'être réveillé avec des flèches ou des quartiers de roche. Je sais à peu près ce que vous voulez, mes braves gens ; patientez un peu, je descends tout de suite. En attendant, vous pouvez cueillir quelques fraises ou jouer au jeu d'attrape, sur les cailloux gazonnés. J'arrive à l'instant. "

« Lorsque Hermod fut descendu et qu'il eut pris place sur une grosse pierre, que recouvrait le moelleux tapis bariolé de la mousse la plus belle, celui des hommes qui semblait être le plus âgé, car sa barbe blanche lui arrivait jusqu'à la ceinture, commença ainsi :

« — Grand Hermod, tu sais certainement déjà par avance tout ce que je veux te dire, mieux que moi-même, mais précisément pour que tu puisses te rendre compte que je le sais aussi, il faut que je te le dise.

« — Parle, jeune homme, — répondit Hermod. Je t'écouterai volontiers, car ce que tu viens de dire révèle que tu as une intelligence pénétrante, sinon une profonde sagesse, — bien que tu sois à peine sorti des souliers de l'enfance.

« — Vous savez, grand mage, — continua l'orateur, — qu'un jour, au Conseil, lorsque justement il était question d'obliger chaque vassal d'apporter tous les ans une certaine quantité d'esprit aux “ Magasins Généraux de toute la Plaisanterie du royaume ”, afin qu'en cas de famine la faim ou la soif des pauvres puisse être apaisée, le roi Opioch s'écria tout à coup : “ Le moment où l'homme succombe est le premier où apparaisse son véritable moi ”. Vous savez que le roi Ophioch, à peine avait-il prononcé ces paroles, tomba réellement et ne se releva plus, parce qu'il était mort ; et, comme il arriva aussi qu'au même moment la reine Liris ferma les yeux pour ne plus jamais les ouvrir, le Conseil d'Etat ne fut pas peu embarrassé à cause de la succession au trône, car le couple royal n'avait pas de descendants. L'astrologue de la cour, qui était un homme ingénieux, trouva enfin un moyen pour conserver encore longtemps au pays le sage gouvernement du roi Ophioch. En effet, il proposa de faire comme ce qui s'était passé avec un prince des esprits bien connu (le roi Salomon), à qui, bien qu'il fût déjà mort depuis longtemps, les esprits obéirent encore pendant une longue période. Conformément à ce projet, l'ébéniste de la cour fut appelé au Conseil d'Etat ; il fabriqua un élégant socle en bois de buis, puis, après que le corps du roi Ophioch eut été dûment enduit des aromates les plus parfaits, fut placé sous le croupion du roi, de sorte qu'il était là, majestueusement assis ; à l'aide d'une ficelle cachée, dont le bout pendait comme un cordon de sonnette dans la salle des délibérations du Grand Conseil, le bras du roi était actionné de manière à pouvoir brandir son sceptre dans les deux sens. Nul ne doutait que le roi Ophioch vécût et régnât toujours. Mais alors il se produisit à la source Urdar quelque chose d'extraordinaire. L'eau du lac qu'elle avait formé resta claire et limpide ; seulement au lieu que, comme d'habitude, tous ceux qui la contemplaient éprouvassent une joie particulière, il y en avait maintenant beaucoup qui, en apercevant dans l'eau le reflet de toute la nature et de leur propre physionomie, se fâchaient et s'attristaient, parce qu'il était contraire à toute dignité, même à tout bon sens humain, à toute sagesse, si péniblement acquise, de regarder les choses à l'envers et tout spécialement son propre moi. Et toujours et sans cesse plus nombreux devinrent ceux qui finirent par prétendre que les vapeurs du lac limpide aveuglaient l'esprit et transformaient en folie le sérieux requis de tout homme. Dans leur mécontentement, ils jetèrent dès lors toutes sortes de vilaines choses dans le lac, si bien qu'il perdit sa limpidité, devint de plus en plus trouble, jusqu'à ce qu'il finît par être semblable à un affreux marais. Cela, très sage mage, a fait beaucoup de mal au pays ; car maintenant les gens les plus distingués en viennent aux mains et pensent que c'est là la véritable ironie des sages ; mais le plus grand des malheurs s'est produit hier, lorsque le bon roi Ophioch a subi précisément le même sort qu'autrefois le prince des esprits dont je vous ai parlé. Le ver pernicieux avait, sans qu'on y prît garde, rongé le socle et soudain Sa Majesté, au beau milieu des affaires gouvernementales, s'écroula à terre, sous les yeux de beaucoup de gens, qui étaient pressés dans la salle du trône, si bien que maintenant il n'est pas possible de cacher plus longtemps sa mort. Moi-même, ô grand mage, je tirais précisément le cordon du sceptre, lequel cordon, lorsque Sa Majesté tomba à la renverse, se brisa et me frappa si fort au visage que de ma vie je ne désire plus tirer la ficelle de la sorte... Tu t'es, ô sage Hermod, toujours fidèlement occupé du pays des Jardins d'Urdar ; dis-nous ce que nous devons faire pour qu'un digne héritier du trône prenne en main le gouvernement et pour que le lac d'Urdar retrouve sa clarté et sa limpidité.

« Le mage Hermod se plongea dans une profonde méditation, puis il déclara :

« — Attendez neuf fois neuf nuits, et alors vous

verrez sortir du lac d'Urdar la reine du pays. D'ici là, gouvernez le pays aussi bien que vous le pourrez.

« Et il arriva que des rayons de feu surgirent au-dessus du marais qui avait été autrefois la source Urdar. Mais c'étaient les esprits du feu qui, avec des yeux ardents, regardaient le marais, et de la profondeur sortirent en tumulte les esprits de la terre. Alors, hors du sol devenu sec, s'épanouit une belle fleur de lotus, dans le calice de laquelle se trouvait une charmante enfant en train de sommeiller. C'était la princesse Mystilis, qui fut précautionneusement emportée hors de son berceau par les quatre ministres qui étaient allés chercher le message du mage Hermod et elle fut proclamée régente du pays. Les quatre ministres en question exercèrent la tutelle de la princesse et s'efforcèrent d'élever la chère enfant aussi bien qu'ils le pouvaient. Mais ils furent saisis d'une grande affliction lorsque la princesse, devenue assez âgée pour pouvoir parler convenablement, se mit à s'exprimer dans une langue que personne ne comprenait. On fit venir des lieux les plus éloignés des linguistes pour étudier le langage de la princesse, mais le sort malin et odieux voulut que plus les linguistes étaient savants et érudits, et moins ils comprenaient les paroles de l'enfant, qui, pourtant, paraissaient très raisonnables et très intelligibles.

« Cependant, la fleur de lotus avait ouvert de nouveau son calice, mais autour d'elle le cristal de l'eau la plus pure jaillissait en petites sources ; cela causa aux ministres une grande joie, car ils crurent forcément que, au lieu du marais, le beau miroir d'eau de la source d'Urdar allait bientôt se remettre à briller. Quant au langage de la princesse, les sages ministres résolurent, ce qu'ils auraient dû déjà faire depuis longtemps, d'aller demander conseil au mage Hermod. Lorsqu'ils furent entrés dans l'effrayante obscurité de la mystérieuse forêt, lorsque les pierres de la tour brillaient déjà à travers les épais feuillages, ils rencontrèrent un vieil homme qui, lisant méditativement dans un grand livre, était assis sur un bloc de rocher, et en qui ils furent obligés de reconnaître le mage Hermod. A cause de la fraîcheur du soir, Hermod s'était enveloppé d'une robe de chambre de couleur noire, et il avait mis sur sa tête un bonnet de zibeline, ce qui, à vrai dire, ne l'habillait pas mal, mais cependant lui donnait un aspect étrange et quelque peu lugubre. Il sembla aussi aux ministres que la barbe d'Hermod était en désordre, car elle ressemblait à de la broussaille. Lorsque les ministres eurent humblement présenté leur supplique, Hermod se leva, les regarda d'un œil si terriblement étincelant qu'ils en faillirent presque tomber à genoux ; puis il fit entendre un rire qui résonna dans toute la forêt avec tant de force que les animaux effarouchés s'enfuirent à travers le taillis et que les oiseaux, poussant des cris lugubres comme dans une angoisse mortelle, s'envolèrent hors du fourré. Les ministres, qui n'avaient jamais vu, lorsqu'il lui avaient parlé précédemment, le mage Hermod dans cet état un peu sauvage, se sentirent mal à l'aise ; cependant, ils attendirent dans un silence respectueux ce que le grand mage leur dirait. Mais le mage se rassit sur la grosse pierre, ouvrit son livre et lut d'une voix solennelle :

Il y a une pierre noire dans la salle sombre
Où autrefois le couple royal, en proie au sommeil,
Ayant sur le front et sur les joues la mort blême et muette,
A attendu le son puissant de la nouvelle magique.

Et profondément enterré sous cette pierre
Est placé ce qui, choisi pour faire tout le bonheur
De Mystilis et né de la floraison et de la fleur,
Brille pour elle — le plus magnifique des présents !

L'oiseau bariolé se prend alors dans des filets
Que l'art des fées a tissés d'une main délicate.
L'aveuglement disparaît, les brouillards se dissipent
Et lui-même l'ennemi doit se blesser à mort.

Pour mieux entendre, ouvrez donc les oreilles;
Pour mieux voir, mettez des lunettes devant vos yeux,
Si vous voulez être ministres et faire quelque chose de bien.
Mais, si vous restez des ânes, vous êtes irrémédiablement
[perdus.

« Sur ce, le mage ferma son livre avec tant de violence qu'il fit autant de bruit qu'un violent coup de tonnerre et que tous les ministres tombèrent à la renverse. Lorsqu'ils se furent relevés, le mage était disparu. Les ministres furent d'accord que, pour le bien de la patrie, il fallait souffrir beaucoup; car autrement il eût été insupportable que ce grossier compère d'astrologue et de magicien eût deux fois déjà dans la même journée qualifié d'ânes les soutiens les plus parfaits de l'Etat. Du reste, ils furent eux-mêmes étonnés de l'ingéniosité avec laquelle ils percèrent l'énigme du mage. Arrivés au pays des Jardins d'Urdar, ils se rendirent aussitôt dans la salle où le roi Ophioch et la reine Liris avaient passé dans le sommeil treize fois treize nuits. Ils levèrent la pierre noire qui était encastrée au milieu du parquet et ils trouvèrent dans la terre un petit écrin, magnifiquement sculpté, du plus bel ivoire. Ils donnèrent cet écrin à la princesse Mystilis, qui aussitôt pressa sur un ressort, de sorte que le couvercle s'ouvrit et qu'elle put prendre le joli et mignon filet qui se trouvait dans l'écrin. Mais à peine avait-elle le filet dans ses mains que de joie elle éclata de rire et qu'elle dit d'une voix très distincte :

« — Grand-maman l'avait mis dans mon berceau, mais, coquins que vous êtes, vous m'avez volé le trésor et vous ne me l'auriez pas rendu si, dans la forêt, vous n'étiez pas tombés sur le nez.

« Là-dessus, la princesse se mit aussitôt à faire du filet avec la plus grande application. Les ministres, tout ravis, s'apprêtaient déjà à exécuter un bond de joie collectif, lorsque la princesse se figea soudain et se recroquevilla en une petite mignonne poupée de porcelaine. Si d'abord l'allégresse des ministres avait été grande, leur chagrin n'en fut que plus violent. Ils pleurèrent et sanglotèrent tellement qu'on put les entendre dans tout le palais, jusqu'à ce que soudain l'un d'eux, plongé dans ses pensées, cessa de se lamenter, s'essuya les yeux avec les deux pans de sa robe et parla ainsi : " Ministres, collègues, camarades, je croirais presque que le grand mage a raison et que nous sommes... bah ! ce que vous voudrez... L'énigme est-elle donc résolue ? L'oiseau bariolé est-il donc capturé ? Le filet, c'est le réseau, tissé par une tendre main, dans lequel il doit se prendre. "

« Sur l'ordre des ministres, les plus belles dames du royaume, véritables fées par le charme et par la grâce, furent alors rassemblées dans le palais et elles furent obligées, vêtues des plus magnifiques parures, de faire continuellement du filet. Mais à quoi cela servait-il ? L'oiseau bariolé ne se montrait pas ; la princesse Mystilis restait une petite poupée de porcelaine ; les sources jaillissantes de la fontaine Urdar se desséchaient toujours davantage, et tous les vassaux du royaume étaient plongés dans le mécontentement le plus amer. Alors il arriva que les quatre ministres, sur le point de désespérer, s'assirent au bord du marais qui avait été jadis le beau lac d'Urdar au clair miroir ; ils éclatèrent en véhémentes lamentations et, avec les expressions les plus touchantes, ils supplièrent le mage Hermod d'avoir pitié d'eux et du pauvre pays d'Urdar. Un bruit sourd sortit de la profondeur ; la fleur de lotus ouvrit son calice et voilà que le mage Hermod apparut et, d'une voix irritée, il parla ainsi :

« — Infortunés ! Aveugles. Ce n'est pas avec moi que vous avez parlé dans la forêt, c'est avec le malin démon Typhon lui-même, qui vous a joué un mauvais tour dans sa malice de sorcier et qui a mis au jour ce funeste secret de l'écrin au filet. Mais, pour son propre préjudice, il a dit plus de vérité qu'il ne voulait le faire. Puissent les mains délicates des dames semblables à des fées faire du filet, puisse l'oiseau bariolé être capturé ; mais apprenez l'énigme véritable, dont la solution mettra fin à l'enchantement que subit la princesse. »

Le vieillard en était arrivé à cet endroit de sa lecture lorsqu'il s'arrêta, se leva de son siège et parla ainsi aux petites poupées qui se trouvaient sur l'autel de porphyre au milieu du cercle :

— Bon et excellent couple royal, cher Ophioch et vénérée Liris, ne dédaignez pas plus longtemps de nous suivre en pèlerinage, dans le commode costume de voyage que je vous ai donné. Moi, votre ami Ruffiamonte, j'accomplirai ce que j'ai promis.

Puis Ruffiamonte regarda les dames qui étaient assises en cercle autour de lui et il leur dit :

— Il est temps que vous cessiez de faire du filet et que vous répétiez l'oracle mystérieux du grand mage Hermod, tel qu'il l'a prononcé lorsqu'il sortit du calice de la merveilleuse fleur de lotus.

Tandis que Ruffiamonte, avec un bâton d'argent, battait la mesure à coups véhéments, qui venaient frapper, en résonnant, son livre ouvert, les dames, qui avaient quitté leurs sièges et qui formaient autour du mage un étroit cercle, répétaient en chœur ce qui suit :

Où est le pays dont le bleu ciel ensoleillé
Allume la joie de la terre en riche floraison ?
Où est la ville dont la gaie animation
Délivre, à la plus belle époque, le sérieux du sérieux ?
Où s'agitent joyeusement les créations de la fantaisie,
Dans un monde bariolé, qui est rond comme un petit œuf ?
Où la puissance de gracieuses apparitions se manifeste-
[t-elle ?
Qui est le moi qui peut engendrer du moi
Le non-moi, dédoubler sa propre poitrine
Et sans douleur procurer un haut ravissement ?
Lorsque le pays, la ville, le monde, le moi,
Lorsque tout cela est trouvé, le moi pénètre, avec une
[entière clarté,
Le monde, duquel il s'est hardiment dégagé ;
L'esprit intérieur transforme en vigoureuse réalité vitale
La folie du cerveau aveuglé,
Lorsque l'atteint le blâme pesant du blême ennui ;
L'aiguille merveilleuse du maître ouvre

Le royaume; elle donne, dans une malicieuse et folle
[taquinerie,
A ceux qui paraissaient tout petits la noblesse du souverain
Qui éveillera le couple de son doux rêve.
Alors, vive le beau et lointain pays d'Urdar!
La fontaine, purifiée, brillera avec la clarté d'un miroir;
Les liens du Démon seront brisés
Et de la profondeur monteront mille délices.
Ah! ah! comme toute poitrine battra avec ardeur!
Toute douleur fait place à une haute joie.
Qu'est-ce qui resplendit là-bas sur les chemins de la sombre
[forêt?
Ah! quelle allégresse retentit au lointain?
C'est la reine qui vient! Allons au-devant d'elle
Elle a trouvé le moi! et Hermod est réconcilié.

Alors les autruches et les nègres firent entendre des cris confus et beaucoup d'autres voix d'oiseaux piaulèrent et pépièrent d'une singulière façon; mais plus fort que tous criait Giglio, qui, réveillé d'une sorte d'engourdissement, avait soudain repris entièrement contenance et qui s'imaginait assister à quelque spectacle burlesque :

— Miséricorde divine! Qu'est-ce donc que cela? Cessez enfin de débiter ces folies. Soyez donc raisonnables; dites-moi où je trouverai la sérénissime princesse, la puissante Brambilla. Je suis Giglio Fava, le plus célèbre comédien de la terre, que la princesse Brambilla aime et qu'elle élèvera à de grands honneurs. Ecoutez-moi donc! Vous tous, dames, nègres et autruches, ne vous laissez pas raconter ces niaiseries. Je sais tout cela mieux que ce vieil homme, car je suis le nègre blanc, et personne d'autre.

Dès que les dames eurent enfin aperçu Giglio, elles firent entendre un long rire pénétrant et s'élancèrent sur lui. Giglio lui-même ne savait pas pourquoi brusquement une terrible angoisse s'empara de lui et pourquoi il chercha à déployer tous ses efforts pour échapper aux dames. Il n'y serait pas parvenu, s'il n'avait eu la chance, en étalant son manteau, de s'élever en l'air jusqu'à la haute coupole de la salle. Alors les dames le poursuivirent çà et là, en jetant vers lui de grands mouchoirs, si bien qu'il retomba épuisé. Les dames enveloppèrent sa tête d'un filet, et les autruches apportèrent une grande cage dorée, où Giglio fut enfermé sans pitié. Au même instant, la lampe s'éteignit et tout disparut comme par un coup de baguette magique.

La cage ayant été placée à une grande fenêtre ouverte, Giglio pouvait regarder dans la rue, mais, comme à cette heure-là le peuple était dans les théâtres et les auberges, la rue était triste et déserte, si bien que le pauvre Giglio, pressé dans son étroit réduit, se trouvait dans une solitude désolée.

— Est-ce là, — fit-il en gémissant douloureusement, — le bonheur que j'avais rêvé ? Est-ce là ce que signifie le tendre et merveilleux mystère renfermé dans le palais Pistoia ? Je les ai vus, les nègres, les dames, le vieux petit drôle à la tulipe et les autruches, qui sont entrés ici par l'étroit portail ; il ne manquait que les haquenées et les pages emplumés. Mais Brambilla n'était point parmi eux. Non, elle n'est pas ici, la charmante image de mon désir passionné, de mon ardeur amoureuse ! O Brambilla ! Brambilla ! Et il faut que je languisse misérablement dans cet indigne cachot et je ne jouerai jamais plus le *Nègre Blanc* ! Hélas ! Hélas ! Hélas !

— Qui se lamente donc là-haut si fortement ? dit une voix venue de la rue.

Giglio reconnut aussitôt que c'était celle du vieux Ciarlatano, et un rayon d'espérance pénétra dans sa poitrine angoissée.

— Celionati, — fit Giglio d'une voix touchante, — cher Celionati, est-ce vous que j'aperçois là, au clair de lune ? Je suis ici encagé et dans un triste état. On m'a enfermé comme un oiseau. O ciel ! Signor Celionati, vous êtes un homme vertueux qui n'abandonnez pas votre prochain. Vous avez à votre disposition des forces merveilleuses ; aidez-moi à sortir de ma maudite et lamentable situation. O Liberté, Liberté chérie, qui pourrait mieux t'apprécier que celui qui est enfermé dans une cage, même si les barreaux en sont en or?

Celionati rit tout haut; après quoi il dit :

— Voyez, Giglio, la faute de tout cela en est à votre maudite folie, à vos folles imaginations. Qui vous a dit d'entrer dans le palais Pistoia avec cet insipide déguisement? Comment pouvez-vous pénétrer dans une assemblée à laquelle vous n'êtes pas invité?

— Comment? — s'écria Giglio, — vous appelez insipide déguisement le plus beau de tous les costumes, le seul dans lequel je pourrais me présenter dignement devant la princesse que j'adore?

— Précisément, — répondit Celionati, — c'est votre beau costume qui est cause qu'on vous a traité ainsi.

— Mais suis-je donc un oiseau? — s'écria Giglio, plein de mécontentement et de colère.

— En tout cas, — reprit Celionati, — ces dames vous ont pris pour un oiseau et même pour un oiseau qu'elles tiennent follement à capturer, je veux dire un béjaune.

— O Dieu! — fit Giglio, tout hors de lui. Moi, Giglio Fava, le célèbre héros tragique, le nègre blanc, moi, être pris pour un béjaune!

— Allons, Signor Giglio, — s'écria Celionati, — ayez de la patience, dormez, si vous pouvez, tranquillement et en repos. Qui sait ce que demain vous apportera de favorable?

— Ayez pitié de moi, Signor Celionati, — s'écria Giglio, — délivrez-moi de cette maudite geôle. Jamais plus je ne reviendrai dans ce maudit palais Pistoia.

— A vrai dire, répondit le Ciarlatano, — vous n'avez guère mérité que je m'occupe de vous, car vous avez méprisé toutes mes bonnes leçons et vous voulez vous jeter dans les bras de mon ennemi mortel, l'abbé Chiari, qui, sachez-le, vous a précipité dans cette catastrophe, par ses stupides et méchants vers, qui ne sont qu'imposture. Cependant, vous êtes, vraiment, un bon garçon et moi je suis un fou loyal et magnanime, comme je l'ai déjà souvent montré. C'est pourquoi je veux vous sauver. J'espère qu'en compensation vous m'achèterez demain une nouvelle paire de lunettes et un exemplaire de la fameuse dent du prince assyrien.

— Je vous achète tout, tout ce que vous voudrez ; mais, la liberté, rendez-moi la liberté ; j'étouffe déjà à moitié...

Ainsi parla Giglio, et alors le Ciarlatano, au moyen d'une échelle invisible, monta jusqu'à lui et ouvrit une grande trappe qu'il y avait à la cage ; par cette ouverture, l'infortuné béjaune essaya péniblement de passer.

A cet instant même on entendit dans l'intérieur du palais un grand vacarme et des voix antipathiques piaulaient et criaillaient dans une affreuse confusion.

— Par tous les diables ! — s'écria Celionati, — on s'aperçoit de votre fuite ; Giglio, allez-vous-en vite.

Avec la force du désespoir, Giglio passa son corps tout entier à travers l'ouverture, se jeta à l'aveuglette dans la rue, se releva, car il n'avait pas le moindre mal, et il partit comme une Furie.

— Oui, — cria-t-il, tout hors de lui lorsque, arrivé dans sa chambrette, il aperçut le grotesque costume dans lequel il avait combattu avec son moi, — oui, cette folle monstruosité qui est là, sans corps, c'est mon moi, et, ces vêtements princiers, le sinistre démon les a volés au béjaune pour me mystifier, afin que, par une funeste équivoque, les belles dames me prissent moi-même pour le béjaune. Je dis des bêtises, je le sais ; mais c'est justice, car, à la vérité, je suis devenu fou parce que mon moi n'a pas de corps.

— Alors, en avant, en avant ! mon cher et adorable moi !

Ce disant, il se dépouilla furieusement des beaux vêtements qu'il portait, enfila rapidement le plus grotesque de tous les habits masqués et courut au Corso.

Toute la béatitude du ciel pénétra dans son être

lorsqu'une jeune fille, gracieuse comme un ange, le tambourin à la main, l'invita à danser.

Et Giglio se mit donc à danser avec la belle inconnue; mais ce qui se passa alors, le bienveillant lecteur le verra... au chapitre suivant.

CHAPITRE VI

Comment un de nos personnages, en dansant, devint prince, tomba évanoui dans les bras d'un charlatan et puis, au repas du soir, douta des talents de son cuisinier. — *Liquor anodynus* et grand bruit sans cause. — Duel chevaleresque des amis éperdus d'amour et de douleur, et son issue tragique. — Inconvénients et inopportunité qu'il y a à priser du tabac. — Franc-maçonnerie d'une jeune fille et d'une machine à voler nouvellement inventée. — Comment la vieille Béatrice mit des lunettes et les ôta de son nez.

LA DANSEUSE. — Tourne, tourne plus fort, tourbillonne sans répit, danse folle et joyeuse. Ah ! comme tout vole autour de moi avec la rapidité de l'éclair ! Pas de repos, pas d'arrêt ! Une série de figures bigarrées pétillent comme les jaillissantes étincelles d'un feu d'artifice et disparaissent dans la nuit noire. Le plaisir cherche le plaisir sans pouvoir le saisir, et précisément c'est en cela que de nouveau consiste le plaisir. Rien n'est plus ennuyeux que d'être cloué au sol et de devoir rendre raison à tout regard et à toute parole. C'est pourquoi je ne voudrais pas être une fleur. Je préférerais de beaucoup être un scarabée d'or, qui vous bourdonne et vrombit autour de la tête, si bien que devant le bruit qu'il fait vous ne pouvez plus entendre votre propre raison. Mais où demeure, en somme, la raison, lorsque l'emporte le tourbillon d'un frénétique plaisir ? Tantôt trop lourde, elle brise ses liens et elle tombe dans l'abîme ; trop légère, au contraire, elle s'envole dans les vapeurs du ciel. Il n'est pas possible, en dansant, de garder une raison très lucide : c'est pourquoi de préférence tant que nos tours et nos pas dureront, nous la laisserons complètement de côté, et c'est pourquoi je ne veux pas non plus te rendre raison, mon beau et alerte compagnon. Regarde, tournant autour de toi, je t'échappe au moment même où tu pensais me saisir et me tenir solidement. Et maintenant, maintenant..., recommençons.

LE DANSEUR. — Et pourtant!... non, manqué... mais l'essentiel, c'est de savoir en dansant observer et garder le juste équilibre. C'est pourquoi il est nécessaire que chaque danseur prenne dans sa main quelque chose, comme balancier ; et c'est pourquoi je vais tirer ma large épée et la brandir dans l'air. Comme cela... Que penses-tu de ce saut, de cette attitude, dans laquelle je confie tout mon moi au centre de gravité de la pointe de mon pied gauche ? Tu appelles cela une folle étourderie ; mais c'est précisément là cette raison dont tu ne fais aucun cas, bien que sans elle on ne comprenne rien et pas même l'équilibre, qui est utile à tant de choses. Mais quoi ? Des rubans bariolés flottant autour de moi, de moi qui oscille sur la pointe de mon pied gauche, le tambourin dressé haut dans l'air, tu exiges que je me dépouille de toute raison et que je renonce à tout équilibre ? Je te jette le pan de mon manteau, afin que, éblouie, tu trébuches et tombes dans mes bras... Mais non, non, dès que je te saisirais, tu n'existerais plus, tu disparaîtrais dans le néant. Qui es-tu donc, être mystérieux, qui, né de l'air et du feu, appartiens à la terre et regardes, séducteur, du fond des eaux ? Tu ne peux pas m'échapper. Mais tu veux te baisser ; je m'imagine te tenir et voilà que tu planes dans les airs. Es-tu vraiment le hardi esprit élémentaire, qui allume la vie pour créer de la vie ? Es-tu la mélancolie, le désir ardent, le ravissement, la joie céleste de l'existence ? Mais toujours les mêmes pas, toujours les mêmes tours, et pourtant, ma belle, ta danse subsiste éternellement et c'est, à coup sûr, ce qu'il y a de plus merveilleux en toi...

LE TAMBOURIN. — Lorsque, ô danseur, tu m'entends retentir, vibrer et cliqueter ainsi, pêle-mêle, tu penses que je veux te duper avec toutes sortes de niais bavardages, ou bien que je suis un lourdaud qui ne sait pas saisir le ton et la mesure de tes mélodies; et pourtant, c'est grâce à moi seul que tu observes le ton et la mesure. C'est pourquoi, écoute, écoute-moi.

L'ÉPÉE. — Tu penses, ô danseuse, que, étant en bois, sourde et lourde, sans mesure ni harmonie, je ne puis pas t'être utile. Sache, pourtant, que c'est à mes seules oscillations que sont dus le ton et la mesure de ta danse. Je suis à la fois épée et cithare, et mon rôle est de blesser l'air avec mes accords et mon harmonie, mes coups et mes pointes. Et c'est grâce à moi que tu observes le ton et la mesure; c'est pourquoi, écoute, écoute, écoute-moi.

LA DANSEUSE. — Comme l'unisson de notre danse s'élève toujours davantage! Et quels pas, quels sauts! Toujours plus hardis, toujours plus hardis, et, pourtant, nous y parvenons, parce que nous nous entendons toujours mieux à danser.

LE DANSEUR. — Ah! comme mille cercles de feu tourbillonnent étincelants autour de nous! Quels plaisirs! Magnifique feu d'artifice qui ne peut jamais s'éteindre, car la matière est éternelle, comme le temps. Cependant... halte... halte. Je brûle... je tombe dans le feu.

LE TAMBOURIN et L'ÉPÉE. — Tenez-vous bien, tenez-vous bien à nous, ô danseurs.

LE DANSEUR et LA DANSEUSE. — Quel malaise!... le vertige, le tourbillon... le vertige... nous saisit... et va nous précipiter...

Ainsi se traduit mot pour mot la danse merveilleuse que Giglio Fava dansa complètement, de la manière la plus gracieuse, avec la belle inconnue, — qui pourtant ne pouvait être personne d'autre que la princesse Brambilla elle-même, — et cela jusqu'à ce que, dans l'exaltation de sa joie débordante, il faillit perdre les sens. Mais la chose n'arriva pas ; au contraire, il sembla à Giglio, comme le tambourin et l'épée l'invitaient de nouveau à bien se tenir, il lui sembla qu'il tombait dans les bras de la belle. Et cela non plus n'arriva pas, car la personne contre la poitrine de qui il s'était laissé aller n'était nullement la princesse, — mais bien le vieux Celionati.

— Je ne sais pas, mon excellent prince, — commença Celionati, — (car, malgré votre étrange déguisement, je vous ai reconnu au premier coup d'œil), comment il se fait que vous vous laissiez tromper d'une façon aussi grossière, puisque vous êtes d'habitude un monsieur avisé et sensé. Heureusement que je me trouvais là et que je vous ai reçu dans mes bras, lorsque cette fille dissolue, profitant de votre étourdissement, était précisément sur le point de vous enlever.

— Je vous remercie beaucoup de votre bonne volonté, mon brave Signor Celionati, — répondit Giglio, — mais je ne comprends pas du tout ce que vous dites là d'une grossière tromperie, et je suis simplement fâché que ce fatal vertige m'ait empêché de terminer, avec la plus charmante, la plus belle de toutes les princesses, ma danse qui m'aurait rendu tout heureux.

— Que dites-vous ? — poursuivit Celionati. Vous croyez donc peut-être que c'est réellement avec la princesse Brambilla que vous avez dansé ? Non ! Précisément l'indigne tromperie consiste en ce que la princesse s'est substituée une personne de vulgaire origine, que vous avez prise pour elle, afin qu'elle puisse mieux se livrer, sans être gênée, à un autre amour.

— Serait-il possible, — s'écria Giglio, — que j'eusse été trompé ?

— Songez, continua Celionati, — que si votre danseuse eût été réellement la princesse Brambilla, si vous eussiez heureusement terminé votre danse, à l'instant même le grand mage Hermod serait apparu pour vous introduire, vous et votre haute fiancée, dans votre royaume.

— C'est vrai, — répliqua Celionati. Mais dites-moi donc ce qui s'est passé et avec qui j'ai effectivement dansé.

— Vous allez tout apprendre, — dit Celionati. Mais, si vous voulez, je vous accompagnerai dans votre palais pour pouvoir y parler plus tranquillement avec vous, ô mon prince.

— Soyez assez bon, — dit Giglio, — pour m'y conduire, car je dois vous avouer que la danse avec la présumée princesse m'a tellement épuisé que je marche comme dans un rêve, et, en vérité, actuellement je ne sais pas en quel endroit de notre Rome est situé mon palais.

— Vous n'avez qu'à venir avec moi, gracieux seigneur, — s'écria Celionati, en prenant Giglio par le bras et en s'en allant avec lui.

Il se dirigea tout droit vers le palais Pistoia. Déjà, depuis les degrés de marbre du portail, Giglio considérait le palais de haut en bas, après quoi il dit à Celionati :

— Si c'est là réellement mon palais, — ce dont je ne veux nullement douter, — il y a d'étranges hôtes qui me sont tombés dessus et qui, là-haut, dans les salles les plus belles, font des folies et se conduisent comme si la maison leur appartenait et non à moi. Des femmes effrontées, qui se sont parées des robes d'autrui, prennent des gens de qualité, des gens raisonnables (et, que les saints me protègent ! je crois que cela m'est arrivé à moi-même, le maître de la maison !), les prennent, dis-je, pour l'oiseau rare qu'elles doivent capturer avec des filets que des mains délicates, expertes en l'art des fées, ont tissés, et cela provoque de grands troubles et de grands ennuis. J'ai l'impression d'avoir été là enfermé dans une indigne cage ; c'est pourquoi je n'aimerais pas y revenir. S'il était possible, excellent Celionati, que pour aujourd'hui mon palais fût situé ailleurs, cela me serait très agréable.

— Votre palais, très gracieux seigneur, — répliqua Celionati, — ne peut être situé ailleurs qu'ici et ce serait pécher contre toutes les convenances que d'entrer dans une maison étrangère. Vous n'avez, ô mon prince, qu'à supposer que tout ce que nous faisons et tout ce qu'on fait ici n'est pas réel, mais simplement un caprice inventé de toutes pièces, et vous n'éprouverez plus la moindre incommodité de la part des folles gens qui s'agitent là-haut. Entrons hardiment.

— Mais, — s'écria Giglio, en retenant Celionati, au moment où celui-ci allait ouvrir la porte, — dites-moi, la princesse Brambilla n'a-t-elle pas fait ici son entrée avec le magicien Ruffiamonte et une nombreuse suite de dames, de pages, d'autruches et de mulets ?

— Il est vrai, — répondit Celionati, — mais cela ne doit pas vous empêcher d'y entrer, vous qui possédez le palais tout au moins aussi bien que la princesse, — d'y entrer, dis-je, même si provisoirement vous le faites sans bruit. Vous vous y trouverez bientôt tout à fait à votre aise.

Cela dit, Celionati ouvrit la porte du palais et poussa Giglio devant lui. Dans le vestibule, tout était obscur et muet comme un tombeau ; mais lorsque Celionati eut frappé tout doucement à une porte, un petit Pulcinella, d'aspect très agréable, apparut aussitôt, portant dans ses mains des flambeaux allumés.

— Si je ne me trompe, — dit Giglio au petit, — j'ai déjà eu l'honneur de vous voir, mon excellent Signor, sur le toit du carrosse de la princesse Brambilla.

— C'est exact, — répondit le petit, — j'étais alors au service de la princesse ; je le suis encore maintenant dans une certaine mesure, mais je suis, avant tout, l'indéfectible valet de chambre de votre très gracieux moi, ô excellent prince.

Pulcinella, éclairant les deux arrivants, les conduisit dans une pièce magnifique, et il se retira ensuite modestement, en faisant remarquer que partout et toujours, quand le prince aurait besoin de lui, il viendrait aussitôt, sur la simple pression d'un bouton, car, bien qu'ici, au rez-de-chaussée, il fût la seule bouffonnerie portant livrée, il jouait le rôle de tout un personnel domestique complet, grâce à son aplomb et à son agilité.

— Ah ! — s'écria Giglio, regardant la pièce richement et splendidement ornée dans laquelle il se trouvait, — maintenant je reconnais pour la première fois que je suis vraiment dans mon palais, dans ma chambre princière. Mon impresario la fit peindre, mais il ne paya pas le peintre et, lorsque celui-ci vint lui réclamer son argent, il lui donna un soufflet, sur quoi le machiniste rossa l'impresario avec la torche d'une Furie. Oui, je suis dans ma princière patrie. Cependant, vous vouliez me tirer d'une abominable erreur au sujet de la danse, excellent signor Celionati ? Parlez, je vous en prie, parlez. Mais prenons place.

Lorsque Giglio et Celionati se furent assis sur de moelleux coussins, celui-ci commença :

— Savez-vous, mon prince, que la personne qu'on vous a substituée à la princesse n'est autre qu'une gentille modiste, du nom de Giacinta Soardi ?

— Est-ce possible ? — s'écria Giglio. Mais il me semble que cette jeune fille a pour amoureux un misérable comédien, pauvre comme un rat, Giglio Fava ?

— C'est exact, — répondit Celionati. Mais pouvez-vous bien vous imaginer que c'est précisément après ce misérable comédien, pauvre comme un rat, que court la princesse Brambilla, par voies et chemins, et même qu'elle ne vous a substitué à sa place la modiste qu'afin que vous vous amourachiez peut-être de cette dernière, par un quiproquo extravagant et insensé et qu'ainsi vous la détourniez de son héros de théâtre ?

— Quelle pensée sacrilège, — dit Giglio, — mais, croyez-moi, Celionati, il n'y a là qu'une maligne sorcellerie du Démon, qui brouille tout et qui confond follement les choses, et je vais anéantir cette sorcellerie avec cette épée, que tiendra bravement ma main, ainsi que le misérable qui a l'audace de supporter que ma princesse l'aime.

— Faites cela, mon excellent prince, — répondit

Celionati avec un sourire malicieux. Moi-même, je tiens beaucoup à ce que ce niais soit écarté le plus tôt possible de notre route.

Alors Giglio pensa à Pulcinella et aux services pour lesquels celui-ci s'était offert. Il pressa donc un bouton caché. Aussitôt Pulcinella parut, et comme, ainsi qu'il l'avait promis, il était en mesure de remplacer un grand nombre de domestiques aux attributions les plus différentes, il fut à la fois cuisinier, sommelier, maître d'hôtel et échanson, et il eut préparé en peu de secondes un friand repas.

Giglio, après avoir mangé tout à sa faim, trouva cependant que, pour ce qui était des mets et des vins, on s'apercevait trop que le tout avait été préparé, apporté et servi par une seule personne, car tout avait le même goût. Celionati pensa que la princesse Brambilla avait peut-être précisément pour l'instant renvoyé Pulcinella de son service parce que, avec une prétentieuse présomption, il voulait faire tout par lui seul, ce qui avait été cause que souvent déjà il s'était disputé avec Arlecchino qui, également, avait le même défaut.

⁂

Dans le Caprice original et extrêmement remarquable que le narrateur de la présente histoire suit fidèlement, il y a à cet endroit une lacune. Pour parler comme les musiciens, il manque la transition d'un mode à un autre, de sorte que le nouvel accord éclate sans avoir été du tout préparé. Oui, on pourrait dire que le Caprice est rompu par une dissonance non résolue. On nous dit, en effet, que le prince (il ne peut s'agir là de nul autre que de ce Giglio Fava qui menaçait de mort le propre Giglio Fava !) fut soudain saisi de maux d'entrailles épouvantables, qu'il attribua à la cuisine de Pulcinella, mais ensuite, lorsque Celionati lui eut fait prendre un peu de *Liquor anodynus*, il s'endormit, après quoi il se produisit un grand bruit. On ne nous dit pas ce que signifie ce bruit, ni comment le prince, — en d'autres termes, Giglio Fava, — sortit du palais Pistoia avec Celionati.

La suite de l'histoire est à peu près la suivante.

Comme le jour commençait à baisser, on vit apparaître sur le Corso un masque qui attira l'attention de tous à cause de sa bizarrerie et de son extravagance. Il portait une coiffure singulière, ornée de deux hautes plumes de coq, puis un masque avec un nez en trompe d'éléphant, sur lequel étaient posées de grandes lunettes, un pourpoint avec de gros boutons, mais, à côté de cela, un joli pantalon de soie couleur bleu de ciel, avec des rubans d'un rouge foncé, ainsi que des bas roses, des chaussures blanches avec des nœuds également rouge foncé et une belle épée pointue à sa ceinture.

Mon bienveillant lecteur connaît déjà cet accoutrement, qu'il a vu dans notre premier chapitre, et il sait par conséquent que personne d'autre que Giglio Fava ne peut être caché sous lui. Mais à peine ce masque avait-il parcouru le Corso une couple de fois, qu'un fou de Capitan Pantalon, du nom de Brighella, tel qu'il s'est souvent déjà montré dans ce Caprice, bondit vers le masque avec des yeux étincelants de colère et s'écria :

— Je te trouve enfin, maudit héros de théâtre ! Stupide nègre blanc ! Maintenant, tu ne m'échapperas pas. Tire ton épée, poltron, défends-toi, ou je te plante mon bois dans le corps.

En même temps, cet extravagant Capitan Pantalon brandit en l'air sa large épée de bois, mais Giglio ne fut pas le moins du monde décontenancé par cette attaque inattendue. Au contraire, il dit posément et tranquillement :

— Qu'est-ce que c'est que cette espèce de rustre malappris qui veut ici se battre en duel avec moi sans savoir ce que sont les véritables coutumes chevaleresques ? Ecoutez, mon ami, si vous me reconnaissez véritablement pour le nègre blanc, vous devez savoir que je suis héros et chevalier comme pas un et que c'est uniquement la véritable courtoisie qui me fait ainsi déambuler en pantalon bleu de ciel, en bas roses et en souliers blancs. C'est là le costume de bal à la manière du roi Arthur. Mais je m'aperçois que ma bonne épée luit à mon côté et je vais vous rendre chevaleresquement raison si vous m'attaquez en chevalier et si vous êtes quelque chose de propre et non pas un pitre traduit en romain.

— Pardonnez-moi, — dit le masque, — ô nègre blanc, d'avoir, ne fût-ce qu'un instant, perdu de vue ce que je dois au héros et au chevalier. Mais aussi vrai que coule dans mes veines un sang princier, je vous montrerai que j'ai lu d'excellents livres de chevalerie avec tout autant de profit que vous.

Là-dessus, le princier Capitan Pantalon recula de quelques pas, présenta à Giglio son épée dans la position de combat et dit avec l'expression de l'amabilité la plus profonde : « Si vous voulez bien ? »

Giglio, saluant élégamment son adversaire, tira son épée du fourreau et le combat commença. On constata bientôt que tous les deux, le Capitan Pantalon et Giglio, s'entendaient très bien sur ce terrain chevaleresque. Chacun d'eux avait le pied gauche immobile sur le sol, tandis que le pied droit tantôt bondissait pour l'attaque intrépide, tantôt se retirait dans la position de défense. Les lames se croisaient en brillant et les coups se suivaient avec la rapidité de l'éclair. Après une passe chaude et dangereuse, les combattants furent obligés de se reposer. Ils se regardèrent et, avec la rage de ce combat singulier, un tel amour surgit en eux qu'ils tombèrent dans les bras l'un de l'autre et pleurèrent beaucoup. Puis la lutte reprit avec un redoublement de force et d'habileté. Mais, comme Giglio s'efforçait de parer un coup bien calculé de son adversaire, le coup toucha l'attache gauche de son pantalon, si bien qu'il tomba à terre en gémissant.

— Halte ! — s'écria le Capitan Pantalon.

On examina la blessure de Giglio et on la trouva insignifiante.

Une couple d'épingles suffirent à remettre en place le nœud du pantalon.

— Je vais prendre mon épée de la main gauche, — dit alors le Capitan, — parce que la pesanteur du bois fatigue mon bras droit. Tu peux continuer à garder à la main droite ton léger glaive.

— Le ciel me préserve, — répondit Giglio, — de te faire un pareil tort. Moi aussi, je vais prendre mon épée de la main gauche, car c'est là une chose bonne et utile, qui me permettra de te mieux frapper.

— Viens sur ma poitrine, mon bon et noble camarade, s'écria le Capitan Pantalon.

Les combattants s'embrassèrent derechef, et ils poussèrent des cris et ils versèrent d'abondants sanglots d'attendrissement sur la splendide beauté de leur conduite ; puis ils s'attaquèrent avec acharnement.

— Halte ! — s'écria ensuite Giglio, lorsqu'il remarqua qu'il avait touché l'aile du chapeau de son adversaire.

Celui-ci ne voulut, au début, pas admettre qu'il avait été blessé, mais, comme l'aile de son chapeau lui pendait sur le nez, il fut bien obligé d'accepter la noble assistance de Giglio. La blessure était sans importance ; le chapeau, après avoir été remis d'aplomb par Giglio, restait encore un noble feutre. Les combattants se dévisagèrent avec un redoublement d'amour ; chacun avait éprouvé l'honneur et la bravoure de l'autre. Ils s'embrassèrent, pleurèrent, après quoi l'ardeur du combat reprit de plus belle. Giglio se découvrit par mégarde ; l'épée de son adversaire heurta sa poitrine et il tomba à la renverse, inanimé.

Malgré ce tragique dénouement, lorsqu'on emporta le cadavre de Giglio, le peuple éclata de rire, si fort que tout le Corso en trembla, tandis que le Capitan Pantalon remettait froidement sa large épée de bois dans son fourreau et descendait le Corso d'un pas plein de fierté...

⁂

— Oui, — dit la vieille Béatrice, — c'est entendu ; je montrerai la porte à ce vieux et odieux charlatan de signor Celionati, s'il se fait voir de nouveau, pour tourner la tête à ma douce et charmante enfant. Et, en somme, messer Bescapi est également complice de ses folies.

La vieille Béatrice pouvait avoir raison dans une certaine mesure; car depuis l'époque où Celionati prenait plaisir à visiter la gracieuse modiste Giacinta Soardi, le caractère de cette dernière semblait tout à fait changé. Elle était plongée comme en un rêve perpétuel, et elle débitait parfois des choses si extravagantes et si confuses que la vieille femme était inquiète pour sa raison. La grande idée de Giacinta, autour de laquelle tout tournait pour elle, était, — comme le bienveillant lecteur peut déjà le supposer, après avoir lu le chapitre quatre, — que le riche prince Cornelio Chiapperi l'aimait et demanderait sa main. Béatrice pensait, au contraire, que Celionati, — le ciel savait pour quelle raison, — ne cherchait qu'à duper Giacinta; en effet, si l'histoire de l'amour du prince eût été bien exacte, on ne comprenait pas pourquoi il n'était pas venu depuis longtemps déjà visiter dans son appartement celle qu'il aimait, car d'habitude les princes ne sont pas à cet égard si timides. Et ensuite les quelques ducats que Celionati leur faisait passer n'étaient nullement dignes de la générosité d'un prince. Somme toute, le prince Cornelio Chiapperi n'existait pas, et, même en admettant qu'il y en eût réellement un, le vieux Celionati lui-même avait annoncé au peuple, elle le savait, du haut de son estrade de San Carlo, que le prince assyrien Cornelio Chiapperi, après s'être fait arracher une molaire, avait disparu et qu'il était recherché par sa fiancée, la princesse Brambilla.

— Voyez-vous bien, — s'écria Giacinta, dont les yeux étaient tout brillants, — vous avez là la clef de tout le mystère? Vous avez là la raison pour laquelle le bon et noble prince se cache si soigneusement. Comme il brûle d'amour pour moi, il craint la princesse Brambilla et ses prétentions, mais cependant il ne peut pas se résoudre à quitter Rome. C'est seulement dans le plus étrange déguisement qu'il ose se montrer sur le Corso et c'est précisément sur le Corso qu'il m'a donné les preuves non équivoques de son tendre amour. Mais bientôt l'étoile du bonheur se lèvera, pour le cher prince et pour moi, dans toute sa splendeur. Vous rappelez-vous bien un fat de comédien qui autrefois me faisait la cour ? Un certain Giglio Fava ?

La vieille répondit que, pour cela, il n'était pas besoin d'avoir une mémoire bien grande, car le pauvre Giglio, qu'elle préférait encore à un prince sans éducation, était venu l'avant-veille chez elle et avait fait honneur au repas qu'elle lui avait préparé.

— Eh bien ! — poursuivit Giacinta, — croiriez-vous, ma bonne, que la princesse Brambilla court après ce pauvre diable ! C'est Celionati qui me l'a affirmé. Mais, comme le prince n'ose pas encore déclarer publiquement l'amour qu'il a pour moi, la princesse hésite toujours avant de renoncer à son précédent amour et d'élever jusqu'à son trône le comédien Giglio Fava. Cependant, au moment où la princesse donnera sa main à Giglio, le prince aura le bonheur de se voir accorder la mienne.

— Giacinta, — s'écria la vieille, — que de folies, que de chimères !...

— Et, — reprit Giacinta, — quand vous dites que le prince n'a pas daigné jusqu'à présent venir visiter sa bien-aimée dans sa propre chambrette, c'est là une erreur complète. Vous ne sauriez croire à quels gracieux artifices recourt le prince pour me voir sans être vu. Apprenez, en effet, que mon prince, à côté d'autres qualités et louables connaissances, possède aussi celle d'être un grand magicien.

« Qu'il m'ait visitée une fois pendant la nuit, si petit, si mignon, si adorable que je l'aurais croqué, je ne veux pas y penser. Mais souvent, même quand vous êtes présente, il apparaît tout à coup, ici, au milieu de notre petit logement, et c'est votre faute si vous ne voyez pas le prince, ni toutes les magnificences qui se manifestent alors. Bien qu'alors notre étroite demeure s'agrandisse et devienne une vaste et superbe salle de réception, avec des murs de marbre, des tapis rehaussés d'or, des lits de repos de damas, des tables et des sièges d'ébène et d'ivoire, ce qui me plaît encore davantage, c'est lorsque les murailles disparaissent complètement et lorsque, avec mon bien-aimé, la main dans sa main, je me promène dans le plus beau jardin que l'on puisse imaginer. Et si toi, ma bonne, tu n'es pas capable de respirer les parfums célestes qui s'exhalent de ce paradis, cela ne m'étonne pas du tout, car tu as l'affreuse habitude de te bourrer le nez de tabac et tu ne peux pas t'abstenir, même en présence du prince, d'ouvrir ta petite tabatière. Mais tu devrais au moins ôter de tes oreilles le foulard destiné à calmer ton mal de dents, afin d'entendre les chants qui s'élèvent dans cet Eden, qui vous prennent l'âme tout entière et devant lesquels disparaît toute souffrance terrestre, y compris le mal de dents. Tu ne peux vraiment pas trouver inconvenant que je permette au prince de me baiser les épaules ; car tu vois alors, n'est-ce pas ? comment à l'instant même me poussent les plus belles, les plus bariolées et les plus étincelantes ailes de papillon et comment je m'élève bien haut, bien haut, dans les airs. Ah ! voilà le véritable bonheur, quand je vogue ainsi avec le prince à travers l'azur du firmament. Tout ce que la terre et le ciel ont de magnifique, toutes les richesses et tous les trésors qui sont cachés dans les profondeurs les plus inaccessibles de la création et qu'on peut seulement imaginer, se révèlent alors devant mes regards enivrés et tout cela, tout cela m'appartient.

« Et tu dis, ma vieille, que le prince est avare et qu'il me laisse dans la pauvreté en dépit de son amour ? Mais tu t'imagines peut-être que je suis riche seulement lorsque le prince est là ? Eh bien ! c'est entièrement faux. Regarde, ma bonne, comme en ce moment où je ne fais que parler du prince et de ses magnificences, notre appartement vient de s'embellir si joliment. Vois ces rideaux de soie, ces tapis, ces miroirs, et surtout cette armoire splendide, dont l'extérieur est digne des richesses qu'elle contient. Car tu n'as qu'à l'ouvrir et les rouleaux d'or tombent dans ton giron, et que dis-tu de ces jolies dames d'honneur, de ces soubrettes, de ces pages, que le prince a assignés à mon service, en attendant que mon trône soit entouré de l'éclat de toute la Cour ? »

A ces paroles, Giacinta s'avança près de l'armoire que le lecteur connaît déjà pour l'avoir vue dans notre premier chapitre et dans laquelle étaient suspendus les costumes très riches, mais aussi très extraordinaires, qu'elle avait garnis pour le compte de Bescapi et avec lesquels elle se mit à engager une conversation à voix basse.

La vieille Béatrice regarda en hochant la tête ce que faisait Giacinta, puis elle dit :

— Dieu vous assiste, Giacinta ! Car vous êtes en proie à un lamentable délire et je vais aller chercher votre confesseur pour qu'il chasse le démon qui vous hante. Mais, je le déclare, tout cela est la faute de cet insensé charlatan qui vous a mis le prince dans la tête, et aussi celle de ce nigaud de tailleur qui vous a donné comme travail les habits masqués les plus fous. Mais je ne veux pas te gronder. Sois raisonnable, ma douce enfant, ma chère Giacintinetta ; reviens à toi, toi si gentille, comme autrefois.

Giacinta s'assit sans mot dire sur sa chaise, appuya sa petite tête sur sa main et se mit à regarder devant elle dans le vide d'un air méditatif.

— Et, — reprit la vieille Béatrice, — lorsque notre bon Giglio aura fini ses écarts... Mais, soit... Giglio ! Eh ! tandis que je te regarde, ma petite Giacinta, ce qu'un jour il nous lut dans le petit livre me revient à l'esprit... Attends, attends... Cela s'applique à toi excellemment.

La vieille tira d'une corbeille, cachée sous des rubans, des dentelles, des morceaux de soie et autres articles de modes, un petit livre proprement relié, mit ses lunettes sur son nez, s'accroupit devant Giacinta et lut à haute voix :

— Etait-ce sur la rive solitaire et moussue d'un ruisseau de la forêt, ou bien dans une odorante tonnelle de jasmin ? Non ; il m'en souvient maintenant, c'était dans un petit et amical appartement, éclairé par les rayons du soleil couchant, que je l'aperçus. Elle était assise dans un fauteuil bas, la tête appuyée sur sa main droite, de sorte que ses boucles brunes se déroulaient d'un air mutin et se répandaient entre ses doigts blancs. Sa main droite était posée sur son sein et elle jouait avec le ruban de soie qui s'était dénoué de sa taille svelte, autour de laquelle il formait une ceinture. Mathématiquement, son petit pied semblait suivre le mouvement de cette main, ce petit pied dont la pointe seule apparaissait sous les nombreux plis de sa robe et s'élevait et s'abaissait, doucement, doucement. Je vous le dis, une telle grâce, un tel charme divin enveloppaient toute sa personne que mon cœur tressaillait d'un indicible ravissement. J'aurais voulu posséder l'anneau du Gygès, pour qu'elle ne pût pas me voir, car je craignais qu'au contact de mon regard elle ne disparût dans l'air, comme une vision. Un doux et tendre sourire se jouait autour de sa bouche et de ses joues ; de légers soupirs sortaient de ses lèvres, rouges comme des rubis, et me frappaient, comme d'ardentes flèches d'amour. Je fus effrayé, car je crus avoir prononcé tout haut son nom dans la subite douleur d'une brûlante extase. Mais elle ne s'aperçut pas de ma présence, elle ne me voyait pas. Alors j'osai la regarder dans les yeux, — ses yeux qui paraissaient fixés sur moi ! — et c'est dans le reflet de ce tendre miroir que se révéla à moi pour la première fois le merveilleux jardin enchanté dans lequel cette figure angélique était retirée, à l'écart des choses de la terre.

« De brillants châteaux aériens ouvraient leurs portes et il en sortait tout un peuple joyeux et bigarré qui, dans l'allégresse et la gaieté, apportait à la belle les présents les plus magnifiques et les plus riches. Mais ces présents étaient précisément tous les espoirs, tous les désirs passionnés qui, nés de la profondeur de sa sensibilité, animaient sa poitrine. Les dentelles qui recouvraient son sein éblouissant palpitaient et se gonflaient toujours davantage, comme des lis soulevés par les flots, et un brillant incarnat colorait ses joues, car alors s'éveilla le mystère de la musique et l'on entendit des sons célestes et sublimes. Vous pouvez m'en croire, je me trouvai moi-même, réellement, dans le reflet de ce merveilleux miroir, transporté au sein du jardin enchanté. »

— Tout cela, — fit la vieille en fermant le livre et en ôtant ses lunettes de son nez, — est très joli et très gentiment dit, mais, par le ciel ! quelles expressions ampoulées et entortillées, pour dire simplement qu'il n'y a rien de plus gracieux, — et, pour des hommes d'esprit et d'intelligence, rien de plus séduisant, — qu'une belle jeune fille, qui est assise, recueillie en elle-même et en train de bâtir des châteaux en Espagne ; et, comme je l'ai déjà dit, ce passage s'applique très bien à toi, ma petite Giacinta, et tout ce que tu m'as débité sur le prince et sur ses qualités n'est que l'expression du rêve dans lequel tu es plongée.

— Eh ! — répondit Giacinta, en se levant de son siège et en battant de ses petites mains, comme un joyeux enfant, — si vraiment il en était ainsi, est-ce que j'en ressemblerais moins à la gracieuse image enchanteresse dont il est question dans votre lecture ? Et, sachez-le bien, c'étaient les paroles du prince qui, — lorsque vous avez voulu lire un passage du livre de Giglio, — sans que vous vous en doutiez, — coulaient de vos lèvres.

CHAPITRE VII

Comment on mit sur le compte d'un jeune et gentil garçon, au Café Greco, des choses affreuses, comment un impresario se repentit et comment un mannequin représentant un acteur fut la victime des tragédies de l'abbé Chiari. — Dualisme chronique et histoire du prince à double corps, qui pensait de travers. — Comment quelqu'un, à cause d'un défaut oculaire, voyait les choses à l'envers, perdit son pays et n'alla pas se promener. — Querelle, dispute et séparation.

L'aimable lecteur ne pourra pas se plaindre que, dans cette histoire, l'auteur le fatigue par de longs détours. Ici tout est joliment concentré dans un petit cercle que l'on peut parcourir en quelques centaines de pas : le Corso, le palais Pistoia, le Café Greco, etc. Et, abstraction faite de la petite digression relative au pays des Jardins d'Urdar, nous ne sortons jamais de cet étroit théâtre qu'il est facile de traverser en tous sens. Ainsi il nous suffit de quelques pas pour que l'aimable lecteur se retrouve au Café Greco, où, quatre chapitres plus haut, le charlatan Celionati racontait à de jeunes Allemands l'admirable et merveilleuse histoire du roi Ophioch et de la reine Liris.

Donc, au Café Greco, était assis solitaire un jeune et joli garçon, gentiment habillé, qui paraissait plongé dans de profondes réflexions, si bien que c'est seulement après que deux hommes, qui sur ces entrefaites étaient entrés et s'étaient approchés de lui, eurent crié deux ou trois fois de suite : « Signor ! Signor ! Mon excellent Signor ! », qu'il s'éveilla de sa songerie et demanda, avec une dignité pleine de politesse et de distinction, ce que désiraient ces messieurs.

Les deux hommes n'étaient autres que l'abbé Chiari, le célèbre poète du plus célèbre encore *Nègre Blanc*, et cet impresario qui avait substitué dans son théâtre la farce à la tragédie.

L'abbé Chiari commença aussitôt :

— Mon excellent Signor Giglio, comment se fait-il que l'on ne vous voie plus et qu'il faille vous chercher péniblement à travers tout Rome ? Vous voyez ici un pécheur repenti, converti par la puissance et la force de ma parole, un pécheur qui veut réparer toute l'injustice qu'il vous a faite et vous dédommager largement de tous les torts qu'il a eus envers vous.

— Oui, Signor Giglio, — dit l'impresario, — je reconnais ouvertement mon inintelligence, mon aveuglement. Comment me fut-il possible de méconnaître votre génie et de douter un seul instant que je trouverais en vous seul tout mon soutien ? Revenez chez moi, recevez de nouveau sur mon théâtre l'admiration et la tempête d'applaudissements de l'univers.

— Je ne sais pas, messieurs, — répondit le jeune et gentil garçon, en les dévisageant tous les deux, l'abbé et l'impresario, d'une manière étonnée, — ce que vraiment vous me voulez. Vous me donnez un nom qui n'est pas le mien, vous me parlez de choses que j'ignore entièrement. Vous faites comme si je vous connaissais, bien que je ne me rappelle pas vous avoir jamais vus de ma vie.

— Tu as raison, Giglio, — dit l'impresario, à qui les larmes vinrent aux yeux, — de me traiter si durement, de faire comme si tu ne me connaissais pas du tout ; car je fus un âne de te chasser des planches. Mais, ô Giglio, ne sois pas irréconciliable, mon fils. Donne-moi ta main.

— Pensez à moi, mon bon Giglio, — fit l'abbé en interrompant l'impresario, — pensez au *Nègre Blanc* et que vous n'avez pas d'autre moyen de récolter plus de gloire et d'honneur que sur la scène de ce brave homme, qui vient d'envoyer au Diable Arlecchino et toute sa jolie séquelle et qui a de nouveau le bonheur d'avoir et de représenter de mes tragédies.

— Signor Giglio, — reprit l'impresario, — vous fixerez vous-même vos honoraires ; oui, vous-même vous choisirez à votre libre fantaisie votre costume pour la pièce du *Nègre Blanc,* et pour quelques aulnes de galon en simili ou pour un petit paquet de paillettes de plus ou de moins, je ne ferai aucune difficulté.

— Et moi, je vous répète, — s'écria le jeune homme, — que tout ce que vous me racontez là est et reste pour moi une énigme insoluble.

— Ah ! — s'écria alors l'impresario plein de rage, — je vous comprends, Signor Giglio Fava, je vous comprends tout à fait ; maintenant je sais tout. Ce maudit Satan de... je ne dirai pas son nom, pour que mes lèvres n'en soient pas empoisonnées... vous a pris dans ses filets ; il vous tient solidement dans ses griffes ; vous êtes engagé !... Mais, ah ! ah ! ah ! mais il sera trop tard quand vous vous repentirez d'avoir écouté le coquin, — ce misérable maître tailleur que pousse le délire extravagant d'une ridicule présomption, — quand vous vous repentirez d'avoir...

— Je vous en prie, excellent Signor, — fit le jeune homme en interrompant l'impresario irrité, — ne vous échauffez pas, conservez votre calme. Je devine maintenant tout le malentendu. Vous me prenez, n'est-ce pas, pour un comédien du nom de Giglio Fava, qui, comme je l'ai entendu dire, a brillé autrefois à Rome de l'éclat d'un grand acteur, bien qu'au fond il n'ait jamais rien valu ?

Tous deux, l'abbé et l'impresario, regardèrent fixement le jeune homme comme si ç'eût été un spectre.

— Sans doute, — continua le jeune homme, — que vous avez été absents de Rome, messieurs, et que vous venez simplement de rentrer ; car autrement je serais très surpris que vous n'eussiez pas entendu dire ce dont tout Rome parle. Je serais fâché d'être le premier à vous apprendre que cet acteur du nom de Giglio Fava, que vous cherchez et qui paraît vous être si précieux, a été tué hier, sur le Corso, en combat singulier. Je ne suis moi-même que trop certain de sa mort.

— Ah ! elle est bien bonne ! — s'écria l'abbé. Elle est au suprême degré exquise et délicieuse, celle-là ! Ainsi vous croyez que c'est le célèbre acteur Giglio Fava qu'un grotesque insensé cloua hier sur le carreau, les deux jambes en l'air ? En vérité, mon brave Signor, il faut que vous soyez étranger à Rome et bien peu au courant de nos farces carnavalesques, car autrement vous sauriez que, lorsque les gens voulurent relever et emporter le prétendu cadavre, ils n'eurent entre leurs mains qu'un joli mannequin en carton, ce qui fit que le peuple rit à gorge déployée.

— J'ignore, — reprit le jeune homme, — dans quelle mesure l'acteur tragique Giglio Fava n'était pas fait de chair et de sang, mais de carton ; toutefois, il est certain qu'à l'autopsie on a trouvé que tout son être était gavé de rôles venant des tragédies d'un certain abbé Chiari. A ce sujet, les médecins déclarèrent que le coup porté à Giglio Fava par son adversaire n'avait eu un caractère mortel que parce que tous les principes digestifs avaient été effroyablement sursaturés et complètement altérés par l'absorption de cette nourriture tout à fait dépourvue de suc et de substance.

A ces paroles du jeune homme, toute l'assistance éclata de rire d'une façon retentissante. En effet, sans qu'on y fît attention, pendant ce mémorable entretient, le Café Greco s'était rempli de ses hôtes habituels, surtout des artistes allemands qui avaient formé un cercle autour des interlocuteurs.

Si l'impresario s'était mis en colère le premier, ce fut maintenant chez l'abbé que la rage intérieure éclata et bien plus violente encore.

— Ah ! ah ! Giglio Fava ! s'écria-t-il, — c'est à cela que vous vouliez en venir ! C'est à vous que je dois tout le scandale du Corso. Attendez, ma vengeance vous atteindra... vous brisera... vous mettra en pièces.

Mais, comme ensuite le poète offensé passait à de basses insultes et même faisait mine, de concert avec l'impresario, de porter la main sur le jeune et gentil garçon, les artistes allemands les empoignèrent tous les deux et les jetèrent assez rudement à la porte, si bien qu'ils passèrent avec la rapidité de l'éclair tout contre le vieux Celionati, qui, justement, entrait et qui leur cria : « Bon voyage ! »

Dès que le gentil jeune homme aperçut le Ciarlatano, il s'empressa d'aller à lui, le prit par la main, le conduisit dans un coin retiré de la salle et lui dit :

— Ah ! que n'êtes-vous donc arrivé plus tôt, excellent Signor Celionati ? Vous m'auriez débarrassé de deux importuns qui me prenaient absolument pour Giglio Fava, — lequel, comme vous le savez, j'ai embroché hier sur le Corso, dans mon fatal emportement — importuns qui mettaient sur mon compte toutes sortes d'affreuses choses. Dites-moi, suis-je donc réellement si semblable à ce Fava que l'on puisse me confondre avec lui ?

— Ne doutez pas, très gracieux Signor, — répondit le Ciarlatano en saluant poliment et même avec une grande déférence, — que, pour ce qui est des traits de votre agréable figure, vous ressemblez effectivement assez à cet acteur ; et, par conséquent, il fut très opportun d'écarter de votre chemin votre double, ce que vous sûtes faire très adroitement. Quant à ce nigaud d'abbé Chiari avec son impresario, comptez entièrement sur moi, mon prince. Je vous préserverai de toutes les attaques qui pourraient retarder votre complète guérison. Rien n'est plus facile de brouiller un directeur de théâtre avec un poète dramatique, de telle sorte qu'ils s'élancent férocement l'un sur l'autre, comme ces deux lions dont ils ne resta rien que les deux queues, lesquelles, — horrible preuve du meurtre qui venait de s'accomplir, — furent trouvées sur le champ de bataille. Ne prenez donc pas trop à cœur votre ressemblance avec le tragédien en carton-pâte. Car je viens de constater précisément que les jeunes gens, là-bas, qui vous ont délivré de vos persécuteurs, croient également que vous êtes tout bonnement ce Giglio Fava.

— Oh ! mon excellent Signor Celionati, — dit tout bas le gentil jeune homme, — par le ciel, ne révélez pas qui je suis, vous savez bien pourquoi je dois rester dans l'incognito jusqu'à ma complète guérison.

— Soyez tranquille, — répondit le charlatan, — je dirai de vous, sans vous trahir, tout juste ce qui est nécessaire pour vous mériter l'estime et l'amitié de ces jeunes gens, sans qu'ils songent à me demander quels sont votre nom et votre état. Et d'abord, faites comme si vous ne nous aviez nullement aperçus. Regardez par la fenêtre ou lisez des journaux ; ensuite vous pourrez vous mêler à notre entretien. Mais, pour que ce que je dis ne vous gêne pas, je m'exprimerai dans la langue qui, vraiment, ne convient que pour les choses vous concernant, vous et votre maladie, et qu'actuellement vous ne comprenez pas.

Le signor Celionati prit place comme à l'accoutumée parmi les jeunes Allemands, qui étaient encore en train de parler en riant très fort de la façon dont ils avaient « expédié » à toute vitesse l'abbé et l'impresario, lorsque ceux-ci avaient attaqué le gentil jeune homme. Plusieurs d'entre eux demandèrent ensuite au vieux Celionati si réellement ce n'était pas l'acteur bien connu Giglio Fava qui était là-bas appuyé à la fenêtre ; et, lorsque Celionati eut répondu que non et déclaré, au contraire, que c'était un jeune étranger d'une haute extraction, le peintre Franz Reinhold (le lecteur l'a déjà vu et entendu parler au chapitre trois) dit qu'il ne pouvait pas comprendre comment on trouvait une ressemblance entre cet étranger et l'acteur Giglio Fava. Il avouait que la bouche, le nez, le front, les yeux et la taille des deux individus pouvaient bien se ressembler physiquement ; mais l'expression spirituelle de la physionomie, — c'est-à-dire ce qui proprement crée la ressemblance et ce que la plupart des portraitistes, ou plus exactement copistes de figures, ne pourront jamais saisir, si bien qu'ils restent incapables de livrer des portraits véritablement ressemblants, — cette expression était, précisément si différente chez les deux individus que, pour sa part, jamais il n'aurait pris un étranger pour Giglio Fava. En vérité, Fava avait un visage insignifiant, tandis que dans celui de l'étranger il y avait quelque chose de singulier dont il ne comprenait pas lui-même la signification. Les jeunes gens invitèrent le vieux charlatan à leur raconter quelque chose de semblable à la merveilleuse histoire du roi Ophioch et de la reine Liris, qui leur avait beaucoup plu, ou, plus exactement, de leur narrer la seconde partie de cette même histoire, que, sans doute, il avait apprise de son ami le magicien Ruffiamonte, ou Hermod, qui était au palais Pistoia.

— Quoi ? — s'écria le charlatan, — que parlez-vous là d'une seconde partie ? Me suis-je donc, la dernière fois, arrêté tout à coup ? Ai-je toussoté et puis ai-je dit, en m'inclinant, « la suite prochainement » ? Au demeurant, mon ami le magicien Ruffiamonte a déjà donné à haute voix lecture de la suite de cette histoire, au palais Pistoia. C'est votre faute, et non la mienne, si vous avez manqué la conférence, à laquelle aussi, comme c'est maintenant la mode, assistaient des dames avides de s'instruire. Et, si maintenant je répétais la chose, cela causerait un effroyable ennui à une personne qui ne nous quitte jamais et qui se trouvait, elle aussi, à cette conférence, de sorte qu'elle est déjà au courant de toute l'affaire ; je veux dire, en effet, le lecteur du Caprice intitulé « Princesse Brambilla » et qui est une histoire dans laquelle nous-mêmes paraissons et jouons notre rôle. Je ne parlerai donc pas du roi Ophioch, de la reine Liris, de la princesse Mystilis, ni de l'oiseau bariolé ; mais c'est de moi, de moi que je parlerai, si cela vous est agréable, ô frivoles jeunes gens.

— Pourquoi « frivoles » ? — demanda Reinhold.

— Parce que, — dit maître Celionati en parlant en allemand, — vous me considérez comme quelqu'un qui n'est là que pour vous raconter parfois des contes, qui, à cause de leur cocasserie, vous semblent simplement cocasses et qui vous aident à passer le temps. Mais, je vous le déclare, lorsque le poète m'a créé, il avait à mon sujet un bien autre dessein, et, s'il pouvait voir la façon si indifférente avec laquelle maintes fois vous me traitez, il serait en droit de croire que je suis loin d'être réussi. Bref, vous ne me montrez pas du tout le respect et l'estime que je mérite par mes profondes connaissances. Par exemple, vous pensez niaisement que, en ce qui concerne la science de la médecine, je vends, sans jamais m'être livré à la moindre étude sérieuse, des remèdes de bonne femme sous des noms secrets et que je veux guérir toutes les maladies avec les mêmes moyens. Maintenant, le temps est venu de vous détromper. De très loin, de très loin, d'un pays si lointain que Pierre Schlemihl, malgré ses bottes de sept lieues, devrait courir toute une année pour l'atteindre, vient d'arriver ici un jeune homme très distingué, pour recourir à l'assistance de mon art, car il souffre d'une maladie qui mérite d'être appelée la plus singulière et en même temps la plus dangereuse qu'il y ait, maladie dont la guérison dépend réellement d'un remède secret, lequel exige, pour sa possession, une initiation magique. Le jeune homme est atteint, en effet, de dualisme chronique.

— Comment ? — s'écrièrent à la fois tous les assistants, qui, en même temps, se mirent à rire, — que dites-vous là, maître Celionati ? Dualisme chronique ? Quelle est cette nouveauté ?

— Je remarque, — dit Reinhold, — que vous avez de nouveau l'intention de nous servir quelque chose de grotesque et d'extravagant, et ainsi vous sortez de la question.

— Eh ! — répondit le charlatan, — mon fils Reinhold, tu es le dernier qui devrait me faire un pareil reproche, car j'ai toujours bravement pris ton parti et, comme je le crois, tu as compris exactement l'histoire du roi Ophioch et tu t'es aussi regardé toi-même dans le clair miroir d'eau de la source Urdar, tu... Mais, avant que je continue de parler de la maladie, apprenez, messieurs, que le malade dont j'ai entrepris la guérison est précisément ce jeune homme qui se tient à la fenêtre et que vous avez confondu avec l'acteur Giglio Fava.

Tous regardèrent avec curiosité l'étranger et convinrent que, dans les traits de son visage, au demeurant plein d'esprit, il y avait quelque chose d'incertain et de trouble permettant de supposer l'existence d'une maladie dangereuse, laquelle consistait, en somme, dans un délire caché.

— Je crois, maître Celionati, — dit Reinhold, — que par votre dualisme chronique vous n'entendez pas autre chose que cette étrange folie dans laquelle le moi se brouille avec lui-même, ce qui fait que la personnalité de l'individu ne peut plus conserver sa cohérence.

— Ce n'est pas mal, mon fils, — répondit le charlatan. Mais, malgré tout, ce n'est pas cela. Cependant, si je dois vous expliquer l'étrange maladie de mon patient, je crains de ne pas pouvoir vous renseigner avec assez de clarté et de netteté, surtout étant donné que vous n'êtes pas médecins et que, par conséquent, je dois m'abstenir de toute expression technique. Bah ! je laisserai les choses comme elles seront, et d'abord, je vous ferai remarquer que le romancier qui nous a créés et à qui nous devons rester dévoués, si nous voulons véritablement exister, ne nous a assigné pour notre existence et nos actions aucune époque déterminée. Par conséquent, il m'est très agréable de pouvoir supposer, sans commettre d'anachronisme, que, grâce aux écrits d'un certain écrivain allemand très spirituel, — c'est Lichtenberg que je veux dire, — vous avez fait connaissance avec le prince héritier au double corps. Une princesse se trouvait (pour parler comme un autre spirituel écrivain allemand, Jean-Paul) dans une situation différente de celle du pays, à savoir dans un état intéressant. Le peuple attendait et espérait un prince ; mais la princesse surpassa cette espérance exactement du double, en accouchant de deux adorables petits princes qui, quoique jumeaux, auraient dû être appelés *unaux*, car ils avaient le même « derrière ». Bien que le poète de la cour affirmât que la nature n'avait pas trouvé dans un seul corps humain assez de place pour toutes les vertus que le futur héritier du trône devait porter en lui, bien que les ministres consolassent le prince, quelque peu déconcerté par cette double bénédiction, en disant que quatre mains tiendraient le sceptre et le glaive plus fermement que deux, — comme, en somme, la sonate gouvernementale à quatre mains ferait entendre des accents plus pleins et plus magnifiques, — oui, malgré tout cela, il y avait de quoi donner lieu à plus d'un scrupule très justifié. D'abord la grande difficulté de l'invention d'un modèle de certain petit siège soulevait déjà des inquiétudes très fondées au sujet de la forme que devrait avoir le trône à l'avenir ; une commission composée de philosophes et de tailleurs eut besoin de trois cent soixante-cinq séances pour trouver la forme la plus commode, et en même temps la plus gracieuse, de doubles culottes ; mais le pire était la complète différence de caractères qui se manifestait de plus en plus chez les deux enfants. Lorsque l'un des deux princes était triste, l'autre était joyeux. Si l'un voulait s'asseoir, l'autre voulait courir. Bref, jamais leurs penchants ne s'accordaient. Et, qui plus est, on ne pouvait pas dire que l'un ait tel caractère déterminé, et le second tel autre ; car, par l'effet d'un éternel changement, la nature de l'un semblait passer dans celle de l'autre, ce qui venait sans doute de ce que, à côté de la croissance physique, se manifestait aussi un développement spirituel qui précisément était la cause des plus grandes divergences. En effet, ils pensaient de travers, de sorte que jamais aucun d'eux ne savait exactement si c'était bien lui, ou bien son co-jumeau, qui avait eu telle ou telle pensée ; et, si ce n'est pas là de la confusion, c'est qu'il n'y en a nulle part. Supposez maintenant que l'individu ait dans le corps, comme *materia peccans*, un double prince pensant de travers, vous avez la maladie dont je parle et dont l'action se manifeste essentiellement par le fait que le malade ne sait plus qui il est...

Sur ces entrefaites, le jeune homme s'était approché

de la société sans être remarqué, et comme tout le monde regardait le charlatan en silence, attendant qu'il poursuivît son récit, l'étranger, après s'être poliment incliné, commença ainsi :

— Je ne sais pas, messieurs, s'il vous convient que je me mêle à votre société. D'habitude, on m'accueille volontiers quand je suis en bonne santé et de bonne humeur ; mais, certainement, maître Celionati vous a raconté tellement de choses merveilleuses sur ma maladie que vous ne désirez pas être importunés par moi.

Reinhold proclama, au nom de tous, que le nouvel hôte était le bienvenu auprès d'eux, et le jeune homme prit place dans la compagnie.

Le charlatan s'éloigna après avoir encore une fois recommandé au jeune homme d'observer la diète prescrite.

Il arriva, comme cela arrive toujours en pareil cas, que l'on se mit tout de suite à parler de la personne qui venait de quitter la salle, et particulièrement l'on interrogea le jeune homme sur son extraordinaire médecin. Le jeune homme affirma que maître Celionati possédait de très belles connaissances scientifiques, qu'il avait suivi avec profit à Halle et à Iéna les cours de la Faculté, de sorte qu'on pouvait avoir entièrement confiance en lui. A part cela, selon lui, c'était un homme charmant, un très brave homme, qui avait l'unique défaut, défaut très grave il est vrai, de tomber souvent dans un excès d'allégorie, ce qui réellement lui faisait du tort.

A coup sûr, maître Celionati s'était aussi laissé aller à parler en des termes très extraordinaires de la maladie qu'il avait entrepris de guérir. Reinhold déclara alors que, selon l'expression du charlatan, lui, le jeune homme, avait un double prince héritier dans le corps.

— Voyez-vous bien, messieurs, — dit alors le jeune homme en riant gracieusement, — voilà donc encore une pure allégorie et pourtant, maître Celionati connaît très bien ma maladie, et il sait que je souffre seulement d'une maladie d'yeux, que j'ai contractée en portant trop tôt des lunettes. Quelque chose doit s'être dérangé dans mon miroir oculaire ; car, malheureusement, le plus souvent, je vois tout à l'envers, et ainsi il arrive que les choses les plus sérieuses me paraissent tout à fait plaisantes et, réciproquement, les choses les plus plaisantes me paraissent d'un sérieux extraordinaire. Cela me donne souvent une angoisse extrême, et des étourdissements tels que je puis à peine me tenir debout. Surtout, pense maître Celionati, il faut pour ma guérison que je fasse beaucoup de mouvement ; mais, grands dieux ! comment dois-je m'y prendre pour cela ?

— Eh bien ! excellent signor, — s'écria l'un des auditeurs, — comme vous avez, à ce que je vois, de très bonnes jambes, je connais pourtant...

A cet instant entra une personne que le lecteur connaît déjà, l'illustre maître tailleur Bescapi.

Bescapi alla droit au jeune homme, s'inclina très profondément et dit :

— Mon très gracieux prince...

— Très gracieux prince ! — s'écrièrent à la fois tous les auditeurs, en regardant le jeune homme avec étonnement.

Mais celui-ci dit avec tranquillité :

— Le hasard a, malgré moi, révélé mon secret ; oui, messieurs, je suis réellement prince, et de plus prince infortuné, car je cherche vainement à trouver le royaume magnifique et puissant qui est mon héritage. Si je vous ai dit tout à l'heure qu'il ne m'était pas possible de me livrer à tout le mouvement dont j'aurais besoin, cela vient de ce que le pays me fait entièrement défaut et, par conséquent, l'espace qu'il me faudrait. C'est précisément aussi parce que je suis enfermé dans un si petit réceptacle que se brouillent en moi les nombreuses figures qui se présentent à ma vue, et qu'elles s'agitent et s'enchevêtrent sans que je puisse parvenir à en distinguer aucune. C'est là une très mauvaise chose, car, conformément à ma nature la plus intime et la plus véritable, je ne puis exister que dans la clarté. Mais, grâce aux efforts de mon médecin, ainsi qu'à ceux de ce ministre digne entre les plus dignes, je pense redevenir sain, grand et puissant, — comme je devais effectivement l'être, — par le moyen d'une heureuse union avec la plus belle des princesses. Je vous invite solennellement, messieurs, à venir me visiter dans mes Etats, dans ma capitale. Vous verrez que vous y serez comme chez vous et que vous ne voudrez pas me quitter, parce que c'est seulement chez moi que vous pourrez mener une véritable vie d'artiste. Ne croyez pas, mes braves messieurs, que j'exagère et que je sois un être vaniteux. Laissez-moi seulement redevenir un prince en bonne santé, capable de connaître ses gens, même s'ils ont la tête en bas, et vous vous rendrez compte de mes bonnes intentions envers vous tous. Je tiendrai parole, aussi vrai que je suis le prince assyrien Cornelio Chiapperi. — Je vous tairai provisoirement mon nom et ma patrie ; vous apprendrez l'un et l'autre en temps voulu. — Maintenant je dois délibérer avec cet excellent ministre sur quelques importantes affaires d'Etat, puis j'irai chez Dame Folie et, en me promenant à travers la cour, je verrai si sur les planches de terreau ont germé quelques bonnes plaisanteries.

Cela dit, le jeune homme saisit le maître tailleur sous le bras et tous deux s'en allèrent.

— Que dites-vous de tout cela, mes amis ? — fit Reinhold. Il me semble à moi que la mascarade bigarrée d'une plaisanterie folle et fabuleuse fait surgir toutes sortes de figures, qui tournent en cercle toujours plus rapidement, si bien qu'on ne peut plus les reconnaître, qu'on ne peut plus les distinguer entre elles. Mais prenons nos masques et allons sur le Corso. Je pressens que le grotesque Capitan Pantalon, qui hier a soutenu ce duel enragé, se montrera aujourd'hui encore et fera toute espèce d'extravagances.

Reinhold avait raison, le Capitan Pantalon allait et venait, très gravement, sur le Corso, comme s'il eût été encore dans la gloire éblouissante de sa victoire de la veille, mais sans rien faire de grotesque, comme à son ordinaire, bien que, justement, sa gravité démesurée lui donnât presque un aspect encore plus comique que d'habitude. Le lecteur a déjà deviné précédemment, mais maintenant il le sait d'une façon précise, quelle est la personne qui se cache sous ce masque. Ce n'est, en effet, nul autre que le prince Cornelio Chiapperi, l'heureux fiancé de la princesse Brambilla. Et la princesse Brambilla était, apparemment, la belle dame qui, portant sur son visage un masque de cire et vêtue d'un costume d'une splendide richesse, se promenait majestueusement sur le Corso. La dame parut avoir jeté son dévolu sur le Capitan Pantalon, car adroitement elle sut le cerner de sorte qu'il semblait ne pas pouvoir lui échapper, mais il fit un détour et il poursuivit gravement sa promenade. Mais enfin, au moment même où il allait s'éloigner d'un pas rapide, la dame le saisit par le bras et lui dit, d'une voix douce et pleine d'amabilité :

— Oui, c'est vous, mon prince. Votre démarche et ce costume digne de votre rang (jamais vous n'en portâtes de plus beau) vous ont trahi. Oh ! dites-moi, pourquoi me fuyez-vous ? Ne reconnaissez-vous pas en moi votre vie et votre espérance ?

— Je ne sais véritablement pas qui vous êtes, ma belle dame, — dit le Capitan Pantalon, — ou plutôt, je n'ose le deviner, car j'ai été si souvent abusé par une odieuse illusion. Des princesses se transformaient devant mes yeux en modistes, des comédiens en mannequins de carton, et pourtant j'ai résolu de ne plus tolérer ni illusion, ni fantasmagorie, mais bien de les anéantir impitoyablement toutes les deux, là où je les rencontrerais.

— Dans ce cas, — s'écria la dame avec irritation, — commencez par vous. Car vous-même, mon estimé Signor, vous n'êtes rien de plus qu'une illusion. Mais, que dis-je, mon cher Cornelio, — continua la princesse avec douceur et tendresse, — tu sais quelle princesse t'aime, tu sais comment elle est venue ici de lointains pays pour te chercher, pour être tienne. Et n'as-tu donc pas juré de rester mon chevalier ? Parle, mon bien-aimé.

La dame avait pris à nouveau le bras de Pantalon ; mais celui-ci étendit devant elle son chapeau en pointe, saisit sa large épée et dit :

— Voyez : le signe de ma chevalerie est enlevé, enlevées aussi sont les plumes de coq de mon casque découvert ; j'ai renoncé au service des dames, car toutes offrent pour récompense l'ingratitude et l'infidélité.

— Que dites-vous là ? — s'écria la dame avec colère. Etes-vous en démence ?

— Eclairez-moi seulement avec le diamant étincelant que vous avez sur le front, reprit le Capitan Pantalon. Faites seulement flotter au-devant de moi la plume que vous avez arrachée à l'oiseau bariolé. Je résiste à tout enchantement et je m'en tiens à dire que mon ministre est un âne et que la princesse Brambilla court après un misérable comédien.

— Oh ! oh ! — s'écria alors la dame, encore plus irritée qu'auparavant, — puisque vous osez me parler sur ce ton, je vous dirai simplement que, si vous voulez être un fâcheux prince, ce comédien que vous qualifiez de misérable — même si pour le moment il est en plusieurs morceaux que je puis toujours faire recoudre — me paraît encore valoir bien plus que vous. Allez donc tranquillement trouver votre modiste, la petite Giacinta Soardi, après laquelle, comme je l'ai appris, vous avez couru, vous aussi, et placez-la sur votre trône, — que vous ne pouvez établir nulle part, puisque vous n'avez pas le moindre bout de terre. Et, sur ce, adieu.

Après quoi la dame s'en alla d'un pas rapide, tandis que le Capitan Pantalon criaillait derrière elle :

— Arrogante ! Infidèle ! C'est ainsi que tu récompenses mon fervent amour ? Mais je sais où me consoler.

CHAPITRE VIII

Comment le prince Cornelio Chiapperi, impuissant à se consoler, baisa la pantoufle de velours de la princesse Brambilla, mais comment ensuite tous deux furent pris dans un filet. — Nouvelles merveilles du palais Pistoia. — Comment deux magiciens montés sur des autruches traversèrent le lac d'Urdar et prirent place dans la fleur de lotus. — La reine Mystilis. — Où nous revoyons des gens de connaissance, et comment le Caprice intitulé *Princesse Brambilla* aboutit à une joyeuse fin.

Cependant, notre ami le Capitan Pantalon, ou plutôt le prince assyrien Cornelio Chiapperi (car le lecteur sait une fois pour toutes que sous ce masque fou et extravagant ne se cache nul autre que cette estimée personne princière), n'avait pas du tout l'air d'avoir pu se consoler. En effet, le lendemain, il se plaignait tout haut sur le Corso d'avoir perdu la plus belle des princesses et disait que, s'il ne la retrouvait pas, de désespoir il se plongerait son épée de bois dans le corps. Mais tandis qu'il se lamentait ainsi, ses gestes étaient les plus comiques que l'on pût voir et il arriva forcément qu'il fut bientôt entouré de toute espèce de masques qui s'amusaient de lui.

— Où est-elle ? — s'écriait-il d'une voix plaintive. Où est-elle restée, ma charmante fiancée, ma douce vie ? Est-ce pour en arriver là que j'ai fait arracher ma plus belle molaire par maître Celionati ? Est-ce pour cela que j'ai couru après mon propre moi, d'un coin à un autre, pour me retrouver ? Oui, ne me suis-je réellement retrouvé que pour languir dans une misérable existence, dépourvue de tout amour, de tout plaisir et de tout domaine ? Braves gens, si quelqu'un d'entre vous sait où se cache la princesse, qu'il ouvre le bec, et qu'il me le dise sans me laisser ici me lamenter inutilement, ou bien, qu'il coure vers la très belle et qu'il lui annonce que le plus fidèle de tous les chevaliers, le plus charmant de tous les fiancés se consume ici de désir et d'ardente passion et que Rome entière, comme une seconde Troie, pourrait s'engloutir dans les flammes de son ressentiment amoureux si elle ne venait pas bientôt éteindre l'incendie avec les humides rayons lunaires de ses yeux adorables.

Le peuple poussa un éclat de rire démesuré, mais une voix criarde dit alors :

— Prince insensé, pensez-vous que la princesse Brambilla doive venir au-devant de vous ? Avez-vous oublié le palais Pistoia ?

— Oh ! oh ! — répliqua le prince. Taisez-vous, impudent béjaune. Soyez heureux d'être sorti de votre cage. Mes amis, regardez-moi et dites-moi si je ne suis pas le véritable oiseau bariolé qui doit être capturé dans un filet ?

Le peuple poussa de nouveau un énorme éclat de rire ; mais voici qu'au même instant le Capitan Pantalon, comme hors de lui, tomba à genoux, car devant lui elle était là, elle-même, la belle des belles, dans toute la splendeur du charme et de la grâce suprêmes et portant la robe qu'elle avait lorsqu'elle s'était montrée sur le Corso pour la première fois, — avec cette différence qu'au lieu de son petit chapeau, elle avait au front un diadème étincelant magnifiquement, au-dessus duquel s'élevaient des plumes de couleur.

— Je suis à toi, — s'écria le prince au comble du ravissement, — je suis à toi, maintenant, de tout mon être. Regarde ces plumes sur mon casque. Elles sont le drapeau blanc que j'ai arboré, le signe que je me rends à toi, être céleste, sans aucune réserve, — que je me rends à merci.

— Cela devait être, — répondit la princesse. Il fallait que tu te soumisses à moi, ta riche souveraine ; sinon tu n'aurais pas eu ta vraie patrie et tu serais resté un prince misérable. Cependant, jure-moi maintenant une foi éternelle sur ce symbole de ma souveraineté illimitée.

Ce disant, la princesse avança une mignonne petite pantoufle de velours et la tendit au prince, qui la baisa trois fois, après avoir juré solennellement à la princesse, aussi vrai qu'il avait conscience de sa vie, une foi éternelle et indéfectible. Dès que cela fut fait, retentirent ces cris perçants et pénétrants :

— Brambure bil bal... Alamonsa kikiburra sonton...

Le couple fut alors entouré par ces dames, aux riches vêtements, qui, comme le bon lecteur s'en souvient, sont entrées, dans notre premier chapitre, au palais Pistoia, et derrière lesquelles étaient les douze nègres splendidement habillés ; seulement, au lieu de longues piques, les noirs tenaient maintenant dans leurs mains de hautes plumes de paon à l'éclat merveilleux, qu'ils brandissaient en tout sens dans les airs. Les dames jetèrent les réseaux de leurs filets sur le prince et la princesse, qui furent ainsi enveloppés peu à peu dans une profonde nuit.

Lorsque, aux accents des cors, des cymbales et des petites timbales, les ténèbres du filet tombèrent à ses pieds, le couple se trouva au palais Pistoia, dans la salle où, peu de jours auparavant, avait pénétré le présomptueux comédien Giglio Fava.

Mais cette salle paraissait à présent plus magnifique, bien plus magnifique que précédemment, car, au lieu de l'unique lampe qui éclairait la salle, il y en avait maintenant une centaine, disposées en cercle, si bien que tout paraissait être en feu. Les colonnes de marbre qui portaient la haute coupole étaient entourées de grandes couronnes de fleurs. L'étrange faune qu'il y avait au plafond (on ne savait pas si tantôt c'étaient des oiseaux au plumage bariolé, tantôt de gracieux enfants, tantôt de merveilleux animaux, qui s'y trouvaient enlacés) semblait être vivante, et, dans les plis de la draperie d'or du baldaquin brillaient ici et là les aimables et riants visages de charmantes vierges. Les dames, comme alors, formaient cercle tout autour, mais leur costume était encore plus magnifique et elles ne faisaient pas du filet, mais tantôt elles répandaient dans la salle des fleurs splendides, qu'elles prenaient dans des vases d'or, et tantôt elles balançaient des encensoirs, d'où montaient les vapeurs de parfums délicieux.

Sur le trône, tendrement enlacés, étaient le magicien Ruffiamonte et le prince Bastianello di Pistoia. Il est à peine nécessaire de dire que celui-ci n'était autre que le charlatan Celionati. Derrière le couple princier, c'est-à-dire derrière le prince Cornelio Chiapperi et la princesse Brambilla, était un petit homme vêtu d'une simarre aux couleurs bariolées et tenant dans ses mains un joli écrin en ivoire dont le couvercle était levé et où se trouvait simplement une petite aiguille étincelante qu'il regardait constamment avec un sourire très gai.

Le magicien Ruffiamonte et le prince Bastianello di Pistoia desserrèrent enfin leur étreinte et se contentèrent de se serrer encore les mains pendant quelque temps. Puis, le prince, d'une voix forte, cria aux autruches :

— Hé là ! bonnes gens, apportez-nous donc ici le grand livre, afin que mon ami le noble Ruffiamonte nous lise aimablement ce qu'il reste encore à lire.

Les autruches s'en allèrent en sautillant et en battant des ailes et rapportèrent le grand livre qu'elles posèrent sur le dos d'un nègre agenouillé et qu'ensuite elles ouvrirent.

Le mage qui, en dépit de sa longue barbe blanche, avait l'air extrêmement très jeune et très beau, s'approcha du livre, toussota et lut les vers suivants :

Italie, pays du gai ciel ensoleillé
Qui allume la joie de la terre en riche floraison,
O belle Rome, où un joyeux tumulte,

Au temps des masques, distrait de leur gravité les gens
[sérieux !
Les créations de la fantaisie jonglent joyeusement
Sur une scène bariolée, petite et ronde comme un œuf.

C'est là le monde où se manifestent de gracieuses appari-
[tions
Le génie peut faire naître du moi
Le non-moi ; il peut dédoubler sa propre poitrine

Et convertir la douleur de l'être en une haute joie.
Le pays, la ville, le monde, le moi, — tout
Est maintenant trouvé. Dans une pure clarté céleste

Le couple se reconnaît lui-même et dans une fidèle union
La vérité profonde de la vie rayonne sur lui.
La trop sage folie ne trouble plus l'esprit

Avec le lourd blâme du blême ennui ;
L'aiguille merveilleuse du maître a ouvert le royaume.
Une folle taquinerie magique

Donne au génie une haute noblesse souveraine
Et du rêve elle l'éveille à la vie.
Ecoutez ! Déjà commencent les doux accents de la
[musique,

Tout fait silence pour les entendre ;
Le brillant azur rayonne à l'horizon du ciel
Et les lointaines sources et forêts murmurent et bruissent.

Ouvre-toi, pays magique, plein de mille félicités,
Ouvre-toi, pour faire succéder au désir un nouveau désir,
Lorsqu'il se contemple lui-même dans la fontaine de
[l'Amour.

L'onde s'enfle. En avant ! précipitez-vous dans les
[vagues.
Combattez avec force. Bientôt la rive est atteinte.
Et un ravissement suprême brille dans des flots de feu.

Le mage ferma le livre ; mais au même moment une vapeur de feu sortit de l'entonnoir d'argent qu'il portait sur la tête et remplit de plus en plus la salle. Et, au son harmonieux des cloches, aux accents des harpes et des timbales, tout se mit à s'agiter et à se déplacer pêle-mêle. La coupole s'éleva dans les airs et devint un joyeux arc-en-ciel. Les colonnes devinrent de hauts palmiers, l'étoffe d'or descendit et se transforma en un fond brillant de fleurs bariolées, et la grande glace de cristal se fondit en un lac clair et magnifique. La vapeur de feu qui s'était élevée hors de l'entonnoir du mage se fut vite entièrement dissipée et un air frais et balsamique souffla à travers l'immense jardin enchanté, rempli des buissons, des arbres et des fleurs les plus gracieux et les plus superbes. La musique redoubla ses accents, il y eut un mouvement prononcé d'allégresse et mille voix chantèrent :

Vive, vive à jamais le beau pays d'Urdar !
Sa fontaine purifiée brille avec la clarté d'un miroir
Et brisés sont les liens du Démon.

Soudain tout se tut, musiques, cris d'allégresse et chants ; dans un profond silence, le mage Ruffiamonte et le prince Bastianello di Pistoia montèrent sur les deux autruches et nagèrent vers la fleur de lotus qui émergeait au milieu du lac, comme une île éclatante. Ils entrèrent dans le calice de la fleur, et ceux d'entre les gens rassemblés autour du lac qui avaient de bons yeux remarquèrent très nettement que les magiciens sortirent d'une petite boîte une poupée de porcelaine minuscule, mais aussi très gracieuse, et la déposèrent au milieu du calice de lotus. Il arriva alors que le couple amoureux, c'est-à-dire le prince Cornelio Chiapperi et la princesse Brambilla, s'éveillèrent de l'assoupissement dans lequel ils étaient plongés et regardèrent aussitôt le lac clair et luisant comme un miroir au bord duquel ils se trouvaient. Et voici, qu'en apercevant le lac, ils se reconnurent pour la première fois ; ils se dévisagèrent et furent pris d'un rire qui, étant donné sa nature merveilleuse, ne pouvait se comparer qu'au fameux rire du roi Ophioch et de la reine Liris, et ensuite ils tombèrent dans les bras l'un de l'autre, au comble du ravissement.

Et, tandis qu'ils riaient, voici que (splendide miracle !) surgissait, hors du calice de la fleur de lotus, une divine image de femme, qui devint toujours plus grande, toujours plus grande, jusqu'à ce que sa tête atteignît le bleu du ciel ; et l'on pouvait constater que ses pieds étaient enracinés au plus profond du lac. Dans la couronne étincelante qu'elle portait sur sa tête étaient assis le mage et le prince, qui regardaient le peuple répandu au-dessous d'eux, et le peuple, ivre de ravissement, ne connaissant plus aucune contrainte, était tout en jubilation et s'écriait : « Vive notre grande reine Mystilis ! », tandis que la musique du jardin enchanté faisait entendre ses accents les plus exaltés.

Et, de nouveau, mille voix chantèrent :

Oui, de la profondeur montent des joies délicieuses
Et elles volent brillamment dans les espaces célestes.
Regardez la reine qui nous a conquis.

De douze rêves planent autour de la tête des dieux.
Les plus riches filons s'ouvrent sous les pas.
L'être véritable, dans le plus beau germe de la vie,
Ils l'ont compris, ceux qui se sont reconnus, — et qui ont [ri !

Minuit était passé, c'était l'heure où le peuple sortait en foule des théâtres. Alors la vieille Béatrice ferma la fenêtre d'où elle avait regardé au-dehors, et elle dit :

— Il est temps maintenant que je prépare tout, car bientôt arrivera ma maîtresse et sans doute qu'elle amènera encore avec elle le bon Signor Bescapi.

Comme au jour où Giglio avait dû l'aider à porter le

panier rempli de friands morceaux, la vieille femme avait aujourd'hui acheté tout ce qu'il fallait pour un repas succulent. Mais elle n'avait plus, comme naguère, à se tourmenter dans le trou exigu, qui représentait une cuisine, et dans l'étroite et pauvre chambrette du Signor Pasquale. Elle disposait maintenant d'un vaste foyer et d'une chambre bien claire, tout comme sa maîtresse pouvait se mouvoir à son aise dans trois ou quatre pièces, cependant pas trop grandes, où il y avait plusieurs jolies tables, sièges et autre mobilier fort passable.

Tout en étendant une nappe fine sur la table qu'elle avait avancée au milieu de la pièce, la vieille femme disait en souriant d'aise :

— Hum ! c'est vraiment aimable de la part du signor Bescapi, non seulement de nous avoir donné ce gentil logement, mais encore de nous avoir abondamment pourvues de tout le nécessaire. Maintenant, la pauvreté nous a sans doute quittées pour toujours.

La porte s'ouvrit et Giglio Fava entra avec sa Giacinta.

— Laisse-moi t'embrasser, ma douce et charmante femme, — dit Giglio. Laisse-moi te dire de toute mon âme que c'est seulement depuis que je suis uni à toi que je jouis des plus pures et des plus délicieuses joies de la vie. Chaque fois que je te vois jouer tes Sméraldines, ou d'autres rôles nés de la véritable plaisanterie, ou que je suis à côté de toi en Brighella, en Truffaldino ou en un quelconque personnage fantaisiste et plein d'humour, dans mon être s'épanouit tout un monde d'ironie la plus subtile et la plus hardie et mon jeu en est tout enflammé. Mais dis-moi, ma vie, quel esprit tout particulier aujourd'hui était en toi ; jamais tu n'as fait briller du fond de ton être des éclairs d'humour féminin aussi gracieux ; jamais tu n'as été si adorablement aimable, dans ton humour fantaisiste si aérien.

— Je pourrais dire la même chose de toi, mon bien-aimé, — répondit Giacinta, en déposant un léger baiser sur les lèvres de Giglio. Toi aussi, tu as été aujourd'hui plus superbe que jamais, et tu n'as peut-être pas remarqué toi-même que, pendant plus d'une demi-heure, nous avons continué d'improviser notre scène principale aux rires constants des spectateurs mis en grande joie. Mais ne songes-tu donc pas quel jour nous sommes ? N'as-tu pas pressenti en quelles heures prédestinées cette exaltation particulière nous a saisis ? Ne te rappelles-tu pas qu'il y a précisément aujourd'hui un an que nous avons contemplé le magnifique et brillant lac d'Urdar et que nous nous sommes reconnus ?

— Giacinta ! que dis-tu là ? — s'écria Giglio avec un air de joyeuse surprise. Le pays d'Urdar, le lac d'Urdar, tout cela est derrière moi comme un beau rêve... Mais non... ce n'était pas un rêve... Nous nous sommes reconnus ! O ma très chère princesse !

— Oh ! mon très cher prince, — répondit Giacinta.

Et ils s'embrassèrent de nouveau et ils éclatèrent de rire et ils s'écrièrent tous deux à la fois :

— Là est la Perse. Là les Indes, mais voici Bergame, voici Frascati, nos royaumes sont limitrophes... Non, non, c'est un seul et même royaume, celui dans lequel nous régnons, nous, puissant couple princier : c'est le beau et splendide pays d'Urdar lui-même... Ah ! quel bonheur !

Et ils se mirent à se trémousser joyeusement à travers la pièce, tombant de nouveau dans les bras l'un de l'autre, se donnant des baisers et riant à cœur joie.

— Ne sont-ils pas semblables à de turbulents enfants ? — gronda sur ces entrefaites la vieille Béatrice. Voici un an déjà qu'ils sont mariés et ils sont encore à se faire des amourettes, à se bécoter et à sauter et bondir partout et, ô Seigneur ! ils me font presque tomber les verres qui sont sur la table ! Oh ! Oh ! Signor Giglio, ne me fourrez pas le bout de votre manteau dans le ragoût, et vous, Signora Giacinta, ayez pitié de la porcelaine et laissez-lui la vie !

Mais les deux jeunes gens ne faisaient pas attention à la vieille et continuaient leurs amusements. Enfin,

Giacinta saisit Giglio par les bras, le regarda bien dans les yeux et s'écria :

— Mais, dis-moi, mon cher Giglio, tu l'as bien reconnu, n'est-ce pas, le petit homme qui était derrière nous, en robe de couleur, avec sa boîte d'ivoire ?

— Pourquoi ne l'aurais-je donc pas reconnu, ma chère Giacinta ? — répondit Giglio. C'était tout simplement le bon Signor Bescapi, avec son aiguille créatrice, le cher impresario que nous avons maintenant, lui qui, le premier, nous a fait paraître sur la scène dans la forme qui convient à notre nature propre. Et qui aurait pu penser que ce vieux fou de charlatan ?...

— ... Oui, — fit Giacinta, en interrompant Giglio, — oui, que ce vieux Celionati, avec son manteau percé et son chapeau troué ?...

— ... Que c'était là véritablement le vieux et fabuleux prince Bastianello di Pistoia.

Ces dernières paroles venaient d'être prononcées par l'homme magnifiquement habillé qui précisément à cet instant entrait dans la chambre.

— Ah ! — s'écria Giacinta, dont les yeux brillèrent de joie, — c'est vous, mon très gracieux seigneur ? Comme nous sommes heureux, mon Giglio et moi, que vous veniez nous visiter dans notre petit appartement ! Ne dédaignez pas de prendre avec nous un léger repas, et puis vous pourrez nous raconter finement ce que c'est donc, en réalité, que toute cette histoire de la reine Mystilis, du pays d'Urdar et de votre ami le magicien Hermod ou Ruffiamonte : je ne comprends pas encore tout cela très bien.

— Il n'est pas besoin, ma charmante et douce enfant, — dit le prince di Pistoia avec un doux sourire, — d'une plus ample explication ; il suffit que tu te sois comprise toi-même et qu'aussi tu te sois fait comprendre de ce hardi gaillard à qui il sied fort d'être ton époux. Vois, je pourrais, me rappelant mes procédés charlatanesques, répandre autour de moi toutes sortes de mots mystérieux et en même temps prétentieux ; je pourrais dire que tu es la Fantaisie dont les ailes ont besoin de l'Humour pour prendre leur essor et que sans le corps de l'Humour tu ne serais qu'une aile emportée au gré des vents dans les airs. Mais je ne veux pas le faire, et cela pour la raison que je tomberais trop dans l'allégorie, et par là dans une faute quc déjà, au Café Greco, le prince Cornelio Chiapperi a reprochée à bon droit au vieux Celionati. Je dirai simplement qu'il y a un méchant démon qui porte des bonnets de zibeline et de noires robes de chambre, et qui, se faisant passer pour le grand mage Hermod, est en état d'ensorceler, non seulement de bonnes gens tout à fait ordinaires, mais encore des reines, comme Mystilis. C'était très méchant de la part de ce démon d'avoir fait dépendre le désensorcellement de la princesse d'un miracle qu'il tenait pour impossible. En effet, dans ce petit monde appelé le théâtre, il fallait trouver un couple qui fût non seulement animé dans son être intime de fantaisie véritable, de véritable humour, mais qui encore fût capable de reconnaître objectivement, comme dans un miroir, cette disposition de l'esprit et de la matérialiser de telle façon qu'elle agît, comme un charme puissant, sur le grand univers dans lequel est renfermé ce petit univers. Ainsi, si vous voulez, le théâtre devait représenter, au moins d'une certaine façon, la source d'Urdar dans laquelle les gens peuvent porter leurs regards. J'ai cru, mes chers enfants, pouvoir avec certitude accomplir ce désensorcellement, et je l'ai écrit aussitôt à mon ami le mage Hermod. Vous savez, maintenant, comment il arriva tout de suite, comment il descendit dans mon palais, quelle peine nous nous sommes donnée pour vous, et s'il n'y avait pas eu l'interférence de maître Callot, qui s'est complu à vous taquiner, vous, Giglio, avec votre costume héroïque...

— Oui, très gracieux seigneur, il y a eu plusieurs costumes héroïques, — fit ici le Signor Bescapi, en interrompant le prince, après qui il était entré. Songez donc, aussi, un peu à moi, à propos de cet aimable couple, et à la façon dont moi aussi j'ai collaboré au grand œuvre.

— C'est vrai, — répondit le prince, — et c'est précisément parce que par vous-même vous étiez un homme admirable, — je veux dire un tailleur qui désirait voir porter par des hommes doués de fantaisie le costume fantaisiste qu'il savait si bien confectionner, — que j'ai aussi eu recours à vous et que j'ai fait de vous, en dernier lieu, l'impresario de ce rare théâtre où règnent l'ironie et un humour de bon aloi.

— Toujours, — dit le Signor Bescapi en souriant avec beaucoup de sérénité, — je me suis regardé comme quelqu'un qui veille à ce que tout ne soit pas gâté par l'uniformité de la coupe, et qui tient à la façon et au style.

— Bien dit ! Messer Bescapi, — s'écria le prince di Pistoia.

Pendant que le prince di Pistoia, Giglio et Bescapi parlaient de ceci et de cela, Giacinta, avec un gracieux empressement, ornait la chambre et la table avec des fleurs que la vieille Béatrice avait dû apporter tout de suite ; elle alluma de nombreuses chandelles et, lorsque tout eut pris un air brillant et solennel, elle invita le prince à s'asseoir dans le fauteuil qu'elle avait paré de riches étoffes et de tapis, si bien qu'il ressemblait presque à un trône.

— Quelqu'un, — dit le prince avant de s'asseoir, — quelqu'un que nous avons tous grandement à redouter, car il exercera certainement sur nous une sévère critique, et peut-être même niera notre existence, pourrait prétendre que je suis venu ici au milieu de la nuit sans aucun motif, uniquement à cause de lui, et pour lui raconter encore ce que vous aviez à voir avec le désensorcellement de la reine Mystilis, laquelle, pour finir, est tout simplement la princesse Brambilla. Ce quelqu'un aurait tort d'agir ainsi ; car je vous déclare que je suis venu ici, — et que chaque fois je viendrai ici, à l'heure décisive de votre reconnaissance, — afin de me réjouir avec vous à la pensée que nous devons nous estimer riches et heureux, nous et tous ceux qui sont parvenus à contempler et à reconnaître la vie, eux-mêmes et tout leur être, dans le miroir merveilleux et ensoleillé du lac d'Urdar...

Ici tarit tout subitement la source dans laquelle, ô favorable lecteur, l'éditeur de ces feuilles les a puisées. Seule une vague légende prétend que le macaroni et le syracuse des jeunes mariés furent trouvés excellents, aussi bien par le prince di Pistoia que par messer Bescapi. Il est aussi à supposer que ce même soir, comme plus tard, il arriva encore maintes choses merveilleuses à ce fortuné couple de comédiens qui était entré en contact, de diverses façons, avec la reine Mystilis et le grand art de la magie.

Maître Callot serait le seul à pouvoir donner là-dessus de plus amples renseignements.

BIBLIOGRAPHIE SOMMAIRE

Edition allemande :

E. T. A. Hoffmann, Sämtliche Werke in sechs Einzelbänden. Nach dem Text der Erstdrucke, unter Hinzuziehung der Ausgaben von Carl Georg von Maassen, Georg Ellinger und Hans von Müller, hrsg. von W. Müller-Seidel, W. Kron, W. Segebrecht und Fr. Schnapp, Munich, Winkler, 1960-1965, 6 vol.

Excellente édition, richement annotée. Elle contient en outre une bibliographie raisonnée.

Etudes en allemand :

Gerhard R. KAISER, *E. T. A. Hoffmann,* Stuttgart, Metzler, 1988. C'est actuellement la meilleure bibliographie qui informe sur les ouvrages critiques consacrés à Hoffmann jusqu'à une date récente.

Julius Eduard HITZIG, *E. T. A. Hoffmanns Leben und Nachlass,* Francfort, Insel, 1986 (nouvelle édition de la première biographie d'E. T. A. Hoffmann, parue à Berlin en 1823).

***

Brigitte FELDGES und Ulrich STADLER, *E. T. A. Hoffmann. Epoche — Werk — Wirkung,* Munich, Beck, 1986.

Eckart KLESSMANN, *E. T. A. Hoffmann,* Stuttgart, DVA, 1989.

Claudio MAGRIS, *Die andere Vernunft E.T.A. Hoffmann* (avec un important chapitre sur *Princesse Brambilla*), Königstein/Ts., Hain, 1980.

Rüdiger SAFRANSKI, *E. T. A. Hoffmann. Das Leben eines skeptischen Phantasten*, Francfort, Fischer, 1987.
Wulf SEGEBRECHT, *Autobiographie und Dichtung. Eine Studie zum Werk E. T. A. Hoffmanns*, Stuttgart, Metzler, 1967.
Gisela VITT-MAUCHER, *E. T. A. Hoffmanns Märchenschaffen. Kaleidoskop der Verfremdung in seinen sieben Märchen*, The University of North Carolina Press, 1989.
Gabrielle WITTKOPF-MENARDEAU, *E. T. A. Hoffmann*, rororo bildmonographien, Reinbek bei Hamburg, Rowohlt, 1986.
E. T. A. Hoffmann, ouvrage collectif présenté par Helmut PRANG, Darmstadt, Wissenschaftliche Buchgesellschaft, 1976.

Etudes en français :

Paul SUCHER, *Les Sources du merveilleux chez E. T. A. Hoffmann*, Paris, Alcan, 1912.
Jean MISTLER, *La Vie d'Hoffmann*, Paris, Gallimard, 1927.
Hoffmann le Fantastique, Paris, Albin Michel, 1950.
Jean RICCI, *E. T. A. Hoffmann, l'homme et l'œuvre*, Paris, José Corti, 1947.
Sarah KOFMAN, *Quatre romans analytiques*, Paris, éd. Galilée, 1973.
Autobiogriffures du chat Murr d'Hoffmann, Paris, Christian Bourgois, 1976 (1984, éd. Galilée).
Marcel SCHNEIDER, *E. T. A. Hoffmann*, Paris, Julliard, 1979.
E. T. A. Hoffmann et la musique, ouvrage collectif présenté par Alain MONTANDON, Berne, Peter Lang, 1987.
Pierre PEJU, *E. T. A. Hoffmann et ses doubles*, Paris, Séguier, 1988.

D'importants chapitres et beaucoup de remarques dans :

Albert BEGUIN, *L'Ame romantique et le rêve*, Paris, José Corti, 1939 (périodiquement réédité).
Marcel BRION, *L'Allemagne romantique*, Paris, Albin Michel, 1962 (t. I), 1963 (t. II).
Elizabeth TEICHMANN, *La Fortune d'Hoffmann en France*, Genève, Droz ; Paris, Minard, 1961.

Plus particulièrement sur « Princesse Brambilla » :

Albert SCHNEIDER, *« Le double Prince » : un important emprunt de E. T. A. Hoffmann à G. C. Lichtenberg,* in : « Annales Universitatis Saraviensis, Philosophie-Lettre 2 », 1953, Cahier 1/2.

Jean STAROBINSKI, *Ironie et Mélancolie : La « Princesse Brambilla » d'E. T. A. Hoffmann,* in : « Critique », mai 1966.

Agnès LAGACHE, *Le Carnaval et la Princesse,* Atelier Alpha Bleue, 1989.

Traductions françaises :

Intégrale des *Contes et récits* en 14 volumes, sous la direction d'Albert Béguin et Madeleine Laval, éd. Phébus (collection Verso).

Contes fantastiques (3 volumes), traduction de Loève-Veimars, éd. Garnier-Flammarion, 1980.

Il existe plusieurs traductions de « Princesse Brambilla » :

Princesse Brambilla, traduction de Alzir Hella et Olivier Bournac, coll. « Romantiques », Snell, 1928.

Princesse Brambilla, traduction de Paul Sucher, coll. bilingue, Aubier-Montaigne, 1951.

Princesse Brambilla, traduction de Maxime Alexandre, *Les Romantiques allemands,* t. I, La Pléiade, NRF, 1963.

Princesse Brambilla, traduction de Théodore Toussenel, in : *E. T. A. Hoffmann. Contes fantastiques complets,* Flammarion, coll. « L'Age d'or », 1964.

Princesse Brambilla, traduction d'André Espiau de la Maestre, éd. Phébus, 1980.

CHRONOLOGIE

1776 : Naissance de Ernst Theodor Wilhelm Hoffmann à Königsberg, le 24 janvier. Par vénération pour Mozart, Hoffmann troquera le troisième prénom en Amadeus. La première mention de l'abréviation destinée à devenir célèbre, E. T. A., figure sur la publication originale du conte *Die Fermate* (Le Point d'orgue) en 1815.

Le père d'Hoffmann est magistrat à Königsberg et poète à ses heures.

1778 : Divorce des parents d'Hoffmann.

La mère, d'une nervosité extrême, n'est guère capable de s'occuper de l'éducation de son fils. Hoffmann est élevé par sa grand-mère, une tante et son oncle maternel, Otto Wilhelm Dörffer, magistrat célibataire, qu'Hoffmann appelle « Onkel O. W. » (« Onkel Oh Weh ! » — « Oncle Malheur »).

1786 : Débuts de l'amitié avec Theodor Gottlieb von Hippel qui restera l'ami le plus fidèle d'Hoffmann jusqu'à la fin de sa vie.

1792 : Hoffmann étudie le droit à l'Université de Königsberg.

1794-1796 : Grande passion pour Dora Hatt (Hoffmann l'appelle « Cora »), mariée, de dix ans plus âgée que lui, à qui il donne des leçons de musique.

1795 : Fin des études. Hoffmann commence sa carrière de juriste à Königsberg.

1796-1798 : Auditeur près du tribunal de Glogau en Silésie. Hoffmann habite chez son oncle Johann Wilhelm Dörffer, frère de « l'oncle Malheur ».

1798 : Fiançailles avec sa jeune cousine Minna Dörffer. Nommé à Berlin. Leçons de musique avec Johann Friedrich Reichardt.

1800 : En poste à Posen (Posnanie).

1802 : Rupture des fiançailles avec Minna Dörffer. Mariage avec Michaelina Trynski, dite Rohrer (il était d'usage de germaniser les patronymes) d'origine polonaise. Elle restera jusqu'à la fin une épouse dévouée.

Suite à une affaire de caricatures, Hoffmann s'attire l'inimitié du général von Zastrow qui le fait envoyer en disgrâce dans la petite ville de Plock (Pologne).

1803 : Première publication : *Schreiben eines Klostergeistlichen an seinen Freund in der Hauptstadt* (Lettre d'un moine à son ami dans la capitale).

1804 : Conseiller de justice à Varsovie.

Contacts avec le poète Zacharias Werner et un jeune collègue, Julius Eduard (H) Itzig, qui plus tard se fera libraire à Berlin et sera le premier biographe d'Hoffmann.

1805 : Activités musicales. Hoffmann arrive à faire jouer l'opéra qu'il tire d'une pièce de Clemens Brentano : *Die lustigen Musikanten* (Les Joyeux Musiciens).

1806 : L'entrée des troupes françaises à Varsovie, en novembre, met fin à l'administration prussienne. Hoffmann perd sa place. Il envoie sa femme et sa toute jeune fille à Posen.

1807 : Retour à Berlin. Hoffmann y apprend la mort de sa fille. Il cherche en vain à se faire réintégrer au service de l'Etat. Extrême misère.

1808-1813 : Séjour à Bamberg. Hoffmann est à la fois compositeur, metteur en scène, chef d'orchestre, décorateur, librettiste. Il enseigne la musique et collabore à une feuille musicale.

Amitié avec le docteur Marcus, psychiatre, et un marchand de vin, Kunz, qui deviendra par la suite son premier éditeur.

1809 : Publication de *Ritter Gluck* (Le Chevalier Gluck).

1810 : Hoffmann se prend de passion pour sa jeune élève Julia Marc. Ce sera le grand amour de sa vie.

1812 : Mariage de Julia Marc avec Groepel, riche négociant de Hambourg.

1813-1814 : A Dresde et à Leipzig.

Hoffmann assiste à l'entrée de Napoléon à Dresde, le 8 mai 1813.

Publication du récit *Don Juan* et des trois premiers

tomes des *Fantasiestücke in Callots Manier* (Fantaisies dans la manière de Callot). Dans ces recueils : les célèbres *Kreisleriana, Nachricht von den neuesten Schicksalen des Hundes Berganza* (Informations sur les récentes fortunes du chien Berganza) et « le conte des temps modernes » : *Der goldene Topf* (Le Vase d'or).

Sans travail, malade et endetté, Hoffmann cherche à rentrer dans l'administration prussienne.

1814-1822 : A Berlin.

1815 : Réintégration dans la magistrature.

Début de l'amitié avec le génial acteur Ludwig Devrient.

Publication du tome IV des *Fantasiestücke* et de la première partie du roman *Die Elixiere des Teufels* (Les Elixirs du diable).

Die Fermate (Le Point d'orgue).

1816 : Publication de la seconde partie des *Elixirs*, du récit *Die Jesuitenkirche* (L'Eglise des Jésuites) et du conte pour enfants *Nußknacker und Mäusekönig* (Casse-Noisettes et le roi des rats).

Soirées des « Frères Sérapion », avec notamment Hitzig, Devrient, le poète Contessa, le médecin Koreff, à la taverne « Lutter und Wegner ».

Création de l'opéra *Undine* (Ondine) d'après un livret tiré du conte de La Motte-Fouqué, paru en 1811. Grand succès, interrompu lors de la vingt-cinquième représentation par l'incendie du théâtre de Berlin.

1817 : Publication des *Nachtstücke* (Contes nocturnes). Dans ce recueil, entre autres contes : *Der Sandmann* (L'homme au sable) ; *Das öde Haus* (La Maison déserte) ; *Das Majorat*.

Publication de *Das fremde Kind* (L'Enfant étranger), autre conte pour enfants.

1818 : Publication de *Rat Krespel* (Le Conseiller Krespel), *Meister Martin der Küfer und seine Gesellen* (Maître Martin le tonnelier et ses apprentis), *Seltsame Leiden eines Theater-Direktors* (Etranges souffrances d'un directeur de théâtre).

1819 : Publication de *Doge und Dogaressa*, de *Klein Zaches genannt Zinnober* (Petit Zacharie surnommé Cinabre) et des tomes I et II des *Serapionsbrüder* (Contes des frères Sérapion).

Hoffmann souffre d'accès de goutte qui nécessitent une cure en Silésie.

Nommé membre de la « commission immédiate » pour l'instruction des menées subversives des « démagogues » contre la sûreté de l'Etat, Hoffmann prouve l'inanité des accusations portées contre le patriote Jahn. Dès lors il entre en conflit avec le ministère de l'Intérieur et la dircction de la police.

1820 : Publication de *Signor Formica, Die Brautwahl* (La Fiancée tirée au sort), *Das Fräulein von Scuderi* (Mademoiselle de Scuderi, un des grands succès d'Hoffmann), du troisième tome des *Serapionsbrüder* et de la première partie des *Lebensansichten des Katers Murr* (Le Chat Murr).

A l'automne de 1820 paraît *Prinzessin Brambilla* (Princesse Brambilla avec la date de 1821.

1821 : *Serapionsbrüder* (tome IV).

1822 : *Kater Murr* (2e partie).

Meister Floh (Maître Puce), en cours de publication, attire à Hoffmann, déjà très malade, de graves ennuis. Hoffmann y avait introduit un épisode où il stigmatisait les agissements de la police dans la persécution des « démagogues », et ridiculisait sous le nom de Knarrpanti son ennemi personnel von Kamptz, directeur du département de la police au ministère de l'Intérieur. Hoffmann est menacé d'être révoqué, la police fait saisir le manuscrit et les lettres d'Hoffmann à son éditeur. Brusque aggravation de son état de santé.

Hoffmann meurt le 25 juin.

Le recueil intitulé *Die letzten Erzählungen* (Derniers Contes) paraît en 1825.

L'inscription suivante est gravée sur sa tombe :

ERNST THEODOR WILHEIM HOFFMANN
né à Königsberg le 24 janvier 1776
mort à Berlin le 25 juin 1822
conseiller au Kammergericht
HOMME REMARQUABLE
comme MAGISTRAT
comme POETE
comme MUSICIEN
comme PEINTRE

TABLE

GF Flammarion

021605/1-IV-2002. — **Bussière Camedan Imprimeries,** St-Amand (Cher).
N° d'édition : FG056502. — Novembre 1990. — Printed in France.